EL TRATO más Dulce

Un sello de
V&R Editoras

· **Dirección editorial:** Marcela Aguilar
· **Edición:** Vanesa Rabotnikof y Susana Estévez
· **Coordinación de arte:** Valeria Brudny
· **Coordinación gráfica:** Leticia Lepera
· **Diseño de portada:** Caru Grossi
· **Diseño de interior:** Florencia Amenedo

© 2023 Amanda Laneley
© 2023 VR Editoras, S. A. de C. V.
www.vreditoras.com

-MÉXICO-
Dakota 274, colonia Nápoles,
C. P. 03810, alcaldía Benito Juárez, Ciudad de México.
Tel.: 55 5220–6620 • 800–543–4995
e-mail: editoras@vreditoras.com.mx

-ARGENTINA-
Florida 833, piso 2, oficina 203
(C1005AAQ), Buenos Aires.
Tel.: (54-11) 5352-9444
e-mail: editorial@vreditoras.com

Primera edición: marzo de 2023

ISBN: 978-987-747-984-3

Impreso en México en Litográfica Ingramex, S. A. de C. V.
Centeno No. 195, colonia Valle del Sur, C. P. 09819
alcaldía Iztapalapa, Ciudad de México.

EL TRATO

más

Dulce

AMANDA LANELEY

VéRa

A Sophie, Amélie y Nicolás por tanto amor.

CAPÍTULO 1

Situaciones desesperadas requieren medidas desesperadas

LUCY

—Por favor, finja que está hablando conmigo –supliqué a la desconocida sentada a mi lado.

Había llegado a esa plaza hacía cinco minutos a tomar aire luego del taller de negocios que acababa de dictar. Buscando el silencio, me senté en una banca al lado de una abuelita que leía una revista, la misma señora que ahora me miraba como si yo estuviera loca.

Estaba frotándome las sienes para disolver un repentino dolor de cabeza cuando, de pronto, lo vi.

Alan.

Alan y Carolina. Maldición. ¿Por qué? ¿Por qué? Había dejado de ir a todos los lugares donde podría toparmelo. ¿Por qué tenía que aparecer justo ahora y, encima, acompañado de ella?

—Hábleme de algo, se lo suplico –murmuré de nuevo a la abuelita.

Su mirada confusa me observó a través de los lentes antes de mirar a un niño que se columpiaba a unos metros de donde estábamos sentadas.

–¿De qué quieres que te hable? –preguntó con nerviosismo.

–De cualquier cosa, de lo que sea. –Incliné la cabeza de modo que el cabello me tapara el rostro. Qué vergüenza; seguro me veía igual que la niñita mala de una película de terror–. Es solo para que no me vean.

Ella siguió la dirección de mi vista y sus ojos cayeron sobre la sonriente pareja que en cualquier momento pasaría al lado de nuestro asiento. Pareció comprender.

–Este… bueno, el niño que está allí es mi nieto –dijo.

–Ajá, muy bien. –Se me apretó el estómago al escuchar la voz de Alan. Estaba a metros de nosotras; cerca, muy cerca–. Hábleme de su nieto.

No capté nada de lo que dijo. Solo oí los pasos de Alan y ella acercándose. Dejé de respirar cuando pasaron delante de nosotras. Únicamente volví a tomar aire cuando las pisadas se desvanecieron.

–¿Se fueron? –susurré.

–Sí. No creo que te hayan visto.

Me giré y eché un vistazo furtivo a la pareja que ya se encontraba en la otra esquina. Solo entonces me erguí soltando una exhalación de alivio. Me aparté el pelo del rostro y agradecí a la señora por su ayuda.

–No hay de qué –respondió ella, dándome una mirada compasiva–; es el deber de una mujer ayudar a otra, especialmente a las de tu estado.

–¿Mi estado? –repetí sin tener idea a lo que se refería.

–Estás embarazada, ¿no? –preguntó señalando mi estómago.

¡¿Qué?!

Las únicas maneras de embarazarse eran por acción en la cama (que no tenía hace años) o por gracia divina. Dada mi pésima suerte con los hombres, incluso encontraba más probable la segunda. La pregunta era graciosa de una manera irónica, pero no me reí; al contrario, se me llenaron los ojos de lágrimas.

–¡Uy, perdona! –se apresuró a decir ella, dándose cuenta de que se había equivocado–. Es que yo te miré y pensé…

La tranquilicé diciéndole que no importaba, que un error lo cometía cualquiera, pero ambas estábamos horriblemente incómodas. Casi de inmediato ella se despidió de mí, tomó la mano de su nieto y abandonó la plaza.

Me puse a llorar tan pronto me quedé sola. Como siempre lloré por Alan, porque aun después del tiempo que había pasado y del daño que me había hecho, todavía no era capaz de superarlo. También lloré por mí. ¿En qué minuto me había descuidado tanto que incluso daba la impresión de estar embarazada?

Cuando era adolescente ya me veía rellenita (o "saludable", citando a mi abuela), pero a mis veintinueve años pesaba más que en ese entonces. Doce kilos extra tal vez no sean tantos, pero cuando se te acumulan en la zona del abdomen dentro de un escaso metro cincuenta y ocho, la cosa cambia.

Al llegar a mirarme al espejo de mi casa, descubrí que el resto del panorama no era mucho mejor. Mi pelo castaño caía interminable y sin forma como por mandato bíblico y mi piel, antes de un lozano blanco, ahora estaba opaca. Mis ojos cafés habían perdido todo brillo. Increíble que ese fuera el mismo rostro que Alan dijo alguna vez que era precioso.

Lucía, eres muy joven para verte como la versión triste de una panadera de los Alpes, me dije, consciente de que había tocado fondo.

Estaba harta de que la ropa me apretara, de odiar mi imagen en las fotos, de cansarme por cualquier cosa, de sentirme pesada e incapaz de gustar a ningún hombre. Ya había sido suficiente. En ese instante, me prometí volver a sentirme bien conmigo misma. Fue esa decisión la que me llevó a conocerlo a *él*.

Situaciones desesperadas requieren medidas desesperadas, me dije para darme ánimos frente a la puerta del gimnasio.

Odiaba los gimnasios. En realidad, nunca me había inscripto en ninguno, pero los detestaba igual. Tanta gente esbelta y sudada, como salida de un videoclip de Enrique Iglesias, me causaba desconfianza. (Y me acomplejaba, para qué negarlo). Aun así, tomé la decisión de matricularme; era la única opción que me quedaba que no fuera hacer dieta. Me negaba a renunciar a las rosquillas. Iban a tener que acusarme de estar esperando trillizos antes de pensar en dejarlas.

Elegí el gimnasio del Parque Araucano, a tres calles de mi edificio, y partí a inscribirme una soleada mañana de primavera. Nadie que no haya visto Santiago despertar después de un día de lluvia sabrá lo bella que puede ser esta ciudad. La cordillera ese día se alzaba imponente y nevada en medio de un despejado celeste. Las hojas de los árboles se mecían al compás de una brisa fresca con aroma a cerezos en flor. La atmósfera era tan tranquila que cualquiera habría podido imaginar que estaba en un encantador pueblito cordillerano de no ser por los destellos de los rascacielos que bordeaban el parque.

Al ingresar, pregunté por los programas de entrenamiento a una chica delgada. Ella me condujo a su escritorio y me mostró los planes. Sus precios eran acordes a unos de los gimnasios más exclusivos del país. Por suerte, el dinero no era un problema. Hacía tres años había fundado una exitosa consultora de negocios junto a dos amigos; nos iba tan bien que incluso estuvimos nominados al premio nacional de emprendimiento. Nada nos gustaba más que ayudar a nuestros clientes a llevar adelante sus empresas.

–Espérame un minuto para traer a un profesor que te muestre el gimnasio –dijo la chica, levantándose de su asiento.

Volvió acompañada del hombre más hermoso que había visto en la vida. Y no, no sentí mariposas ni me flaquearon las rodillas, pero sí que me quedé muda de la impresión. Nunca había visto un hombre tan guapo (Chris Evans en *Capitán América* no cuenta, me refiero a en vivo y en directo). Era alto, altísimo, debía medir por lo menos un metro noventa. Su físico era musculoso y triangular, tipo luchador, pero su rostro era el de un ángel: facciones armónicas, deslumbrantes ojos azules y nada de barba. Solo su cabello rubio cortado al ras, tipo comando, no correspondía con la imagen angelical. Llevaba pantalones negros deportivos y una camiseta de manga corta que se ceñía a su torso.

–Soy Gabriel –se presentó con una sonrisa.

Mmm, "Gabriel". Qué bello. Hasta nombre de ángel tenía.

–Lucía. –Me puse de pie y le tendí la mano. Como era baja y nunca usaba tacones, tuve que reclinar la cabeza más hacia atrás de lo habitual para poder mirarlo.

–Acompáñame para mostrarte las instalaciones, por favor –dijo.

El gimnasio era moderno y amplio, con una hermosa cúpula de vidrio que lo dotaba de luz natural. En el primer nivel se encontraban las salas de clase y las máquinas, mientras que en el nivel inferior había dos enormes piscinas climatizadas de veinticinco metros, una para nado en línea y otra equipada con chorros de hidromasaje y jacuzzi.

En medio del recorrido, Gabriel me preguntó de dónde era, qué hacía, esas cosas… Aunque eran preguntas de lo más triviales, hacía tanto tiempo que ningún hombre se interesaba en saber de mí, que me puse absurdamente contenta.

Al finalizar el tour, la mirada luminosa de Gabriel cayó sobre el estampado de mi vieja camiseta.

–Así que te gusta *Star Wars* –comentó.

Bajé la vista con vergüenza. ¿Por qué justo ese día tuve que ponerme esa camiseta? Era una nerd de la ciencia ficción, pero no había necesidad de gritárselo al mundo.

–Es una de mis películas favoritas –respondí algo cortada.

–También de las mías. De niño, soñaba con ser un *jedi* –dijo como quien hace una confidencia.

Ah, qué encantador. Volví a sentirme cómoda de inmediato.

–Apuesto a que tus ganas de ser *jedi* no eran mayores que las mías.

–Creí que las chicas preferían ser la princesa Leia.

–Leia es genial, pero no creo que nada se compare a las habilidades *jedi*; ya sabes, pilotear naves, usar espadas láser, estar entrenado en combate, mover objetos con el poder de la mente…

No sé cuánto rato estuve hablando antes de darme cuenta de que él me observaba con expresión de humor.

Cállate, Lucía.

–Y, sobre todo, no olvidemos el poder de saber cuándo cerrar la boca –agregué abochornada–. Ojalá yo lo tuviera.

Él rompió a reír.

–Eres divertida –dijo y me dedicó la sonrisa más encantadora que hubiera recibido jamás.

¡Madre mía! Lo que nunca creí posible pasó en ese instante: la maldición de Voldemort se rompió. Voldemort es un personaje de Harry Potter tan malvado que le dicen "el innombrable", de ahí que ese fuera el apodo de mi ex. Desde que Alan me había dejado hacía cuatro años, no había vuelto a sentirme atraída por nadie. Nada, ni una pizca… Tenía terror de que Alan me hubiera dañado tanto que mi corazón hubiera perdido para siempre la capacidad de acelerarse por alguien más, por eso no lo podía creer cuando se estremeció gracias a la preciosa mirada de Gabriel. Y eso que yo no era una mujer impresionable. En mi trabajo, solía tratar con hombres guapos y nunca antes me había quedado hipnotizada. Aunque estaba acostumbrada a sus halagos ("inteligente", "responsable", "eficiente"), nunca me habían llamado divertida ni tampoco me habían sonreído así. Para ser honesta, no es que recibiera muchas sonrisas masculinas que digamos.

Podría haber estado horas contemplando a mi angelito, pero una voz masculina a mis espaldas me alejó de mi trance.

–Gabriel, te necesitan en recepción. Llegó tu alumna de las once.

Me di vuelta y dediqué una mirada rápida al dueño de la voz, un guapísimo moreno. Estaba vestido igual que Gabriel, por lo que también debía ser entrenador. ¡Vaya! ¿De dónde contrataban a los profesores de este gimnasio? ¿De una escuela de modelaje?

–Ya voy, Max –respondió Gabriel a su colega sin dejar de mirarme a mí–. Tengo que irme Lucía, pero me ha encantado conocerte. ¿Vas a tomar un plan de *personal trainer*?

–No lo sé aún. No había pensado en eso, la verdad.

–Piénsalo, es la mejor forma de alcanzar resultados rápidos. Para mí será un placer entrenarte –sonrió.

Su sonrisa encantadora me aceleró el corazón. Definitivamente el placer sería todo mío.

–Ya te contaré qué decido –respondí nerviosa–. Hasta pronto y que la fuerza te acompañe –solté antes de darme cuenta.

¡Nooo! ¿En serio acabo de decir eso? Loser.

Para mi alivio, él rompió a reír.

–Que la fuerza te acompañe a ti también, chica *jedi*.

En serio, él era adorable.

Gabriel se despidió de mí con un beso en la mejilla. Me quedé parada sintiendo una exquisita calidez en el lugar que habían tocado sus labios. Tuve que reprimir un suspiro. No es que creyera que un hombre tan hermoso como él podría fijarse alguna vez en una mujer baja y rellenita como yo, pero el solo hecho de que hubiera roto la maldición ya me llenaba de alegría. Necesitaba conocerlo más.

Volví hasta donde estaba la chica que me había atendido y me matriculé de inmediato.

–Tu inscripción da derecho a que uno de nuestros entrenadores te haga una rutina de ejercicios –dijo ella–. ¿Te parece bien reservar una sesión con Gabriel el martes a las siete de la tarde?

–Me parece perfecto.

Verdaderamente perfecto. En menos de tres días, tendría una hora completa junto a Gabriel, solos él y yo. Apenas podía esperar.

CAPÍTULO 2

Lo llamaremos

MAX

La secretaria levantó el teléfono y preguntó a su jefe si podía recibirme. Esperé la respuesta con el estómago hecho un puño rogando no llevarme otro chasco.

–Lo siento –ella colgó el auricular–, no puede atenderlo.

Mierda. No de nuevo. Desde hacía meses que buscaba venderles a las grandes tiendas una línea importada de zapatillas. Había perdido miles de horas tratando de conseguir una cita con los altos ejecutivos sin ningún éxito. Ni los correos electrónicos ni los llamados dieron resultados, por lo que empecé a ir en persona. Esta era la sexta vez que alguna secretaria me despachaba sin darme ni una oportunidad.

–Serán solo unos minutos –insistí–. Quiero mostrarle a su jefe unas zapatillas que de seguro le interesarán.

–Para que él evalúe su producto, primero necesita llenar este formulario. –Ella me tendió una hoja antes de ponerse a teclear en su computadora.

Me dieron ganas de romper el maldito papel. ¿Cuántos formularios había llenado para no tener ni la menor respuesta? Respiré hondo, tratando de calmarme.

–Ya lo hice –dije–, repetidas veces. Nadie respondió. Ni siquiera sé si lo leyeron, por eso necesito hablar con su jefe. Cinco minutos, es todo lo que pi…

–Llene el formulario –me cortó la secretaria en tono hostil, haciendo un gesto de despedida con la mano–. Mándelo por correo cuando lo tenga listo. Nosotros lo llamaremos si lo necesitamos.

Exhausto, física y mentalmente, salí de la oficina y fui al estacionamiento. Me dejé caer en el asiento del conductor de mi Chevrolet de segunda mano. Mi mirada cayó sobre el volante mientras la sensación de fracaso me invadía otra vez.

Nunca antes había dudado de mis capacidades. Si bien en el colegio era del montón, me daba igual porque las materias me aburrían. Lo que sí me gustaba era el deporte y en eso era bueno. Así fue como me convertí en entrenador e ingresé a trabajar en uno de los mejores gimnasios del país. Aunque el lugar me gustaba y no ganaba mal, lo que yo de verdad quería era tener mi propio negocio.

Un día en el gimnasio conocí a Roberto, el gerente de una gran cadena de *retail*. Esa tarde yo llevaba unas zapatillas de alta tecnología que había comprado en los Estados Unidos. Al verlas, Roberto comentó que podrían interesarle a la cadena. Fue ahí cuando surgió mi idea de convertirme en proveedor de grandes tiendas. Aunque no sabía del tema, tenía el emprendimiento en la sangre e invertí la mitad de mis ahorros importando cientos de zapatillas. Craso error. A Roberto poco después lo despidieron y me quedé sin conocer a nadie de ese mundo. Me había pasado los últimos cuatro meses contactando a las grandes tiendas, pero se limitaban a ignorar mi solicitud y ni siquiera sabía la razón. ¿Qué diablos estaba haciendo mal?

Necesitaba cambiar algo, pero no tenía idea qué. Ojalá alguien pudiera orientarme.

Con un suspiro, eché a andar el motor y me puse en marcha hacia el apartamento de mi novia. Necesitaba abrazar a Mónica, precisaba que me sonriera y me dijera que todo iba a estar bien, que el éxito sería solo cuestión de tiempo. Toqué el timbre de su puerta ansiando su apoyo con desesperación porque mi fe estaba extinguiéndose.

—Dijiste que ibas a estar aquí hace una hora, Max —me soltó ella apenas abrió. Fruncía el ceño y sus ojos verdes me miraban entrecerrados, típico de cuando estaba enfadada. Por desgracia, me había enfrentado varias veces a ese gesto de enojo el último tiempo.

Sin ganas de discutir, me hice el tonto y la saludé con un beso breve.

—Siento la demora. —Me dejé caer en un sofá, apoyé la cabeza en el respaldo y cerré los ojos—. Pasé a ver a un gerente.

—No te fue muy bien al parecer.

—Bueno, no —respondí sin ánimos—. Ven aquí.

Mónica se sentó a mi lado. Tomé entre mis dedos uno de sus mechones castaños y lo acaricié. Ella estaba aún más guapa de lo habitual con esa minifalda que mostraba sus largas piernas. Como había modelado para pagarse la universidad, Mónica estaba acostumbrada a sacarse partido. No es que necesitara ayuda para ser más bella, en todo caso.

Ella me miró con expresión preocupada.

—Max, ¿por qué no lo dejas? –preguntó con voz suave.

—¿Dejar qué?

—Lo de las zapatillas. Siempre estás ocupado y cansado. O estás pensando alguna idea para tu negocio o trabajas en el gimnasio. Desde que empezaste con la importación, apenas nos vemos y la verdad es que te extraño.

Yo también la extrañaba pese a lo celosa que era. Llevábamos diez meses juntos y no sabría decir si la amaba, pero sí me gustaba mucho.

Busqué su mano y entrelacé nuestros dedos.

—También te echo de menos, Monita. A mí tampoco me gusta estar siempre ocupado, pero tengo que hacer funcionar lo de las zapatillas para recuperar lo que invertí.

—Es que no entiendo por qué tenías que meterte en eso. Si hubieras tomado más alumnos, habrías hecho más dinero, incluso dedicándole menos tiempo.

—No se trata de dinero; sabes que lo que quiero es tener mi propio negocio. Además, tampoco es como si pudiera ser *personal trainer* toda la vida. –Se lo había dicho en otras ocasiones. Los entrenadores teníamos una vida profesional poco más larga que los futbolistas.

—Sí, pero para eso falta mucho. Recién tienes veintinueve años, todavía te queda al menos una década de estabilidad.

–Esa estabilidad es un engaño. Si un día la empresa no te necesita, te echa y ya. Además, ¿qué gracia tiene una vida sin riesgos ni aventura?

Mónica retiró su mano de la mía, meneando la cabeza.

–Eres un idealista, Max. ¿Y si no funciona?

–¿Por qué no habría de funcionar?

–Porque así son los negocios, la mayoría fracasa. Si uno está cómodo en un empleo que te permite pagar las cuentas, mejor no tomar riesgos y conformarse.

No había forma de que Mónica y yo estuviéramos de acuerdo en ese punto. Ni mi familia ni ella lo entendían. Yo no quería comodidad, quería emoción. Deseaba ser mi propio jefe y poner en marcha un sistema que me permitiera ganar más dinero. Quería crear una empresa y verla crecer.

–No tengo ganas de conformarme, Monita. Al menos no sin antes intentar cumplir mis sueños.

–¿Y tu sueño es vender zapatillas?

Pasé por alto la ironía de su voz y respondí:

–Mi sueño es tener un negocio. Lo de las zapatillas fue solo una idea.

–Sí, pero ha sido una idea que te ha quitado tiempo, energía y dinero. Dime, ¿has recuperado algo de lo que invertiste?

–No todavía, pero estoy seguro de que lo haré si sigo esforzándome.

Era una tremenda mentira porque en realidad no estaba seguro para nada.

–Max, sé realista. Puede ocurrir que lo intentes toda tu vida y al final no consigas nada. A mucha gente le sucede.

¡Zas! Acababa de arrojarme mi principal miedo a la cara. Hubiera dolido menos una patada en los huevos.

—Gracias por el apoyo. —Aunque lo dije irónicamente, no estaba enojado sino dolido por su falta de fe en mí.

—Solo estoy tratando de que te des cuenta de cómo son las cosas. Los negocios son difíciles. La gente te roba y te estafa. Tienes que andar siempre preocupado y pendiente de todo. Te lo advierto para que después no sufras.

Mónica se puso a enumerar todas las cosas que podrían salir mal, decidida a dejarme en claro que iba directo al fracaso. Yo hacía esfuerzos titánicos para no permitir que sus miedos hicieran aflorar los míos. Me arrepentí de haber ido a visitarla; lo que más necesitaba ese día era un espaldarazo de confianza y al menos esa tarde no lo iba a encontrar con ella. Por suerte, el sonido de mi celular interrumpió la película trágica que narraba.

—Hola, Max —me saludó Cristina, la secretaria del gimnasio—. ¿Puedes llegar hoy una hora antes? Hay una alumna nueva que necesita evaluación y no tengo profesores.

—Claro que sí, voy para allá —solté de inmediato. No quería quedarme ni un minuto más en la casa de Mónica.

—Perfecto. Te dejé agendado a las siete con Lucía Reyes.

Apenas colgué, me enfrenté a la furia de mi novia.

—No me digas que te vas, Max.

—Lo siento, tengo que cubrir un turno en el gimnasio.

Nuestra despedida fue cortante. Desanimado, conduje hacia mi trabajo sin imaginar que me dirigía a un encuentro con la mujer que cambiaría mi vida.

CAPÍTULO 3

Un condenado al patíbulo

LUCY

¿En qué estaba pensando, Dios mío?

Cuando la chica del gimnasio dijo que Gabriel me haría una rutina de ejercicios, yo me imaginé exactamente eso, una rutina. Pero no, la sesión incluía mucho más.

–Evaluación de peso y grasa, más realización de un plan de entrenamiento –me informó la secretaria cuando llamé ese día para confirmar mi cita.

¿Estaba oyendo bien? ¿Me acababa de decir que tendría que pesarme frente a Gabriel, el único hombre que me había atraído en años? ¿Y que además él me iba a medir la grasa?

–¿Se puede evitar la evaluación y hacer solo el plan de ejercicios? –casi imploré.

–Claro que no –respondió ella en el mismo tono que si le hubiera pedido que me vendiera a su madre–. ¿Cómo sabrá el profesor qué ejercicios recomendarle si no la evalúa?

Maldición. Hasta ahí llegaba mi oportunidad de estar a solas con Gabriel. Prefería comer clavos oxidados antes de mostrarle el peor estado físico de mi vida a mi angelito. Sin nada más que hacer, cancelé la evaluación con él y pedí en su lugar una con una mujer.

Pese al cambio, estaba nerviosa mientras esperaba en la sala a la profesora. El lugar estaba lleno de cintas métricas, pesas y aparatos que, supuse, eran para medir la grasa. Aunque en el box estaba fresco, me acaloré por los nervios y me tuve que quitar el polerón gigante que llevaba.

De pronto la puerta se abrió. Me paralicé en el asiento.

—Tú no eres una mujer —le solté al recién llegado.

Vaya si no lo era. Era el atractivo moreno que le había hablado a Gabriel el día que me inscribí en el gimnasio. Como esa vez lo había visto a la rápida, no me había fijado en él, pero ahora noté que era atlético, de cuerpo tonificado y brazos definidos. En ningún caso era tan musculoso como Gabriel ni tan alto, ya que debía medir poco más de metro ochenta, pero aun así era atractivo de una forma distinta. Aunque sus facciones eran cinceladas y serias, la sensual curvatura de su boca y la intensidad de sus ojos negros lo hacían ser un hombre que cualquier mujer se daría vuelta a mirar.

—No, no soy una mujer, soy Max —dijo él de forma inexpresiva mientras se sentaba al otro lado del escritorio frente a mí—. ¿Lucía, cierto?

—Sí —respondí con ganas de escapar—. Perdona, ¿tú me vas a hacer la evaluación?

Alzó grave la mirada, alertado por mi tono incómodo.

–Sí, ¿por qué? ¿Hay algún problema?

–En realidad, había pedido una profesora. *Mujer* –agregué por si no había quedado claro.

–No había ninguna profesora disponible en este horario, lo siento –contestó impasible–, pero ya que estás aquí, no creo que haya problema con que empecemos. ¿Apellido?

Solté un suspiro de resignación. Qué demonios. Ya que había comenzado el suplicio, mejor terminar lo antes posible con todo esto.

–Reyes. Lucía Reyes –respondí con desgano.

Max tecleó la información en una computadora. Supuse que estaría creando mi ficha electrónica.

–¿Edad? –preguntó después.

¡Qué impertinencia! Esto se parecía cada vez más a una de esas incómodas visitas al ginecólogo; esas en las que te pregunta si eres sexualmente activa y tú respondes si cuenta o no un revolcón hace tres años.

–Veintinueve –respondí al fin.

El leve destello suspicaz que noté en su mirada me hizo querer estrangularlo. Era cierto que me veía un poco mayor, pero de treinta como mucho.

–Anotado –dijo–. Por favor, quítate los zapatos para medir tu altura y tu peso.

Me descalcé con la sensación de un condenado que va al patíbulo y me subí a la máquina. Él se acercó y calibró la barrita de la estatura.

–Un metro cincuenta y ocho centímetros –anotó– y peso…

¡Dios mío! ¡Eran más kilos de lo que pensaba! Maldita balanza inservible de mi baño; iría directo a la basura.

–¿Estamos listos? –pregunté impaciente–. ¿Ya puedo irme?

–Apenas empezamos… Levántate la camiseta, por favor.

–¡¿Qué?!

–Que te levantes la camiseta para poder medir tus perímetros, o puedes quitártela si llevas top deportivo.

¡Quitármela! Este tipo está demente. Ni loca iba a exhibir mi piel flácida.

–¿Es necesario que me midas?

Lo vi soltar el aire con lo que solo podía ser impaciencia.

–Sí. Para evaluar tus futuros progresos, es necesario conocer tu índice de grasa corporal y crearte una rutina. ¿Quieres bajar de peso o no?

Maldición, sí quería. Era lo que más quería en este mundo después de mi deseo de olvidar a Alan y hacer que Gabriel se fijara en mí (o en su defecto, Chris Evans). No quedaba otra solución, me tocaba resignarme.

Muerta de vergüenza, me levanté la camiseta y lo dejé trabajar. Con la cinta métrica, Max calculó el contorno de mis brazos antes de sujetarme la piel del bíceps con una especie de pinza que apretaba como el demonio (después supe que ese instrumento de tortura se llamaba "adipómetro"). Luego midió mis muslos, temblorosos como gelatina, y remató el calvario tomando el rollo grande del vientre para medirlo con la dichosa pinza. ¡Qué vergüenza, por Dios! Aunque sus manos se movían en mí de forma impersonal, yo no podía sentirme más humillada.

Después de cinco horribles minutos que me parecieron horas, al fin Max dejó de lado los instrumentos, se sentó y me hizo una señal para que hiciera lo mismo.

–¿Tienes alguna lesión física o te han operado de algo, Lucía?

–Me operaron de la rodilla hace dos años, del menisco izquierdo –contesté todavía abochornada.

–¿No haces deporte porque te duele la rodilla? –dijo mientras anotaba la información en mi ficha–. Te lo pregunto porque tu cuerpo no es el de alguien que entrene.

Ja, este tipo es un genio. ¡Cómo si yo no lo supiera!

–Mi rodilla está bien –respondí molesta–. Hice rehabilitación con un kinesiólogo.

–De todas formas, la cuidaremos. Para eso tienes que fortalecer tus muslos, están flácidos porque no tienen masa muscular.

¿Escuché mal o acaba de decirme que mis muslos están flácidos?

–Además tendremos que controlar tu alimentación y tu peso –siguió él muy tranquilo–. Tu porcentaje de grasa es de cuarenta. Tienes mucha, lo cual es peligroso para tu salud. Cualquier cantidad arriba de treinta lo es.

¡Y ahora insinúa que estoy grasienta! ¿Pero quién se ha creído?

–Haremos una rutina que incluya cardio y pesas –dijo–, ¿te parece?

–No, no me parece –dije molesta–. Gracias por tu tiempo, pero prefiero terminar ahora la evaluación.

Max frunció el ceño.

–¿Estás molesta? Creo no haber hecho nada para incomodarte.

–¿Te parece poco decir que mis muslos están flácidos? Además, te faltó nada para llamarme grasienta.

–Tal vez no debí expresarme así, pero tú sabes que es verdad. Solo quise ser honesto.

Si trataba de darme una disculpa, era la peor de la historia.

–Bueno, pues buscaré otra forma de solucionarlo, muchas gracias.

–No ando con rodeos con la gente que entreno, pero te aseguro que mis métodos dan resultados. Excelentes resultados.

–No creo que me sienta cómoda con tus métodos.

Max se echó hacia atrás en la silla y se cruzó de brazos.

–Bien, como quieras. Supongo que hemos terminado entonces.

Me calcé las zapatillas, sintiendo el peso de su mirada enfadada en mí y el exasperante tictac del reloj en la pared.

–De cualquier forma, tampoco tengo tiempo de entrenar –dije para romper ese incómodo silencio.

–Me imagino.

Idiota. Tomé mi polerón que estaba abandonado en la silla y me lo puse rápido para salir de allí cuanto antes.

–Espera, Lucía –dijo de pronto Max con voz llena de asombro. Sus ojos estaban clavados sobre el logo de mi empresa bordado en el polerón–. ¿Trabajas en Mentoring?

–Así es, soy una de las socias fundadoras.

Me sentía orgullosa de que mi consultora de negocios se hubiera hecho tan conocida. Desde que habíamos sido finalistas para el premio de emprendimiento nacional se nos duplicaron los clientes debido a la tremenda exposición de los medios.

La expresión de Max pasó del asombro a la admiración.

–¡Por supuesto! Recuerdo haber visto tu foto en algunos foros de emprendimiento. Son famosas las asesorías de tu empresa. Oye, ¿y el servicio que ofrecen cuánto vale? Es que tengo un negocio que…

¡Ay, no! Si no escapaba pronto de allí, otro más que iba a fastidiarme. Siempre pasaba lo mismo. Parecía que lo único que veían los emprendedores en mí era un cerebrito con patas. Bueno, al menos ellos veían algo, porque para el resto de los hombres yo era inexistente.

–Está toda la información en nuestra página web –lo interrumpí–. Te recomiendo mandar pronto tu solicitud si estás interesado porque tenemos lista de espera de un mes.

–¿No podrías asesorarme tú por cuenta tuya?

¡Ja! A él menos que a nadie. ¿No se daba cuenta? No quería volver a ver a ese tipo que me había apretado los pliegues y me había hecho sentir como una barra de mantequilla.

–No, eso iría en contra de la política de mi empresa –mentí, poniéndome de pie. Podía haber accedido, pero no quería.

–¡Espera! –Él se levantó también–. ¿Es eso o no quieres

aceptar porque fui demasiado directo? Si es así, discúlpame por favor. Ando estresado, ni te imaginas el día horrible que he tenido.

Su tono angustiado calmó mi molestia, pero de todos modos estaba decidida a irme. No alcancé a decírselo porque la llamada de alguien a la puerta nos interrumpió. El corazón me dio un vuelco cuando se asomó el hermoso rostro de Gabriel. Juro que escuché música celestial. Todo lo que no fuera él se desvaneció al instante.

–Hola Lucía –me saludó mi angelito. Me puso feliz que se acordara de mi nombre–. No traes hoy tu camiseta de *Star Wars*; ya no podré llamarte chica *jedi*.

–Puedes llamarme Lucy, así me dicen mis amigos –dije sonriendo (como tonta, seguro). ¡Dios! Era aún más guapo de lo que recordaba.

Gabriel también sonrió.

–Perdona que haya interrumpido, Lucy... Quería saber si falta mucho para que desocupen la sala –dijo lo último mirando a Max de forma fría.

–Estamos casi terminando –respondió él de igual manera–. Vuelve en unos cinco minutos.

Gabriel asintió. Sus preciosos ojos volvieron a posarse en mí.

–Te dejo terminar tu evaluación, Lucy. Espero encontrarte pronto por el gimnasio.

Mi sonrisa se hizo más ancha todavía. Me despedí de él encandilada. Solo me di cuenta de que Max no me quitaba los ojos de encima cuando cerró la puerta frente a mí.

–Te atrae Gabriel –afirmó con los brazos cruzados.

–Por favor, claro que no. –Desvié la mirada–. Apenas lo conozco.

Max hizo silencio, como si estuviera evaluando qué decir.

–Si me asesoras, puedo ayudarte con él, ¿sabes? –dijo al fin muy serio, pendiente de mi reacción.

Mi rostro se mantuvo impasible, aunque mi corazón se aceleró por la oferta.

–¿Te parezco tan desesperada como para aceptar un trato así? –De acuerdo, más o menos lo estaba, pero Max no tenía por qué saberlo.

Él soltó una exhalación y se pasó la mano por el pelo.

–No, disculpa. No quería insinuar que estabas desesperada, es solo que me pareció que él te atraía. Gabriel suele provocar ese efecto en las mujeres.

–Ah, ¿sí? ¿Y su novia no se pone celosa?

Bien, Lucía, eres la discreción con patas. Qué forma más sutil de averiguar si Gabriel está soltero. No sé por qué la CIA no te contrata.

–Él no tiene novia –respondió Max. Odié el brillo de sus ojos que me miraron como diciendo "¿viste que sí te interesa?"–. Ayúdame con mi negocio y yo lo haré con Gabriel.

Me tragué una risa irónica. Por más que fantaseara con la idea, en el fondo sabía que era imposible que Gabriel se fijara en mí. Vamos, si estaba completamente fuera de mi alcance. Solo bajo efectos alucinógenos podría encontrarme guapa, pero Max no tenía pinta de narco que anduviera drogando gente.

–Mira, Max, lo siento, pero mi respuesta es no. Una asesoría lleva tiempo y yo estoy muy ocupada; aunque quisiera, no podría.

–Entonces asísteme con lo que puedas, con cualquier cosa. A cambio, yo te ayudaré a conseguir el cuerpo con el que siempre soñaste –insistió él haciendo caso omiso de mi negativa–. ¿Conoces a Ana Brett? Yo soy su entrenador.

Debí haber puesto una expresión de asombro total, porque Max asintió con aire satisfecho. Ana Brett era la modelo más famosa del país. Era guapísima, loca como una cabra, pero tenía un físico envidiable.

–¿En serio? –pregunté.

–En serio. Soy yo quien diseñó su programa de ejercicios y quien la entrena todas las semanas. –Max me miró con decisión–. Te propongo un trato, Lucía. Dame una clase, una sola para demostrarte lo que puedo hacer por ti. Si te sientes cómoda, ofrezco entrenarte a cambio de que me ayudes; si no te gusta, no insistiré más en el asunto, ¿qué dices?

–No sé –dije poco convencida. Por un lado, me tentaba la idea de ponerme en forma, pero por otro, no estaba segura de poder lograrlo. Menos ayudada por un hombre que aún no decidía si me caía bien.

–Vamos, solo una clase y de ahí evalúas si te gusta trabajar conmigo –dijo Max como leyéndome el pensamiento–. ¿Qué tienes que perder con una sesión de prueba? Si no te gusta, solo invertiste una hora; pero si te sientes cómoda conmigo te ayudaré a conseguir tus metas: eliminar grasa, un físico tonificado... *lo que quieras* –agregó. Aunque no dijo el nombre de Gabriel, algo en su tono lo insinuó–. Solo una clase, ¿trato hecho? –Me tendió la mano.

Miré el rostro entusiasta de Max, meditando mi respuesta. ¿Sería posible que él me ayudara a sentirme bien con mi cuerpo y a conseguir el amor de Gabriel? Más que posible, parecía un milagro. Aun así, no tenía nada que perder y me vi a mí misma estrechando su mano de vuelta.

–Trato hecho –dije. Y de pronto tuve el presentimiento de que estaba poniendo en marcha el nacimiento de una nueva Lucía.

CAPÍTULO 4

El precalentamiento del Kama-sutra

LUCY

M iré el enorme reloj de pared del gimnasio sin creer que apenas habían pasado cinco minutos peda- leando en la elíptica. ¡Pero si el corazón me latía a mil como si hubiera estado al menos media hora! Seguro que a Einstein se le ocurrió su teoría de la relatividad del tiempo arriba de unos de esos dichosos aparatos.

–Si tu estrategia para convencerme de que te asesore es ponerme a pedalear como un hámster, te digo que no está resultando –le solté a Max, parado a mi lado. Increíble que dejara que ese hombre, a quien conocía hacía apenas dos días, me torturara de esa forma.

Él rio.

–¡Qué exagerada! Llevas apenas unos minutos a ritmo suave. ¿Hace cuánto no ejercitabas?

–Veamos, si cuento la última vez desde la semana pasa- da… –fingí pensar–, pues desde hace unos diez años.

Su expresión de perplejidad me lo dijo todo.

–¿En serio?

–Sip. La última vez fue en la asignatura deportiva obligatoria de la universidad. Como que el deporte no es lo mío.

Las clases de educación física en el colegio siempre fueron un suplicio. ¿Recuerdan la típica niña rellenita y medio torpe que nadie quería en su equipo? ¿La que mira al suelo cohibida mientras todas sus compañeras ya han sido elegidas para jugar? Exacto: esa niña era yo.

–Hablas así del deporte porque nunca has entrenado conmigo –dijo Max–, pero yo me encargaré de que lo disfrutes.

La atractiva sonrisa que me dedicó me puso alerta de inmediato. Detuve la elíptica y lo miré seria.

–Ah, no. Ni pienses que eso va a resultar.

Max puso expresión de no tener idea a qué me refería.

–¿Qué cosa no va a resultar?

–Ya sabes... sonreírme así, usar tus encantos conmigo. No señor, no va a resultar.

Abrió los ojos como si no se creyera mi respuesta y luego se echó a reír.

–¿Creíste que te estaba coqueteando, Lucía? Ja, ja. No, por Dios, nada que ver. ¡Sí que tienes imaginación!

Entrecerré los ojos con sospecha.

–Bueno, el otro día parecías desesperado por que te ayudara.

–Es cierto, pero no usaría un truco tan bajo para convencerte. Además, tengo novia; mira... –Extrajo su teléfono y me mostró una foto en la cual él salía abrazado a una chica con rostro de portada de revista.

–¿Es modelo? –pregunté avergonzada por haberme hecho la película.

–No, es enfermera, aunque Mónica sí modeló mientras estudiaba. –Guardó el celular–. De todos modos, sé que no serviría de nada usar "mis encantos" contigo como dices, porque al parecer te van más los rubios que los morenos… y tal vez algún rubio en especial, ¿no es cierto, Lucy? –agregó con una sonrisa que lo insinuaba todo.

Le lancé una mirada asesina.

–Sí que eres confianzudo, ¿no?

–Es bueno que haya confianza entre nosotros –respondió tranquilo mientras me tendía una botella de agua–. Después de todo, vamos a trabajar juntos.

–Yo no he dicho aún que vaya a trabajar contigo.

–Pero te voy a convencer, soy optimista.

–De acuerdo, inténtalo –lo desafié haciéndome la difícil, aunque en realidad ya estaba medio convencida. Mi impresión de Max había mejorado en esta segunda ocasión. En los veinte minutos que llevábamos trabajando juntos, él no había sido otra cosa más que amable y divertido.

Abandonamos la elíptica y me guio en una rutina de pesas, máquinas, abdominales e intervalos de alta intensidad. Tuve que saltar, correr y agacharme rápidamente en un minuto, los sesenta segundos más largos de toda mi vida. Cuando no había transcurrido ni la mitad del entrenamiento, ya estaba hecha una sopa y al límite de mis fuerzas.

–Max, me estás sobreestimando –mascullé al tratar sin éxito de bajar una barra para ejercitar los bíceps–. ¿Acaso parezco la hermana perdida de Hércules? Es imposible bajar esto.

Él le quitó un poco de carga a la máquina, se paró frente a mí y cubrió mis manos con las suyas para dirigir el movimiento. Pese a que no era en ningún caso un toque sensual, de todos modos, di un respingo a su contacto. Se sentía raro que Max me tocara, en realidad que cualquier hombre me tocara. El último que lo había hecho era Voldemort y de eso ya habían pasado cuatro años.

–Baja la barra sin mover los codos –me ordenó Max–. Hazlo así para que solo trabaje el bíceps y lento para que no te lesiones.

Me obligué a no prestar atención al extraño calor que había surgido en mí y me concentré en realizar la rutina de ejercicios que terminó con diez minutos más de elíptica (deberían haber sido veinte, pero no lo toleré).

Al terminar, nos fuimos a la zona de colchonetas. Me desparramé sobre una de ellas toda roja y sudorosa.

–¿Cómo te sientes? –me preguntó Max.

–Como si hubiera corrido un maratón y después subido al Everest.

–Los primeros días son así, pero después el cuerpo se acostumbra. –Se hincó frente a mí–. Acuéstate, ya estamos terminando.

Obedecí y cerré los ojos. Estaba disfrutando de la frescura de la colchoneta contra mi espalda, cuando sentí las manos de Max tomando mi pie con suavidad. A continuación, se puso entre mis piernas y llevó mi tobillo a su hombro.

–¡¿Qué haces?! –pregunté alarmada y cohibida por lo íntimo de la posición.

–Te ayudo a elongar. Relaja la pierna; yo iré subiendo y tú me avisas cuando no puedas más.

–¿Y tiene que ser así?

–¿Qué tiene de malo esta forma? –me respondió con expresión inocente.

¡Me sentí más avergonzada! El muy canalla me iba a obligar a decirlo.

–Tú, mírate… ya sabes, la posición.

–Detén tus fantasías calenturientas; te aseguro que no hay nada sensual al tocarte.

Las palabras de Max me hicieron sentir la típica amiga gordita y simpática en la que los hombres nunca se fijaban, o sea, la sensación que había tenido toda la vida.

–Vaya, muchas gracias –refunfuñé.

–No lo decía como algo personal, Lucy. ¿Acaso quedaría bien que un doctor se excitara al auscultar a un paciente? ¿Cierto que no? Pues esto es lo mismo.

–Sí, tienes razón, lo siento.

–Mira, si te sientes incómoda, elongamos de otra manera, ¿te parece?

–No, adelante. Seguro sabes lo que haces.

A él debió gustarle mi respuesta, porque me sonrió. *Sí que es guapo*, pensé. *Con razón tiene una novia tan hermosa.*

Max me ayudó a estirar las piernas, los brazos y la

espalda. Al principio estaba turbada y tensa, pero de a poco me fui acostumbrando a su toque. Aunque me acomodó el cuerpo en posturas más bien sencillas, para mí, que tenía nula elongación, se sentía como un precalentamiento del *Kama-sutra*.

Al fin me soltó y se sentó frente a mí en la colchoneta.

–Bueno, eso fue todo por hoy, ¿qué te pareció la clase? No fue tan terrible, ¿verdad?

–¿Bromeas? En varios momentos, sentí que me desmayaba.

–Ya estás exagerando otra vez. Ni te atrevas a negar que lo pasaste bien.

Era cierto; se me pasó el tiempo volando, lo que era toda una sorpresa porque físicamente había sido difícil. Raro, rarísimo.

–Estuvo bien –respondí sin ganas de analizarlo–. La rutina me gustó excepto la elíptica.

–La podemos reemplazar por otra actividad como baile, *spinning*, natación. O si lo prefieres, puedes correr en el parque; lo importante es que hagas al menos treinta minutos de cardio porque es entonces cuando quemas grasas.

–¿Puedo reemplazar también las máquinas?

–No si quieres adelgazar y perder grasa. El trabajo con pesas te permite ganar masa muscular. Como el músculo necesita más energía para mantenerse, tu cuerpo quema más calorías.

Había tomado la decisión de no volver a lucir nunca más como embarazada (a menos que lo estuviera, claro), por lo que me resigné a las pesas.

—Espero que ahora que sabes que trabajamos bien juntos consideres ayudarme —dijo Max con mirada expectante.

No tenía ni que considerarlo. Max me caía bien, tenía energía y ganas de aprender. Era justo el tipo de emprendedor con el que me gustaba trabajar.

—De acuerdo —dije—. Te ayudaré.

Sonrió como si le hubiera tocado la lotería. Me dio un poco de pena verlo así porque supuse que el pobre debía estar bastante preocupado.

—¡Gracias, Lucy! Estoy tan contento que te abrazaría.

—Ni lo sueñes, estoy hecha un asco. Voy a irme directo a la ducha.

—No te vayas todavía, mira quién está ahí… ¡Eh, Gabriel! —lo llamó.

Mi corazón dio un salto cuando vi a mi angelito al otro extremo del gimnasio; sin embargo, al darme cuenta de que venía hacia nosotros, la alegría se transformó en nerviosismo.

—¿Para qué lo llamaste, Max? —masculló tratando de mantener mi rostro sereno.

—Un pequeño sacrificio de mi parte. Considéralo mi forma de darte las gracias. —Me guiñó un ojo.

—¡No, por favor! Hazle un gesto para que no venga.

—Imposible, ya casi está aquí. ¿Por qué no quieres verlo?

—Estoy impresentable: sudada, roja… —y *gorda*, pensé, pero me lo callé—; dile que se va…

Tuve que cerrar la boca porque en ese momento llegó Gabriel.

–Hola, Lucy, ¿primer día de entrenamiento?

–Eh, pues sí –respondí nerviosa–. Un poco difícil, la verdad.

–La primera vez cuesta un poco, pero después lo disfrutas.

Sus palabras me hicieron pensar en otras cosas que podría hacer por primera vez con él. De seguro las disfrutaría desde el día uno. Max tenía razón, sí que mi imaginación estaba calenturienta. Sentí la sangre agolparse en mis mejillas, pero por suerte estaba tan roja que no creí que se notara.

Gabriel se inclinó y quedó justo frente a mí.

–¿Para qué me llamaste, Max? –dijo casi sin mirarlo.

–Quería saber si podías ayudar a Lucy con los estiramientos, pero ella está un poco adolorida, así que lo dejaremos para otra ocasión.

Los ojos azules de Gabriel buscaron los míos.

–¿Qué te duele, Lucy?

Como no sabía qué inventarle, solté lo primero que me vino a la mente.

–La muñeca.

Gabriel tomó mi mano. Su contacto me cortó la respiración.

–No parece inflamada –dijo examinándome, mientras se acercaba a mí–. ¿Te golpeaste?

Mi corazón se desbocó. Su cabeza estaba inclinada buscando alguna lesión, por lo que su cabello quedaba apenas a unos centímetros de mi nariz. Aspiré profundo el aroma fresco de su champú y me olvidé de todo lo que no fuera sentir sus dedos gentiles moviéndose sobre mi piel.

De pronto, él levantó la cabeza y me miró.

–¿Y, Lucy?

–¿Sí? –Me salió como un suspiro y no como una pregunta.

Max carraspeó.

–Gabriel te preguntó si te golpeaste la muñeca.

–Ah, no. Seguramente hice un mal movimiento, pero nada de qué preocuparse.

Mi angelito me soltó. Extrañé como loca su contacto.

–Ponle atención de todas formas –me dijo–. Aplica algo de hielo y toma un analgésico. Si no es nada grave, con eso deberías estar bien.

–Gracias. Así lo haré.

Gabriel se despidió de mí. Yo seguí su musculosa espalda con la mirada hasta que lo perdí de vista.

–Oye, Lucy, lo tuyo es grave. –La voz de Max me sobresaltó–. Se te cae la baba por Gabriel.

–No es verdad.

–Le oliste el pelo –dijo como si eso lo explicara todo, lo cual era cierto.

¡Qué-ver-güen-za-por-Dios! Max me había visto olfatear a Gabriel como un perrito hambriento. Ojalá hubiera podido esconderme debajo de la colchoneta.

–¡Ay, no! ¿Crees que él se dio cuenta?

–Lo dudo, pero no tardará en hacerlo si eres tan obvia. Si tanto te gusta, ¿por qué no quisiste quedarte a solas con él? La mayoría de las chicas inventa cualquier excusa para estar a su lado.

–Yo no soy como la mayoría de las chicas.

—Sí, ya me estoy dando cuenta —dijo contemplándome con ojos entrecerrados.

Me sentí extraña frente a su mirada. No incómoda precisamente, pero sí sin saber qué hacer. No estaba acostumbrada a que los hombres me observaran, menos con ese dejo de admiración y suavidad de Max.

—Entonces, ¿qué quieres a cambio de la clase? —le solté para acabar con el raro momento.

La expresión de Max se tornó decidida.

—Leí acerca del seminario de iniciación al emprendimiento que organiza tu empresa Mentoring. Sé que no quedan entradas, pero de todos modos me gustaría asistir. Tengo mucho que aprender.

—Dalo por hecho. Puedes venir conmigo como mi invitado. ¿Eso es todo?

—No, hay algo más. Me gustaría participar en la competencia de ideas de negocios del cierre.

—¿Te refieres al torneo de *elevator pitch*? —Como Max me miraba con expresión de no entender a qué me refería, agregué—: Sabes lo que es, ¿verdad?

—Algo así como hablar de tu negocio, ¿no?

Vaya, Max necesitaba informarse bastante más.

—No es solo hablar de tu negocio —aclaré—. Es una exposición de tres minutos sobre este con parámetros de evaluación muy claros. Tienes que señalar cuál es el problema que tu producto resuelve, de qué forma y cuáles son sus ventajas competitivas. ¿Has hecho algún *pitch* alguna vez?

—No, la verdad es que no, pero aprendo rápido.

–No lo dudo, pero no me parece buena idea que te inscribas en el torneo si no tienes experiencia. ¿Por qué quieres hacerlo de todos modos? Los premios ni siquiera son buenos.

Max exhaló con cansancio.

–Estoy harto de perseguir clientes que no me dan ni la hora. Ni siquiera me rechazan, se limitan a ignorarme. Pienso que el torneo me servirá para descubrir qué estoy haciendo mal.

–Pues sí, pero te advierto que este torneo de *pitch* es bastante exigente. Como está dentro del seminario de capacitación, los jueces son extremadamente duros para que los emprendedores sepan cuáles son sus errores.

–Mejor que sean duros –respondió Max con una determinación que me sorprendió–. Así ya de una vez por todas me entero en qué me estoy equivocando.

–No necesitas meterte al circo romano con los leones para saberlo.

–Créeme que ya llevo varios meses dentro de uno, Lucy. Pase lo que pase en el torneo, la cosa no puede volverse peor. Quiero inscribirme –insistió.

–Te inscribiré entonces, pero que conste que te advertí los riesgos –asentí resignada.

–Me considero advertido. No te preocupes, Lucy –sonrió–. Me prepararé bien. Seré el mejor gladiador.

No dudaba de que esa fuera la intención de Max. El problema es que él no sabía el tipo de fieras salvajes que lo esperaba.

CAPÍTULO 5

Un gladiador
en el circo romano

MAX

Mónica se enfadó cuando supo que no pasaría el sábado con ella como le había prometido.

–Es la quinta vez que me dejas plantada por lo de las zapatillas, Max –me reclamó, con sus ojos verdes brillantes de furia.

¿Tanto era pedir un poco de comprensión de parte de mi novia? Al parecer sí. No me gustaba fallarle a Mónica, pero en ningún caso iba a desaprovechar la oportunidad de ir al seminario. Al final para calmarla, dije que la llevaría a su restaurant favorito apenas terminara el evento.

El sábado, después de entrenar a un alumno, me dirigí al hotel W. El seminario se realizaba en una sala lujosa, alfombrada y moderna. Debía haber unas ciento cincuenta personas, más hombres que mujeres. Me sentí algo fuera de lugar porque todos alrededor tenían pinta de ser personas de éxito y, por cierto, yo no me consideraba así. La cosa empeoró cuando empezó la charla. Los expositores hablaban de temas que yo jamás había escuchado. Usaban varios conceptos del inglés, un idioma del que yo tenía un dominio bastante mediocre.

A Lucy la había visto desde lejos. Quise acercarme a saludarla, pero no lo hice porque se veía atareada encargándose de todo. Corría de un lado a otro y parecía estar en todas partes a la vez. En un momento, la veía saludando a la gente en la acreditación, al minuto estaba coordinando al maestro de ceremonias y, un segundo después, dando instrucciones cerca del escenario.

Lucy llevaba ese día pantalón gris, una camisa blanca que le apretaba el estómago, el pelo recogido en una cola tirante y nada de maquillaje. Su atuendo, aunque profesional, no la favorecía y le daba una apariencia de lo más corriente; sin embargo, ella había dejado claro que no era una chica común cuando dio su charla. Decir que era brillante sería quedarse corto, ¡ella era en un genio, un Steve Jobs en versión femenina! No podía creer la seguridad y el conocimiento que derrochaba arriba del escenario. Todo lo que decía sobre cómo reconocer una idea de negocios rentable era cierto. Si hubiera hecho una encuesta a mis potenciales clientes para conocer sus necesidades, como aconsejaba Lucy, habría sabido de inmediato que mi importación de zapatillas no les llamaría la atención. Ojalá hubiera conocido antes a esta chica, ¡me habría ahorrado tantos problemas!

Cuando Lucy se bajó de la tarima, quise ir a felicitarla por su exposición, pero no alcancé a acercarme. Más de veinte personas la rodearon bombardeándola con felicitaciones, preguntas y peticiones de asesoría.

–Lucía, ¿podrías recomendarme algún libro de emprendimiento? –le preguntó uno.

–Depende de cuánto conozcas el tema –respondió ella–, pero a mí me gustó *Lean Start Up*. Tiene buenas ideas y es….

–¿Impartes cursos en alguna parte? –la interrumpió otro.

–Todos los cursos están en nuestra página de la em...

–¿Cuándo es el próximo? –preguntó una chica–. Tengo un negocio de comida vegetariana y me gustaría que me dijeras…

Lucy no daba abasto a tanta pregunta y pedía a la gente que solicitara una consulta a través de la página web de su empresa. El fervor era tal que vi a varios hacerlo en ese mismo instante a través de sus celulares. Increíble, la chica era una *rock star* del emprendimiento.

Aunque Lucy se esforzaba por ser amable con la gente a su alrededor, me di cuenta de que estaba agotada porque de vez en cuando entrecerraba los ojos como si le costara trabajo concentrarse. Hacía más de quince minutos que había terminado su charla dando inicio a un descanso, pero las personas que la rodeaban no tenían pinta de querer irse. Me dieron ganas de rescatarla de tanto moscardón. Se me ocurrió cómo hacerlo cuando vi a un mozo salir desde una puerta apartada al otro costado de la sala.

Con decisión, me abrí paso entre la gente hasta llegar al lado de Lucy.

–Don Hernán te está buscando –le dije–, me pidió que fueras de inmediato a la sala de juntas.

Lucy parpadeó y me miró con extrañeza.

–¿Don Hernán? ¿Qué Hernán?

–Don Hernán del gimnasio –improvisé–. Me mandó a buscarte. –La tomé por el codo y avancé con ella dos metros lejos del grupo–. Lo siento, gente, pero Lucy se tiene que ir.

Ella asintió como comprendiendo mi estrategia, hizo un gesto de despedida y entre protestas de los presentes, me dejó conducirla hasta el otro lado de la puerta café. Fue un alivio dejar el barullo atrás. Llegamos a un pasillo solitario; solo nos llegaban los sonidos lejanos de una cocina ajetreada al fondo.

–Tiene una oficina muy bonita, "don Hernán" –sonrió débilmente–, aunque necesita muebles.

–Imaginé que te vendría bien una excusa para descansar un rato.

–Imaginaste bien, gracias –respondió, masajeándose la frente–. Llegué a las ocho de la mañana y no he parado desde entonces. No he tenido ni un minuto para sentarme o comer… lo que quizá no sea tan malo si recordamos los resultados de mi evaluación física –agregó bromeando.

Le pedí que me esperara y me fui a la cocina para tratar de conseguir algo. En menos de cinco minutos, estuve de vuelta con un sándwich de queso y agua, lo único que encontré. Lucy estaba sentada en el suelo de alfombra, apoyada contra la pared. Tenía los ojos cerrados.

–Para que no te desmayes –le ofrecí la comida y me senté a su lado.

Lucy esbozó una sonrisa cansada a modo de agradecimiento y se tomó el agua de un solo trago. Esperé a que terminara de acabarse el pan para hablarle.

–Me encantó tu exposición... –comencé a decir, pero ella me silenció con un gesto de su mano.

–Shhh, solo un minuto más, por favor –rogó cerrando los ojos.

–Claro.

No volví a abrir la boca hasta que Lucy me miró otra vez.

–Gracias por traerme aquí, Max. Después de tantas personas hablándome al mismo tiempo, necesitaba alejarme del ruido. ¿Querías decirme algo?

–Nada importante, solo felicitarte por tu charla. Estuviste fantástica –dije con real admiración.

Lucy curvó sus labios en una sonrisa modesta. No dije nada más y permanecimos en un cómodo silencio. Era agradable estar a su lado.

No pasó mucho rato hasta que apareció un hombre joven de gafas gruesas buscando a Lucy. Me lo presentó como Rodrigo, uno de sus socios. Ellos se distribuyeron las próximas tareas a realizar y, en menos de un minuto, ella estaba lista para volver a la carga.

–Buena suerte en el torneo –me deseó antes de marcharse.

Supe que iba a necesitar esa suerte tan pronto como el primer participante se subió a la tarima y comenzaron sus tres minutos reglamentarios. El joven, con voz atropellada por los nervios, habló de su negocio mientras los jueces, dos hombres y una chica, lo miraban con el ceño fruncido. Las cosas se pusieron todavía peores cuando terminó su exposición. Los evaluadores lo acribillaron con preguntas y comentarios brutales.

–Se nota que nunca estudiaste de negocios –dijo uno.

–La necesidad que quieres satisfacer con tu emprendimiento existe solo en tu mente –dijo otro–. Mejor dedícate a buscar algo que tenga justificación real.

Y así continuaron. De forma bastante prepotente le hicieron ver al pobre tipo las incoherencias de su plan de negocios. Sin exagerar, lo único que les faltó fue decirle que su idea era una porquería. Lucy tenía razón. Ese torneo era la maldita masacre del circo romano.

Los siguientes participantes fueron rematados con igual saña, mientras yo me ponía más y más nervioso. Aun así, cuando llegó mi turno, me las arreglé para caminar de forma pausada y mirar de frente al público. Mala idea. Ciento cincuenta pares de ojos clavados en mí no aumentaron mi tranquilidad precisamente.

–¿Estás listo para comenzar, Max? –preguntó el animador.

Hice un gesto de asentimiento y echaron a andar el cronómetro. Apresuré las palabras, preocupado por no alcanzar a decir todo lo que debía en aquel tiempo acotado. El resultado fue que hablé de forma rápida y desordenada. Peor aún me salió la ronda de preguntas. Hubo cosas que no supe cómo responder. Temblando por dentro, esperé los comentarios de los jueces.

–El precio de venta de las zapatillas es absurdo –comenzó el primero–. No hay nada especial en ellas que justifique que los consumidores paguen esa cantidad.

–Estás soñando si crees posible vender tu producto sin garantía, ni servicio de posventa –dijo la mujer–. Ninguna cadena de grandes tiendas querrá un proveedor así.

–Tus zapatillas carecen de ventaja competitiva. Todo el negocio es una pérdida de tiempo y dinero –dijo el último de los jueces con perverso placer, asestándome el tiro final. Parecía un león feliz de torturar a su presa antes de matarla.

Rematado. Liquidado. Mi negocio acababa de irse a la mierda.

Volví a mi asiento aplastado por el fracaso. No fui capaz de enterarme de nada más. Ni siquiera supe quién ganó la competencia. En lo único que podía pensar era que todo lo que había hecho los últimos meses no había servido de nada. El tiempo que pasé aprendiendo a importar, las rabias que sufrí, los problemas que tuve que resolver; todo fue inútil. Dejé de lado descansar, divertirme y pasar tiempo con Mónica creyendo que al final mis esfuerzos y sacrificios tendrían recompensa. Pero todo lo que hice no sirvió en absoluto; según los jueces incluso me iba a ir a pérdida. Habría sido mejor no hacer nada en primer lugar.

Mi sueño había fracasado. Yo había fracasado.

Cuando terminó el seminario, Lucy se acercó a mí con mirada preocupada.

–Lo siento, Max –murmuró–. ¿Estás bien?

–Sí –respondí en un tono de derrota que me contradecía.

Lucy me miró en silencio.

—Me preguntaba si podrías acercarme al gimnasio –volvió a decir ella al cabo de unos segundos–. Es que no vine conduciendo.

Hice un asentimiento débil y la esperé a que terminara de atender a los emprendedores que habían vuelto a rodearla, bombardeándola con preguntas. Después de veinte minutos Lucy se reunió conmigo. Aún en silencio, conduje hasta el Parque Araucano.

—Acompáñame –dijo ella antes de bajarse del auto–. Hay algo que quiero mostrarte.

Estaba tan deprimido que ni siquiera pregunté qué era, solo la seguí. A diferencia de lo que esperaba, Lucy no me condujo al gimnasio, sino que me llevó al rosedal del parque donde nos sentamos en una banca.

—Este es el lugar que quería mostrarte. Precioso, ¿eh?

Miré con desgano ese montón de flores que no me interesaba en absoluto.

—Supongo –respondí encogiéndome de hombros. No se me ocurría por qué Lucy me había llevado allí.

Ella desvió la vista hacia el paisaje. Ambos nos quedamos en silencio.

—Este sitio siempre me ayuda a sentirme mejor –comentó ella de pronto como si nada, sin dejar de mirar el parque. Supe que me estaba ofreciendo su apoyo, invitándome a hablar si lo necesitaba. No solía ventilar mis asuntos con nadie, pero el golpe del torneo me había derribado. Me sentía desamparado. No quería estar solo en ese momento.

Exhalé con tristeza.

–Tenías razón, Lucy. Era un maldito circo romano y yo me presté como un imbécil a que me destrozaran. Jamás debí haber participado.

–No seas tan duro contigo mismo, Max. Es solo un torneo.

–Es más que eso. Los jueces, por muy prepotentes que fueran, al final tenían razón en todo. Mi negocio de las zapatillas es un asco. Debería haber considerado todas las variables antes de haber invertido un solo peso. No solo no voy a ganar dinero, sino que lo voy a perder.

–La plata se recupera. Vendrán oportunidades, te lo aseguro.

–¿De qué sirve que aparezcan otras si no soy capaz de hacerlo funcionar? Todos me dijeron que no podía lograrlo. Mis amigos, mis padres, Mónica... Yo siempre hice oídos sordos, convencido de que podía sacar un negocio adelante. Es fuerte darme cuenta de que no puedo.

–Puede parecer así ahora, pero no es cierto. Por una vez que las cosas no resulten no significa que nunca lo vayan a hacer, solo significa que hay que encontrar otra forma de lograrlo. La mayoría de los emprendedores crean varios negocios antes de dar con el que triunfan. –Me miró directo a los ojos–. Eres tú quien debe decidir si vale la pena tomarse la molestia de intentarlo. Emprender no es un camino fácil ni uno para todos. Hay muchos obstáculos, pero a la vez es desafiante, motivante; divertido incluso si te lo tomas como un juego. Cada vez que cierras una venta o consigues un nuevo cliente es pura adrenalina.

–Hablas con tanto entusiasmo porque a ti te va bien –dije desganado.

–Sí, claro. *Ahora* me va bien –enfatizó–, pero no siempre fue así.

Lucy me contó que había tenido dos emprendimientos anteriores, un servicio de orientación para extranjeros y una empresa de recursos humanos. Ninguno despegó. También me relató otras historias parecidas de personas con las que trabajaba. Fueron pocos los que tuvieron éxito en su primer intento.

Mi ánimo mejoró un poco después de escucharla y me sentí con confianza para hablarle de los conflictos que había tenido con mis cercanos, quienes opinaban que era mejor que me conformara con un empleo estable en lugar de emprender.

–Lo que ni mi familia ni Mónica entienden es que yo no sirvo para la rutina ni para cumplir horarios –dije–. Yo quiero crear un negocio que sea mío. Aunque involucre más esfuerzo, quiero hacer algo que de verdad me apasione, pero igual me desalienta que ni siquiera la gente que más quiero crea en mí.

Lucy asintió como si comprendiera antes de decir con voz suave:

–Déjame contarte una historia, Max. Cuando Thomas Alva Edison estaba desarrollando la lámpara de incandescencia para que diera luz sin fundirse, nadie, absolutamente nadie, creía que tendría éxito. Edison hizo más de mil intentos que no funcionaron. Las personas le preguntaban si no se cansaba de fracasar, pero él ignoraba los comentarios y volvía a trabajar. Cuando al fin tuvo éxito, dijo: "No fueron mil inventos fallidos, fue un invento de mil pasos".

La historia me hizo sentir aún peor.

–¿Estás diciendo que voy a fracasar mil veces antes de tener éxito?

–No. Estoy diciendo que no importan las opiniones de los demás. Siempre habrá personas que crean en ti y otras que no. Al final, lo único importante es que tú creas en ti mismo… ¿Estás seguro de que tener tu negocio es tu sueño, Max?

Pese a la tristeza, pese a lo cansado y desilusionado que estaba en ese momento, sabía cuál era la respuesta. La había sabido por años.

–Sí –exhalé con fuerza–, estoy seguro.

–Entonces sigue adelante. Haz igual que Edison y tómate lo que te dijeron en el torneo no como un fracaso, sino como una lección que te servirá para triunfar. –Su mirada estaba llena de dulzura cuando se encontró con la mía–. Tu sueño es valioso, Max. Si nunca te rindes, es imposible que fracases. No le creas a nadie que te diga lo contrario… Y si necesitas ayuda, pues aquí me tienes –agregó.

Fue como si una carga se liberara de mis hombros. Lucy tenía razón: si persistía, tendría que lograrlo y, demonios, quería hacerlo. No quería rendirme. No iba a rendirme.

–Gracias, Lucy –respondí más agradecido de lo que podía expresar.

Ella sonrió, curvando sus labios en una suave sonrisa que iluminó su rostro y sus ojos serenos. Fue en ese instante cuando noté por primera vez lo bonita que era, al verla resplandeciendo en el atardecer. De hecho, todo el rosedal me pareció de pronto cargado de placidez y dulzura. Bajo los arcos de hiedra que rodeaban el jardín, había parejas de enamorados y sus risas cómplices se unían al canto de los pájaros. Al extender la mirada, se observaba el césped cubriendo la extensión del parque primaveral y, más arriba, la cordillera nevada en el horizonte.

Contemplé el paisaje en un apacible silencio junto a Lucy, sintiéndome más cerca de ella de lo que lo había estado de nadie en largo tiempo. Permanecí en esa tranquilidad hasta que mi teléfono me sobresaltó con una llamada de Mónica. ¡Mónica! Había olvidado que iba a salir con ella.

CAPÍTULO 6

Un truco jedi

LUCY

Aunque al principio me costó hacerme el hábito de ir a ejercitar, después de seis semanas ya le había tomado el gustito porque me servía para liberar el estrés y desconectarme del trabajo. El gimnasio ofrecía muchas alternativas de entrenamiento y había probado varias con diferentes resultados. Mi primer fiasco fue aquagym, una clase en el agua en la cual la profesora nos guiaba desde afuera de la piscina. Juro que me sentía como una foca amaestrada siguiéndola. En serio, en cualquier momento veía que nos arrojaba pescado como recompensa por hacer bien el ejercicio. Tampoco estuve a la altura en natación. Pese a que me gustaba nadar, la mayoría de los participantes de la clase eran nadadores de alto rendimiento. Como yo estaba tan por debajo del nivel, después de dos veces no fui más para no dar pena. Donde sí lo pasaba bien era en baile. No me importaba ser arrítmica, total la música me gustaba y me movía como fuera. Después me iba a mi apartamento a darme una ducha calientita, me tiraba a la cama y dormía como los dioses. ¡Una delicia!

Las pesas me costaron lo suyo; los primeros días estaba tan adolorida que apenas podía moverme, pero no tardé en tomarles aprecio cuando empecé a notar mi cuerpo más firme y la ropa más holgada. Para ejercitar, me ponía los auriculares, echaba andar mi *playlist* y realizaba mi rutina observando la fauna del gimnasio. No faltaban las amigas inseparables, los grupos de jóvenes que entrenaban juntos, la mamá que iba a desconectarse, el metrosexual esbelto (o gay, no sabía diferenciarlos) y el gordito tímido arriba de la elíptica, como yo. También había mujeres guapísimas de melenas perfectas que apenas sudaban (prueba de lo injusta que era la vida). A falta de un nombre mejor, les decía ninfas. Su contraparte varonil eran los *musculines*, hombres con torsos esculpidos que sudaban de forma sexy, tipo bailarín de Madonna. Era un tremendo placer verlos haciendo flexiones en sus camisetas apretadas.

Pues sí, recrear la vista era una de las ventajas inesperadas de ir al gimnasio, aunque ningún *musculín*, por más guapo que fuera, podía compararse a Gabriel. Aunque rara vez cruzábamos más de dos o tres frases porque me ponía nerviosa a su lado, me bastaba con verlo para sentirme feliz.

Con quien sí pasaba mucho tiempo era con Max, casi nos veíamos todos los días. Yo lo llevaba a mis eventos de emprendimiento y a cambio él me ayudaba con mis rutinas de ejercicios. Max se había ofrecido a entrenarme gratis, pero a mí me ponía incómoda ejercitarme con alguien mirándome constantemente, así que él solo se acercaba de vez en cuando a corregirme la rutina o darme alguna indicación. Sin embargo, después del gimnasio y de los seminarios solíamos ir a tomarnos algo y conversar como si nos conociéramos de toda la vida. Aunque ninguno de los dos lo había mencionado, la tarde del rosedal había marcado un antes y un después en nuestra relación, haciendo nacer entre nosotros una confianza de amigos. No tardé en invitarlo a mi apartamento.

–¡Vaya, Lucy, sí que te debe ir bien! –comentó Max al entrar a mi casa.

Sonreí con modestia. Pues sí, me iba bien. Mi edificio estaba a dos calles del Parque Araucano en una zona exclusiva de la capital. Aunque mi apartamento tenía solo un dormitorio, era amplio y moderno. A mí me encantaba. Durante el día, la luz entraba a raudales a través del ventanal y todo se veía funcional y luminoso. La sala no tenía muebles, a excepción de las sillas altas de la mesa de la cocina americana, un enorme sofá de cuero blanco y una mesa de centro, sobre la cual siempre se encontraba mi ordenador: mi inseparable MacBook.

–¿Te mudaste hace poco? –preguntó Max paseando la vista por el lugar casi vacío.

–Vivo aquí hace dos años. Me gusta tener pocas cosas, así no pierdo tiempo en ordenar. Es práctico y evita el caos.

–Uf, entonces mejor que ni conozcas donde vivo. Mi apartamento está hasta el tope de cajas de zapatillas.

–Ya las venderás. ¿Quieres beber o comer algo? –ofrecí abriendo la puerta del refrigerador. Mala idea. Las cejas de Max se alzaron en una expresión de censura al fijarse en el contenido de mi frigorífico.

–¡Lucy, pensé que ya habíamos hablado de esto! Si quieres tener resultados en el gimnasio, no puedes seguir comiendo porquerías.

Ay no, otra vez el aburrido sermón de la alimentación sana. Era uno de los temas favoritos de Max. Para mi desgracia, parecía haberse tomado como su cruzada personal hacerme cambiar de hábitos.

–No empieces de nuevo. Ya te dije que no voy a hacer dieta.

Había probado hacer régimen alguna vez y nunca resultaba. Al segundo día, ya estaba tragando cualquier cosa con hambre canina.

–No quiero que estés a dieta, pero sí que aprendas a comer sano –dijo Max–. Si solo te sirvieras un chocolate de vez en cuando no te diría nada, pero sabes que no es así. Comes pésimo. Prácticamente no desayunas, te saltas comidas y luego te zampas cosas tóxicas. –Caminó hasta el refrigerador y lo inspeccionó con el ceño fruncido–. No tienes nada saludable aquí, Lucy. ¿De qué sirve que vayas al gimnasio tres veces por semana si después lo arruinas todo, metiéndote veneno en el cuerpo?

–¿Veneno? ¿No te parece que estás exagerando?

Max me miró desafiante, mostrándome una margarina a medio comer.

–Lee la etiqueta y los componentes. ¿Ves el porcentaje de grasas trans? Este tipo de grasas son artificiales y no tienen nutrientes. No sirven para nada excepto para engordar y aumentar el colesterol. En otros países ya las prohibieron.

Dejó el paquete de lado y comenzó a vaciar mi refrigerador mientras me iba leyendo los dañinos componentes de todo lo que extraía. Cualquiera que lo escuchara pensaría que yo iba directo a la muerte.

–Fíjate en estas rosquillas. –Max me mostró una caja de mis favoritas–. Son veneno puro, llenas de grasa, azúcares y cancerígenos. Con pocas que te comas ya agotas las calorías de un día entero. La próxima vez que estés masticando una, quiero que te acuerdes de que toda esa grasa va directo...

–Ya sé, a mis caderas y mi estómago –lo interrumpí.

–No, a tus arterias. Cuando te metas en el cuerpo una de estas porquerías, hazlo sabiendo que te estás provocando un ataque cardíaco. Imagínate toda esa grasa pegándose a tus arterias, tapándolas, como grumos de manteca que te asfixian. –Dejó las rosquillas y extrajo un recipiente–. ¿Qué es esto? –dijo abriéndolo con una mueca de asco.

–No pongas esa expresión, es solo puré instantáneo y salchichas.

–¿Esta clase de porquerías comes?

–¡Oye! Que lo cociné yo misma. –Max puso una expresión burlona y sentí la necesidad de justificarme–. Ya te había comentado que la cocina no es mi especialidad.

–Por como huele esto, yo diría que ese es el eufemismo del año.

–¿Estás insinuando que cocino mal?

–No lo estoy insinuando –sus ojos brillaron con diversión–, te lo estoy diciendo de frente.

Le arrebaté el recipiente y me crucé de brazos.

–Supongo que tú cocinas muy bien, ¿no?

–Mejor que tú, sin duda, lo cual no tiene mucho mérito.

–Bueno, te reto a que lo demuestres.

–Ningún problema, pero si te gusta mi comida, quiero que me respondas algo –contestó sonriente, ganándose una mirada de desconfianza de mi parte–. Nada terrible, solo una simple información.

–De acuerdo, trato hecho –acepté creyendo que se trataba de algo de negocios.

Max se puso a buscar en mis estantes algo para preparar, pero a los dos minutos se rindió.

–Lucy, por tu propio bien, voy a arrojar todo lo que te hace daño –frente a mi expresión de protesta, se apresuró a agregar–: si de verdad quieres que te ayude a bajar de peso, tienes que hacerme caso. Tú sabes de negocios, pero yo sé cómo crear un cuerpo sano y firme. ¿Me crees?

Imposible no hacerlo, su estupendo físico hablaba por sí mismo. Me tragué las protestas y asentí con un suspiro resignado. Max terminó de vaciar el contenido de mi refrigerador y luego se ensañó con mi despensa. Como prácticamente no dejó nada, tuvimos que ir a abastecernos al supermercado. Una hora después estábamos de vuelta con tantas verduras y frutas como si me dedicara a la cría de conejos. Max incluyó también carne magra, pescado, pollo, lácteos descremados, legumbres y miles de especias que no tenía idea de cómo usar (mis únicos conocimientos de aliños se limitaban a la sal y el orégano).

–Quiero que de ahora en adelante sigas tres reglas sencillas al comer –dijo Max–. La primera es que hagas cinco comidas al día: un buen desayuno, un almuerzo razonable y una cena ligera. Entremedio, dos colaciones sanas.

Sonaba sensato. A veces no desayunaba o no almorzaba por el ritmo frenético del trabajo. Aunque me mantenía en pie a base de dulces, luego llegaba a mi apartamento desesperada y me comía hasta las sobras vencidas. Sí, las cosas tenían que cambiar.

–Lo haré –me comprometí–. ¿Segunda regla?

–Aléjate de todo lo que sea procesado.

–¿Todo? –repetí descorazonada pensando en mis queridas y malvadas rosquillas.

–Todo –reafirmó–. No te lo estoy prohibiendo, Lucy, esto no es una dieta; el término clave aquí es "elección". Puedes saltarte las reglas un día, pero no toda la semana como haces ahora. Quiero que comiences a elegir alimentos sanos para ti. Mientras más procesado es lo que te echas a la boca, más daño le haces a tu organismo.

–Está bien –acepté con desgano.

–Última regla: come proteínas y algo crudo en cada comida. Idealmente sigue la norma "cinco al día"; es decir, dos frutas y tres porciones de verdura diarias.

–Puaj, me niego a alimentarme a base de lechuga desabrida. Ni que fuera un hámster.

–Comer sano no tiene por qué ser desabrido. Te lo voy a demostrar –dijo guiñándome un ojo.

Media hora después estaba sentada a la mesa de la cocina relamiéndome de gusto. Max había preparado un delicioso pollo a las finas hierbas con salteado de verduras. Juro que nunca había comido nada tan rico. Me tuve que contener para no pasarle la lengua al plato.

–¡Dios mío, Max! ¿Dónde aprendiste a cocinar así?

–Vivo solo desde que terminé la universidad. Como me gusta la alimentación saludable y en la ciudad casi no hay lugares que la ofrezcan, tuve que aprender.

–Pues tienes verdadero talento.

–Gracias, me gusta cocinar… Y ahora mi pregunta: ¿por qué nunca le hablas a Gabriel si estás loca por el tipo?

No me esperaba que quisiera saber sobre eso. Mi primera reacción fue irme por la tangente.

–Pensé que tu consulta sería de negocios; después de todo, hay algunos costos de las zapatillas que…

–No me cambies el tema –me cortó.

Vaya, Max me conocía más de lo que pensaba. Tomé un trago de mi cerveza.

–No es que no quiera hablarle a Gabriel, es solo que estaría mal interrumpirlo cuando trabaja, ¿no crees?

–Eso es una excusa y lo sabes. Te he visto alejarte de él. En todo caso no te culpo, el tipo está lejos de ser santo de mi devoción.

–Ajá, ya sabía yo que no se llevaban bien. Parecen Rusia y Estados Unidos en la Guerra Fría.

Max giró el contenido de su botella.

–No nos tratamos desde que él me quitó a dos chicas que entrenaban conmigo. Les ha quitado alumnas a otros colegas también.

–¿En serio? –pregunté sin poder calzar la imagen idílica que tenía de mi angelito con lo que escuchaba.

–Sí. Gabriel se aprovecha de su aspecto para lograr que las mujeres lo escojan como *personal trainer*. Les coquetea un poco a todas… Bueno, me imagino que algo tiene que hacer dado que está lejos de ser el tipo más brillante del planeta.

–¡Max! –lo reté.

–¿Qué? Es verdad, te darías cuenta de inmediato si fueras capaz de hablarle. El tipo tiene apenas dos neuronas y una no le funciona –sonrió–. Mira, Lucy, a fin de cuentas, da lo mismo lo que piense yo de él, lo importante es que a ti te gusta. ¿Has pensado en invitarlo a salir?

La absurda pregunta hizo que me atragantara con el alcohol.

–¿Cómo se te ocurre? ¿Acaso te volviste loco?

–¿Por qué no? Estamos en pleno siglo veintiuno por si no te has dado cuenta. Las mujeres pueden invitar a los hombres a salir, ¿sabes? Cuando estaba soltero, a mí me invitaron varias veces.

–¿Y aceptaste?

–En ocasiones. –Dio un sorbo a su cerveza y luego apoyó la botella en la mesa–. Todo dependía de si me gustaba la chica.

–Bueno, ese es el problema: a Gabriel no le gusto.

–¡Cómo le vas a gustar si él apenas sabe que existes! Cuando se topan, con suerte tú murmuras dos o tres palabras antes de salir corriendo como un ratón asustado. Pero si le dieras la oportunidad de conocerte, estoy seguro de que él se fijaría en ti. Incluso un tipo tan tonto como Gabriel notaría lo increíble que eres.

Era lo más bonito que me habían dicho en años y me conmovió. Para disimular mi turbación, solté una risa irónica.

–¡Ja! Sí, claro. Cómo no. Estaba fuerte tu cerveza parece.

–Es sin alcohol, Lucy, estoy conduciendo.

–Entonces te fumaste algo… Vamos, Max, las cosas como son: tú y yo sabemos que entre Gabriel y yo no pasará jamás nada.

–¿Por qué no? –preguntó como si no entendiera.

Consciente de que una imagen valía más que mil palabras, saqué mi celular y busqué el perfil de Gabriel en Instagram.

–Tan solo míralo –dije pasándole el teléfono a Max–; pero ten cuidado de no apretar nada para que no se dé cuenta de que lo veo.

–No le hablas, pero lo espías en las redes sociales.

–Exacto.

–Qué triste.

–Pues sí.

Juntos observamos la foto. Era una selfie de Gabriel en el gimnasio que mostraba sus bíceps marcados y su sonrisa de ensueño.

–¿Acaso no es el hombre más hermoso que has visto en tu vida? –pregunté en un suspiro.

–No soy gay, Lucy, no me ando fijando en cómo lucen los demás hombres. Y en todo caso, tampoco es que le dé demasiada importancia a la apariencia.

–Lo dice el hombre que tiene de novia a una modelo.

–Ex. Exmodelo. No me fijé en Mónica porque fuera bella. –Lo miré como si no creyera una palabra, y Max agregó–: Es cierto que me llamó la atención que fuera bonita, pero fueron otras cosas las que me atrajeron de ella. Mónica es atenta y cariñosa. Antes nos divertíamos mucho.

No pasó inadvertido para mí el uso del pasado.

–¿Ya no lo hacen?

–Cada vez menos desde que me metí en lo de las zapatillas. Últimamente discutimos a cada rato; antes solo lo hacíamos por sus celos, pero ahora es por todo. –Exhaló con pesar antes de dar un trago a su cerveza–. Oye, pero no cambies el tema de nuevo, estábamos hablando de ti... –Se quedó en silencio unos instantes mirando la foto de Gabriel–. ¿Te puedo decir algo sin que te enojes?

–Puaj, no. La gente siempre pregunta eso antes de lanzarte una crítica.

–No exageres, estamos en confianza. –Clavó sus ojos en los míos–. Perdona que te lo diga, Lucy, pero me sorprende que a ti, que eres tan inteligente, te guste un cabeza de músculo como Gabriel. De acuerdo, el tipo tiene buena pinta, pero no creí que fuera tan importante para ti la facha.

Sentí como si me estuviera tachando de superficial. Me

entristeció que él pensara eso de mí. Recuperé mi celular y lo apagué.

—No es por eso que me gusta Gabriel —murmuré, decidida a contarle algo de la verdad—. Max, ¿alguna vez te han roto el corazón?

Él ladeó la cabeza, meditándolo.

—Lo he pasado mal en algunas ocasiones, pero sufrir, lo que se dice sufrir, no, ¿por qué?

—Porque a mí sí y fue horrible. No quiero entrar en detalles porque todavía me duele, pero estuve pésimo; estaba convencida de que ya no podía interesarme ningún otro hombre hasta que conocí a Gabriel. Gracias a él, descubrí que puedo enamorarme de nuevo —terminé de hablar con un nudo en la garganta.

Max se quedó unos instantes en silencio. Le agradecí que no tratara de hacer más preguntas.

—Entonces con mayor razón deberías invitarlo a salir —dijo— o, de preferencia, a otro si te mejora el gusto.

—¡Vamos, Max! La idea de que Gabriel pudiera interesarse en mí es absurda. Está absolutamente fuera de mi alcance.

—¿Por qué dices eso? —repuso Max con expresión de no creer lo que escuchaba.

—¿Viste su foto? Yo no tengo nada que hacer con él. Como si no saltara a la vista que soy baja y gorda.

Maldición, se me escapó.

Apenas lo dije, me avergoncé de lo triste que sonaba. La mirada compasiva que me dedicó Max hizo que me sintiera aún peor.

–¿Eso es lo que ves en ti, Lucy? –me preguntó con voz tan dulce que me dieron ganas de llorar.

–No, eso es lo que los hombres ven en mí.

–No todos, ¿sabes? Yo menos que nadie; pienso que eres la mujer más inteligente que…

–Sí, ya sé que soy una cerebrito –lo interrumpí antes de que él agregara algo más–. Ni te molestes en decírmelo porque ya lo he escuchado bastante. Tuve muchos compañeros en Ingeniería y para ninguno de ellos fui nada más que su amiga gordita. ¿Sabes qué? Ya estoy harta de ilusionarme para nada. Si ni siquiera les gusté a unos tipos de lo más normales, mucho menos se va a fijar en mí un hombre como Gabriel que es poco menos que un semidiós.

Me arrepentí al instante de haberle confesado eso a Max, porque nunca lo había visto tan serio. No supe decir si estaba sorprendido o simplemente triste por mí. Me obligué a soltar una broma para romper el incómodo momento.

–Gabriel es tan guapo que en comparación a él yo soy Jabba el Hutt.

Sí, no fue la mejor broma del mundo.

–¿Jabba el Hutt?

–Sí, el monstruo verde de *Star Wars*, ese que parece un gusano.

Por lo general cuando salía con chistes como esos, Max se reía, pero esta vez no había asomo de diversión en su rostro.

–Lucy –dijo mi nombre como un reproche–, no puedes hablar de ti misma de esa manera, ¿está claro?

–Pero si era un chiste, una exage...

–Pero nada –me cortó–. Como tu amigo, te lo prohíbo. No vuelvas a decirte algo tan horrible, ni siquiera en broma, Prométemelo Lucy.

Era la primera vez que Max decía ser mi amigo y me conmovió. De pronto, una oleada de afecto se expandió por mi pecho.

–Está bien –murmuré avergonzada.

–Yo no pienso de ti nada de lo que has dicho. –Su mirada volvió a tornarse amable.

–¿Qué piensas entonces?

–Que podrías tener a cualquier hombre que quisieras, incluso Gabriel, si tan solo creyeras en ti misma –dijo.

Una cálida timidez me embargó.

–¿Lo dices de verdad?

–Totalmente. Deberías invitarlo a salir.

Medité en silencio. ¿Sería posible que Max tuviera razón? ¿Tendría yo alguna oportunidad con Gabriel? Lo dudaba, pero las palabras de mi amigo me habían intrigado. ¿Y si me aventuraba a dar un primer paso y veía qué pasaba? No tendría que ser algo tan arriesgado como invitarlo a salir, podría ser una simple salida casual en grupo; tal vez ir por una cerveza y aprovechar esa oportunidad para que nos conociéramos más.

–¿Me... me ayudarías a hacerlo? –le pedí a Max, contándole mi idea.

–¡Lucy! Pero si Gabriel y yo no nos caemos bien, ¿cómo quieres que vaya como acompañante? Además, lo más probable es que si yo lo invitara a tomar algo, él no querría ir. Te iría mejor si le pides ayuda a otra persona.

—A nadie más le podría contar mi plan sin morirme de vergüenza. —Puse mi mano frente a sus ojos y la desplacé describiendo un arco en el aire—. "Invitaré a Gabriel para ayudar a Lucy".

—¿Qué haces? —dijo Max con tono extrañado.

—Un truco *jedi* de manipulación mental. Estoy comprobando si la Fuerza funciona para convencerte.

—Pues no.

—Por favor, Max. Si realmente piensas que Gabriel podría interesarse en mí, ayúdame. ¿O solo lo dijiste por decir? —Lo miré con tristeza y miedo a la respuesta.

Él soltó una exhalación resignada.

—Lo dije en serio. De verdad pienso que eres increíble. —Mi corazón se contrajo otra vez—. De acuerdo, Lucy. Lo haré por ti. Saldremos tú y yo con Gabriel. Y como que me llamo Maximiliano que tendrás tu cita con él.

CAPÍTULO 7

¿Quién es el imbécil ahora?

MAX

Llevaba varios días sin ver a Mónica, así que, pese a que salí tarde de la casa de Lucy, me fui a su apartamento. Mi novia me recibió con un cariñoso "al fin te dignaste a aparecer".

–Tuve muchos alumnos esta semana, Monita –me justifiqué.

–Pensé que los viernes por la tarde salías temprano –comentó mirándome con desconfianza.

Mierda. No habría querido contarle que había ido al apartamento de Lucy, pero menos quería mentirle. Si Mónica se llegaba enterar de que se lo había ocultado, era capaz de terminar conmigo ahí mismo. Se lo dije sabiendo que ardería Troya.

Ella se plantó frente a mí con las manos en las caderas.

–¿Qué demonios tenías que ir a hacer al apartamento de esa mujer?

—Hablar de negocios, entre otras cosas —respondí con toda la calma que me fue posible.

—¡Hablar de negocios! ¡Sí, claro, cómo no! ¿Te estás acostando con ella?

—¿Qué? ¡Por Dios, por supuesto que no, Mónica! Te juro que no hay nada entre Lucy y yo.

—¿Entonces por qué pasas más tiempo con ella que conmigo?

Maldición, eso era cierto, pero no por las razones que Mónica creía.

—Lucy sabe de negocios y me enseña. Yo la entreno a cambio, ya lo sabes. —Me aproximé a ella y le acaricié los brazos—. Somos amigos, eso es todo. Monita, por favor no te pongas celosa, no tienes por qué.

Ella no se apartó de mí. Tomé eso como una buena señal.

—Tú dices eso, pero quién sabe qué intenciones tiene esa mujer contigo.

—Ninguna, te lo prometo. Lucy está loca por Gabriel, uno de mis colegas; le gusta tanto que no se atreve ni a hablarle. No tienes que preocuparte por mí.

Mónica levantó la barbilla.

—Me preocuparé todo lo que quiera hasta que no compruebe con mis propios ojos que ella no anda detrás de ti… Quiero conocer a esa mujer —exigió.

Acepté para terminar la discusión. Continué tranquilizándola hasta que se relajó contra mi pecho y me abrazó.

—Odio discutir contigo, Max, pero es que no sé qué creer. Pasas tanto tiempo con esa tal Lucy y en tu negocio que me siento rechazada. A veces me pregunto si de verdad te importo.

Le besé el pelo.

–Claro que me importas, Monita. Te prometo que apenas pueda nos iremos a alguna parte a descansar y a olvidarnos del mundo.

Ella alzó su rostro hacia mí con una suave sonrisa.

–Qué bueno que dices eso; te tengo un regalo. –Salió de mi abrazo y caminó hasta donde estaba su bolso, del cual extrajo un sobre blanco que me tendió–. Léelo.

Lo hice. Me encontré con un certificado de regalo para una hostería termal de viernes a domingo.

–Es por tu cumpleaños. –Me sonrió–. Prefiero entregártelo ahora para que no hagas otros planes.

Justo ese viernes tenía una reunión con un tipo de marketing de una cadena de *retail*. No era un gerente, pero era la única cita que había conseguido en meses. Mi primera oportunidad.

–¿Qué pasa? ¿Acaso no te gusta? –preguntó Mónica escrutando mi rostro que debía reflejar preocupación.

–No, Monita, me encanta. Es solo que te comenté que tenía una reunión ese viernes, a las cinco de la tarde. ¿Te acuerdas? Pero podemos irnos a las termas apenas termine.

–¡Qué diablos, Max! ¿Es que ni siquiera el día de tu cumpleaños te vas a tomar un descanso? ¿No puedes cambiar esa cita?

Su exigencia hizo que me hirviera la sangre.

–¿Cómo se te ocurre? ¿No te acuerdas de todas las tardes

que tuve que tolerar un rechazo tras otro? ¡Es la única reunión que conseguí! ¡Ni loco la cambio!

–Ya, ya, no te enfades. Nos iremos después. –Resopló con cansancio–. No quiero discutir.

Respiré hondo, obligándome a calmarme.

–Yo tampoco. Gracias por el regalo, Mónica. Después de la reunión, te pasaré a buscar y te prometo que no habrá nada de trabajo durante el fin de semana. Esos días serán solo para nosotros, tal como hacíamos antes.

Ella me dio una mirada triste.

–Lo que más deseo es que todo vuelva a ser como antes, Max.

–Yo también.

Lo decía en serio, estaba harto de discutir por todo. Tenía la esperanza de que unos días lejos nos ayudaran a recuperar la armonía rota. Sostuve su mandíbula y me incliné para besarla. Mónica me respondió con una pasión que me sorprendió.

–Te amo, Max –me confesó en un susurro.

Mierda.

Era la primera vez que me lo decía, pero yo no estaba ahí todavía. ¿Qué demonios podía responderle? No quería lastimarla, pero tampoco mentirle. No encontré ninguna respuesta y preferí quedarme callado. La besé con una fogosidad que igualó la suya. Ni ella y yo mencionamos el tema después.

Al día siguiente, solo en mi apartamento, pensé en las palabras de Mónica. A pesar de sus celos y de su poca fe en mí, era una mujer bella y cariñosa. Después de diez meses juntos, ya debería estar enamorado de ella, ¿no? ¿Por qué entonces no la amaba? Me acordé de David, uno de mis amigos que decía que, si después de tres meses no te habías enamorado de la mujer con la que salías, no pasaría nunca.

Maldito David y su estúpida regla.

La sensación de que algo no andaba bien me rondó los siguientes días, pero como ya estaba nervioso por la reunión, relegué la preocupación por Mónica al fondo de mi mente. Además, tenía que encargarme de otro asunto: la salida de Lucy con Gabriel. No tenía ganas de acompañarla a juntarse con ese tipo, pero ya le había dado mi palabra.

—¿A tomar algo? —preguntó Gabriel con recelo cuando lo invité. No me sorprendía su reacción; era obvio para ambos que no nos caíamos bien.

—Sí, ¿por qué no? Me ayudaría tener un colega cuando mi novia conozca a Lucy. Mónica es algo celosa —improvisé. No era mentira tampoco. Había decidido matar dos pájaros de un tiro. Dos desagradables pájaros.

—¿Tu novia se pone celosa de Lucy?

Me molestó su tono asombrado, pero de todos modos dije:

—Sí, de Lucy. Bueno, ¿quieres ir o no? Yo invito.

—Iría si me reemplazas en el turno del próximo feriado.

—¿Qué tiene que ver ese turno con la salida? —pregunté empezando a molestarme.

—Nada, pero si te ayudo con tu novia, tú podrías devolverme la mano, ¿no crees?

Qué tipo más oportunista. Me resultaba el peor día para trabajar. Pero no quedaba otra opción, todo fuera por Lucy.

–De acuerdo, te cambio el turno. ¿Vienes entonces?

–Ok –respondió con indiferencia.

Fijé el encuentro para la tarde del jueves, un día antes de mi reunión con el tipo de marketing y de mi viaje de cumpleaños a las termas. Lo hice así porque pensé que, después de la salida, Mónica ya estaría segura de que no tenía nada que temer con respecto a Lucy y podríamos dejar de pelear al menos por ese tema.

Cité a todos en la terraza del restaurant frente al gimnasio. Era un lugar amplio y con onda donde solíamos ir con mis colegas debido a la cercanía, la buena comida y las promociones de cerveza. Lucy llegó a eso de las ocho y cuarto.

–Así que tú eres la chica que pasa tanto tiempo con mi novio –la recibió Mónica.

Maldita sea. Ni siquiera habían pasado treinta segundos y ya había empezado a fastidiar. Solo un leve pestañeo de Lucy me reveló que se había incomodado, pero compuso una sonrisa y trató de entablar una conversación cordial con Mónica. Mi novia no hizo el menor esfuerzo en responder de otro modo que no fuera con frases breves y frías.

–La mesera tarda mucho. Iré a ordenar a la barra –se excusó Lucy al rato. Era evidente que se iba para escapar unos instantes de la antipatía de Mónica.

Cuando vi a mi amiga al otro extremo del restaurant, me volví hacia mi novia enfadado.

–No te mataría ser un poco más amable con ella.

—Sería más amable si tú no me hubieras mentido, Max. —Arqueé las cejas sin tener idea de qué me hablaba—. No me dijiste que Lucy era guapa.

Miré a Lucy de reojo. Prácticamente desde el comienzo me había parecido bonita, pero después de casi dos meses de gimnasio y alimentación saludable, lo cierto es que lucía mucho mejor. Era atractiva, incluso con su gusto fatal en ropa. En ese momento, llevaba unos jeans desgastados y una enorme camiseta de Chewbacca de *Star Wars*.

—No me fijo en si es guapa o no. Como la veo casi todos los días, no es algo en lo que piense —dije en el tono más neutro posible.

—En cambio a mí con suerte me ves una vez a la semana —me reprochó Mónica.

—Por favor no empieces. Querías conocer a Lucy y aquí estamos.

Di un sorbo a mi cerveza contando los minutos para irnos. Justo entonces divisé a Gabriel saliendo del gimnasio. Por una vez me alegré de verlo. Ojalá que el cabeza de músculo hiciera un poco más llevadera esta salida del terror.

—Él es quien le gusta a Lucy —susurré a Mónica, indicando con disimulo a Gabriel que se acercaba.

Mónica abrió los ojos de par en par con obvia admiración. ¡Increíble! Si ella me viera mirar así a otra mujer, yo no viviría para contarlo. Suerte que no soy celoso.

—Tu amiga lo va a tener difícil —me respondió Mónica en voz baja—. No es ni la mitad de bonita que ese hombre.

La miré sin dar crédito. ¿Es que acaso todos se habían

vuelto locos? ¿Por qué yo era el único capaz de ver lo fantástica que era Lucy? No sería ella la afortunada de estar con Gabriel; al contrario, sería él.

Guardándome lo que pensaba, hice las presentaciones. Gabriel se sentó frente a Mónica, casi de inmediato volvió Lucy. Saludó tan nerviosa al recién llegado que estuvo a punto de derramar su cerveza.

"Te lo dije", le dije a Mónica con la mirada.

La llegada de Gabriel animó la conversación. No sé cómo lo hacía, pero el tipo era un encantador de serpientes. Lucy lo escuchaba fascinada e incluso Mónica se reía de vez en cuando. A la segunda ronda de cervezas, con el ambiente más relajado, me pareció el momento perfecto para hacer quedar bien a mi amiga.

–Lucy tiene su propia empresa –me dirigí a Gabriel–. La fundó ella misma.

Él tomó su vaso y dio un sorbo antes de preguntarle:

–¿De qué se trata?

–Asesoramos a emprendedores con su negocio –respondió ella acomodándose el pelo detrás de la oreja.

–Vamos, no seas modesta –intervine–. Haces mucho más que enseñar negocios. En realidad, devuelves la esperanza a tus clientes. –Miré a Gabriel–. ¿Sabías que ella es una de las mentoras de emprendimiento más cotizadas del país? La primera vez que fui a una de sus charlas había cientos de personas peleándose por trabajar con ella.

–¡Vaya! –exclamó él, contemplando a Lucy con renovado interés.

Ella sacudió la cabeza con cierta vergüenza.

–Max exagera. No eran cientos de personas.

–De acuerdo, eran decenas –corregí–. De hecho, tuve que rescatarla, ¿te acuerdas, Lucy? –Le dediqué una sonrisa que ella correspondió.

–Ja, ja, sí. Max inventó que no sé quién me llamaba urgente a su oficina, pero la tal oficina…

–Era un pasillo oscuro –completé.

Lucy rompió a reír.

–Yo estaba a punto de desmayarme porque no había comido nada en todo el día. Por suerte, Max me trajo una bandeja con agua y queso. –Se volvió hacia Mónica en un evidente intento de integrarla–. Tu novio es muy amable.

–Sí, *muy* amable al parecer –respondió Mónica frunciendo el ceño.

La molestia en su voz volvió a cargar el ambiente. Como sabía que Mónica era capaz de armarme una escena de celos ahí mismo, me apresuré a explicar:

–Tuve que rescatar a Lucy porque la gente no dejaba de acosarla. Es que esta chica es un genio –agregué mirando a Gabriel para que Mónica tuviera claro que trataba de emparejarla con él–. Como es tan buena en lo que hace, le llueven los clientes, por eso se la pasa trabajando.

–No es el único que se la pasa trabajando –soltó Mónica.

Mierda, otra vez uno de sus comentarios ácidos. Ya empezaba a enojarme.

–Es así cuando empiezas un negocio –respondí–. ¿No es cierto, Lucy? Tú sí que me entiendes.

Fue lo peor que pude haber dicho. Se hizo un silencio brutal. Los ojos indignados de Mónica se clavaron primero en mí y después en Lucy como desafiándola a responder. Lucy bajó la vista y se refugió en el silencio de un largo trago de cerveza.

Mónica se puso de pie con rostro de granito.

–Te espero en el auto, Max. –Hizo un asentimiento de despedida a Gabriel antes de marcharse. A Lucy no la miró.

Genial. Si Mónica quería avergonzarme, no podía haberlo hecho mejor.

–Perdón por lo de Mónica. Ha estado algo estresada –dije tratando de bajarle el perfil a su comportamiento–. Voy a buscar a la mesera para pedirle la cuenta. –Empecé a levantarme.

Lucy me detuvo posando su mano sobre mi hombro con suavidad.

–Tranquilo, Max, está bien. Ya le aviso yo. –Me dio una mirada entre incómoda y compasiva, antes de marcharse hacia la barra.

Cuando nos quedamos solos, vi que Gabriel sonreía.

–Así que era verdad que tu novia se ponía celosa de Lucy. Jamás lo hubiera creído.

Ya estaba molesto por lo de Mónica y el comentario burlón de Gabriel terminó de sulfurarme.

–¿Por qué lo dices?

–Porque Lucy es Lucy, ya sabes. –Se encogió de hombros.

–No, no sé. ¿Qué se supone que significa eso?

–Que Lucy es simpática y todo, pero no es la clase de

mujer que despierta pasiones… A no ser que te gusten bajas y gorditas. –Soltó la risa.

Qué hijo de puta. Lo mataba.

–Lucy es estupenda –respondí indignado–. Es guapa, brillante y exitosa. Cualquier hombre que no fuera un imbécil superficial lo vería.

La risa de Gabriel se esfumó.

–¿Me estás tratando de imbécil superficial?

Lo suyo era grave, el tipo no tenía ni una neurona. Había que explicarle hasta los insultos.

–¿Tú qué crees? –masculle.

–¿Se puede saber qué bicho te picó? –preguntó alterándose también–. Ni siquiera cuando tus alumnas se fueron a entrenar conmigo te enfadaste tanto y ahora te enojas por una simple broma.

–Cuando me robaste a mis alumnas, querrás decir.

–Lo que sea. ¿Por qué te importa lo que piense de Lucy?

–No me importa, pero no te permito que hables mal de ella. Es mi amiga.

Gabriel se quedó en silencio, evaluándome con ojos entrecerrados.

–Será más que una amiga para que reacciones así. Ahora que lo pienso, estuviste toda la noche alabándola.

Sentí rabia conmigo mismo. Pensar que había hecho eso para que ese imbécil se fijara en ella. Qué desperdicio de tiempo.

–Lo que dije de Lucy es cierto. Es fantástica, solo los imbéciles no lo notan –respondí sosteniéndole la mirada a Gabriel.

El rostro de él se contrajo de furia. Por un minuto incluso pensé que iba a golpearme, pero no se movió. De pronto una sonrisa irónica apareció en su rostro.

—Más imbécil es el tipo que trae a su novia a conocer a la chica que le gusta... y que además tiene que tolerar que ella se vaya a casa con otro.

Sentí la sangre agolpándose en mis sienes. No supe si por su insinuación de que yo andaba detrás de Lucy o por imaginármela yéndose con ese miserable que se burlaba de ella.

—Déjala tranquila —le advertí.

—Tú no eres quién para darme órdenes. Hago lo que se me da la gana. Si quiero acompañarla a su casa o incluso salir con ella, es asunto mío.

—¿Para qué querrías salir con Lucy? ¡Acabas de decir que ni siquiera te gusta! —exploté.

—Cierto. Pero tampoco me gusta que me traten de imbécil. Si te metes conmigo, te devuelvo el golpe donde más te molesta... ¡Ah, Lucy! —Su expresión pasó de la amenaza a la galantería en un segundo en cuanto la vio acercarse. Se puso de pie para recibirla con una sonrisa—. Justo le decía a Max que me encantará llevarte a tu casa.

—Lucy, no... —murmuré, pero ella no me escuchó. Estaba hipnotizada mirando al desgraciado.

—Es muy amable de tu parte, Gabriel —respondió encantada.

Me interpuse entre ambos a toda prisa.

—Lucy, yo te acompañaré —le dije decidido a impedir que se fuera con él.

—¿No te está esperando tu novia? —intervino el maldito venenoso—. Estaba molesta.

Maldición, Mónica.

Lucy se acercó a mí y me dio un beso en la mejilla a modo de despedida.

—Llámame mañana para contarme cómo te fue con Mónica y con tu reunión. Que no se te olvide, ¿eh, Max?

Asentí con los puños apretados, conteniéndome para no retenerla.

—Hasta mañana, colega —dijo Gabriel en un fingido tono amable. Justo después de que Lucy se girara y nos diera la espalda, murmuró para que solo yo pudiera oír—: ¿Quién es el imbécil ahora?

Hirviendo por dentro, cancelé la cuenta y partí al estacionamiento a encontrarme con Mónica. Ni ella ni yo cruzamos una sola palabra mientras nos subíamos al auto. Puse en marcha el motor y arranqué rápido queriendo terminar cuanto antes la maldita noche.

—¿Qué pretendías hoy, Max? —me soltó Mónica después de un par de calles—. ¿Echarme en cara que estás enamorado de otra?

—¿De qué demonios hablas? —Mi tono subió también. Estaba furioso con ella, con Gabriel, conmigo mismo por haber organizado el encuentro. Estaba harto de los celos de Mónica, de las peleas y de la forma en que había tratado a Lucy.

—"Lucy es tan maravillosa" —me imitó Mónica con mordacidad—. "Lucy es un genio". Lucy, Lucy, Lucy… ¡Hablaste toda la noche de ella! ¡Ni te importó que yo estuviera ahí mismo!

–¡Lo hice para hacerla quedar bien con Gabriel! Sabes que Lucy anda detrás de él. Solo quería ayudarla.

–¡Sí, claro, cómo no!

Discutimos todo el camino. Mónica me echó en cara cada palabra, cada gesto que hice esa noche y que, según ella, probaba que yo estaba enamorado de Lucy. Maldición, ¿por qué a todo el mundo le había dado con eso?

–¡Que no, Mónica, que no! –solté por milésima vez estacionándome frente a la puerta de su edificio–. Te digo que fue para hacer que Gabriel se fijara en ella. Si realmente me interesara Lucy como dices, ¿crees que habría tratado de emparejarla con otro?

–Sí lo harías, porque así de idiota eres. Por eso es que te has pasado más de seis meses trabajando en tu maldito negocio buscando el éxito que nunca tendrás. Eres tan ciego que no ves la realidad que está frente a tu nariz.

Ni siquiera me dolieron tanto sus insultos, lo que sí me tiró al suelo fue que me soltara que no tendría éxito jamás.

–¿Eso piensas de mí, Mónica? ¿Que soy un idiota que está desperdiciando su tiempo?

Ella soltó una carcajada amarga.

–Tú no eres el único que está desperdiciándolo. –Se volvió hacia mí. La ira dio paso a una profunda tristeza en su mirada–. Tú siempre hablas de tus sueños, pero ¿qué hay de los míos? Yo también tengo metas, Max. Quiero casarme, formar una familia, vivir contigo… Tú jamás has insinuado que quieras eso o, al menos, que deseas dar un paso en esa dirección.

Apenas podía creer sus palabras. Estábamos peor que nunca ¿y este era el momento en que ella me decía que quería avanzar?

–Mónica, de un tiempo a esta parte lo único que hacemos es discutir. ¿Cómo podemos hablar siquiera acerca de dar el siguiente paso en estas condiciones?

–¿Entonces cuándo vamos a hablar de lo importante? ¿O es que acaso pretendes seguir ignorando las cosas, como ese día cuando te confesé que te amaba? Solo te quedaste callado, haciendo como si nada hubiera ocurrido. –La voz se le quebró. Sus ojos nublados de lágrimas me miraron haciéndome sentir como un canalla.

–Mónica, por favor no te pongas así. Sabes que me importas.

Ella bajó la vista hacia su regazo.

–Eso dices tú, pero estás siempre trabajando, nunca tienes tiempo para mí y ahora además descubro que estás enamorado de otra. –Una lágrima cayó sobre sus dedos entrelazados.

Estiré mi mano para consolarla, levantándole la barbilla con suavidad.

–Te juro que no hay nada entre Lucy y yo, Mónica. Te lo prometo.

Ella negó con la cabeza mientras más lágrimas le humedecían las mejillas.

–Aun así, ella te interesa –respondió. Quise negarlo,

pero me calló con un ademán–. Incluso si no estuvieras enamorado de ella, tampoco lo estás de mí, ¿cierto Max?

Me miró con ojos arrasados esperando mi respuesta. La verdad surgió nítida en mi interior: no, no estaba enamorado de Mónica. No la amaba.

–Lo siento –murmuré.

Ella bajó la cabeza, tratando de ocultar las lágrimas que no paraban de escurrírsele por las mejillas. Me sentía culpable de verla así y no supe qué decirle. Lo que había dicho o, más bien, lo que yo no había dicho, ya le había causado bastante daño.

Al cabo de un rato, Mónica levantó la barbilla y se limpió las lágrimas.

–Si es cierto que te importo, no vuelvas a buscarme.

–Mónica, por favor, no hay necesidad de terminar así.

–No, ya tuve suficiente. No quiero seguir perdiendo el tiempo. Solo deseo olvidarme de ti y estar con alguien que me ame de verdad. Tú acabas de admitir que no eres esa persona. –Se bajó del auto–. Adiós, Max.

Entró a su edificio sin darme una última mirada. Yo me quedé frente al volante dudando qué hacer. Si la seguía y le pedía que lo intentáramos de nuevo, ¿qué caso tendría? Ahora los dos sabíamos que no la amaba. Le tenía afecto sí, pero para Mónica no era suficiente. Ella quería tiempo y amor. Yo no podía darle ninguna de las dos cosas en ese momento. Solo quería enfocarme en mi negocio.

Puse en marcha el motor y enfilé hacia mi calle. Me sentía deprimido por la ruptura, pero me consolaba diciéndome que ya hacía tiempo que ella y yo veníamos mal. Tal vez fuera mejor así. Los celos de Mónica no habían hecho más que empeorar los últimos meses. En varias oportunidades, me había acusado de estar interesado en otras. ¿Por qué entonces esta vez yo no podía ignorar sus palabras? ¿A qué se debía que el nombre de Lucy siguiera retumbando en mi cabeza? ¿Por qué me molestaba tanto que ella se hubiera ido con Gabriel?

Mierda, no podía pensar en eso ahora, no cuando necesitaba mi mente alerta para la reunión de mañana. Mi vida amorosa acababa de irse al carajo, pero todavía podía hacer algo por mi vida profesional. Si el encuentro iba bien, quién sabe qué posibilidades podrían abrirse.

Me acosté tan pronto llegué a mi apartamento. Puse la cabeza en la almohada y cerré los ojos tratando de no pensar. No lo logré. Toda la noche me rondó la acusación de Mónica de estar enamorado de Lucy.

CAPÍTULO 8

Una velita a San Antonio por favor concedido

LUCY

No había tenido señales de vida de Max desde la horrible salida con Mónica del jueves. Al día siguiente, lo llamé en varias ocasiones para saber cómo le había ido en la reunión, pero no me contestó. El sábado a primera hora, a más no poder de enfadada, le envié un mensaje:

Lucy

Sé que estás en las termas celebrando tu cumpleaños

con tu novia,

pero al menos podrías mandarme dos líneas para

contarme cómo te fue en la reunión de ayer.

He estado preocupada por ti.

No había pasado ni un minuto, cuando oí el sonido de mi celular avisando de un mensaje. Era de Max:

Max

Estoy en mi apartamento lejos de celebrar nada. La
reunión, un desastre.

Fruncí el ceño sin entender. ¿Se habría peleado con
Mónica o habría pasado algo peor? Sea como fuera, era
obvio que algo malo había ocurrido.

Llamé de inmediato a Max, pero no contestó. Al cuarto intento, ya era evidente que el muy cabezota no iba a
responderme el teléfono. Cretino insensible. Yo, muerta de
preocupación, y él sin decirme nada. Estaba a punto de irme
a Viña del Mar a visitar a mis padres, pero no podía mar-
charme sin saber qué había pasado con Max. Eché mi bolso
al auto, compré un par de cafés y conduje hacia su edificio.
Había ido a dejar a Max un par de veces, por lo que solo
tuve que preguntar al conserje el número de su apartamento.

Toqué el timbre y rogué en silencio que no abriera Mónica.
Ninguna respuesta. Insistí una y otra vez hasta que, luego de
dos minutos, abrió la puerta Max. Estaba hecho un estropajo.
Tenía el cabello revuelto y ojeras pronunciadas. Parecía asombrado de verme, no en el buen sentido de la palabra.

—¿Qué haces aquí? —me soltó en tono sombrío.

Ignoré su desalentadora bienvenida y me metí en su casa como si nada. La pequeña sala gris estaba atiborrada de
cajas de zapatillas. A un costado, había un corto pasillo que
desembocaba en una puerta abierta, por la que se veía una
cama deshecha. Incluso la minúscula cocina estaba hasta el
tope de platos sin lavar, lo que me sorprendió porque era

el único lugar donde Max había dicho que no soportaba el desorden.

–Buenos días a ti también –contesté muy digna–. Como no respondías, vine a ver si estabas vivo. Te traje café. –Lo deposité sobre su mesa de centro, en la que había una botella de ron casi vacía. Así que ese era el olor que apestaba–. ¿Por qué estás aquí y no en las termas con Mónica?

–Me dejó –dijo.

Me puse frente a él sin saber qué hacer. Supongo que lo adecuado en esos casos era dar un abrazo, pero como yo nunca he sido muy cariñosa, me limité a mirarlo con expresión sentida. Además, me inquietaba que, si le mostraba lástima, lo hiciera sentir aún peor.

–¿Qué pasó?

–Mira Lucy, no tengo ganas de hablar. Al no contestar el teléfono, creí que te darías cuenta.

–Pues solo lograste que me preocupara por ti –respondí un poco enfadada–. Pensé que te había ocurrido algo.

–Te agradezco, pero prefiero estar solo.

¡Ja! Max estaba demente si pensaba que lo iba a abandonar en ese estado de alma en pena.

–¿Qué clase de amiga sería si me marchara dejándote solo el día de tu cumpleaños? Ya es bastante triste que estés desayunando ron.

–No estoy desayunando ron. Solo tomé un par de copas anoche.

–Por la forma en que huele aquí, seguro fueron más que un par.

–Justo lo que necesitaba, que tú también me vengas a criticar. –Se alejó de mí y se dejó caer en el sillón soltando el aire con cansancio–. Por favor, Lucy, vete. Sé que es mi cumpleaños, pero hoy menos que nunca quiero ser el centro de atención. No quiero que nadie, ni mis padres ni mis amigos, me pregunten por las zapatillas, por Mónica o por nada. Solo quiero estar tranquilo.

Me partió el corazón verlo tan apagado. Ese no era el Max entusiasta y energético que yo conocía. Me senté junto a él en el sofá y le hablé de forma suave:

–Está bien, no diré nada más, pero déjame quedarme contigo. Podemos ver una película, tal vez preparar algo rico… bueno, si cocinas tú claro, porque ya sabes que no soy buena en la cocina.

Él esbozó una sonrisa triste que me hizo pensar que en realidad no quería que me fuera. Tal vez simplemente no deseaba hablar.

–¿Qué hay de tus padres? ¿No te ibas a ir a Viña este fin de semana?

–Bueno sí, pero los llamaré para cancelar.

–No puedo pedirte que hagas eso –dijo desanimado. Mi intuición era cierta entonces, él sí quería que me quedara.

–No me lo estás pidiendo, soy yo la que te lo ofrece. De todos modos, no me iría tranquila sabiendo que estás mal. –De pronto se me ocurrió una idea–. ¿Por qué no vienes conmigo a Viña?

Max alegó que no estaba de ánimo, pero de a poco lo fui tentando con el sol, la playa y la ciudad. Viña era preciosa durante la primavera. Los cerros de Valparaíso que estaban a cinco minutos también tenían encanto. Y si él quería evitar que alguien más apareciera como yo en su casa, qué mejor que irse lejos.

–¿Tus padres no se molestarán si llegas conmigo? –preguntó dudando.

–Al contrario, serías el primer hombre que llevo a casa. Puedes contar con que te recibirán con los brazos abiertos. Tal vez mi madre se ponga a llorar de la emoción y le prenda una velita a San Antonio por favor concedido. –Intenté hacerlo reír, pero no funcionó–. Vamos, Max, ven conmigo... te dejaré conducir –agregué sabiendo que no podría resistirse. Me había comprado un BMW deportivo blanco que le encantaba.

La mirada de él cobró un débil brillo.

–¿Conduciré yo de ida y vuelta hasta Viña?

–De ida y de vuelta; será tu regalo de cumpleaños –respondí tragándome la sonrisa. En serio, ¿qué obsesión tenían algunos hombres con los autos?

Al final, Max aceptó acompañarme, aunque no con muchas ganas. En menos de media hora, ya nos encontrábamos en la carretera. Estaba despejada y era una delicia observar el tranquilo paisaje coronado por un sol magnífico. Como el invierno había sido lluvioso, el valle conservaba el verdor en los montes lejanos y en los viñedos ubicados a ambos lados de la carretera.

Max apenas habló durante el trayecto, pero parecía más tranquilo, algo animado incluso mientras conducía. Cuando llegamos a la colina del condominio de mis padres, detuvo el motor y contempló el mar unos segundos. Luego salió del auto, tomó nuestro equipaje y se dirigió al apartamento.

El rostro regordete de mi madre al abrir la puerta y ver a Max fue de tanta dicha que, si hubiera sido otro y no él, seguro que me hubiera muerto de la vergüenza ahí mismo. Ella nos hizo pasar, estrujándome en un abrazo cariñoso mientras lo miraba con ojos aprobadores.

–¡Qué gusto conocerte, Max! –Me soltó y lo abrazó a él–. Soy Ofelia… ¡Sergio! ¡Cristian! –gritó hacia los dormitorios–. ¡Vengan que llegó la niña con un amigo!

¡Por Dios, qué vergüenza!

Aunque mamá hubiera usado un altavoz, no lo habría dicho tan fuerte ni con tanto entusiasmo. Mi padre y mi hermano llegaron y vieron a Max. Leí la sorpresa en sus rostros, pero por suerte fueron más discretos. Instalaron a mi amigo en la habitación de invitados y después Cristian le ofreció mostrarle sus acuarios. A sus dieciséis años, estaba obsesionado con los peces y era un incansable promotor del acuarismo. Como yo había escuchado mil veces las mismas explicaciones, los dejé por su cuenta y me fui a ayudar a mi madre a la cocina.

–Max es muy atractivo –me dijo al verme llegar, tomando la vajilla que usaba solo en ocasiones especiales–. ¿De dónde lo conoces?

–Del gimnasio, aunque también vamos juntos a charlas de negocios.

Ella asintió complacida.

–Tienen intereses similares; eso siempre es bueno en una relación.

–Ninguna relación, mamá. Max es solo un amigo.

–Muy buen amigo debe ser para que lo hayas traído aquí. "Buen amigo, buen marido" –canturreó feliz, indiferente por completo a la aclaración.

No sabía si reírme o exasperarme por sus ilusiones. Sin entrar en detalles, le conté que Max estaba pasando por un periodo difícil y que por eso lo había invitado. También le supliqué que no lo bombardeara con preguntas y que se guardara para ella sus expectativas románticas entre él y yo.

–¡Lucy! –exclamó escandalizada–, no sé por qué me pides eso. ¡Si yo soy muy discreta!

Sí, claro cómo no. Solo te faltó ponernos una alfombra roja y tirarnos pétalos cuando nos viste llegar juntos.

No respondí y crucé los dedos para que mi madre se comportara durante el almuerzo. Para mi sorpresa lo hizo; aparte de decirle a Max unas cinco veces lo inteligente y buena chica que yo era, no insinuó nada más.

–El puré está delicioso –comentó Max a mi madre mientras comíamos–. Lleva merkén, ¿verdad?

–Así es –asintió ella orgullosa. El merkén es una especia del sur de Chile que mi madre le pone a todo porque le encanta a mi padre, como buen sureño que es.

–Otra cosa buena del sur –respondió Max.

Con ese simple comentario, se ganó la simpatía de papá que se puso a describirle las maravillas de su tierra. Cada vez que hacía una pausa, mi hermano intervenía tratando de llevar la atención de mi amigo de vuelta a los peces. No me sorprendió que mi familia estuviera encantada con Max; él era afable, desenvuelto y tenía el don de hacer que la gente se sintiera cómoda a su lado.

–Max, ¿te gustaría ir a una charla de cuidado de peces? –preguntó mi hermano–. Tengo que ir a buscar unos betta corona a Quintero dentro de un rato. Estoy seguro de que te van a encantar; tienen aletas grandes y coloridas.

–Lo siento, Cristian –intervine temiendo que tanta atención de mi familia abrumara a Max–, pero teníamos planes de ir a Valparaíso.

Cristian me miró desilusionado.

–Estaba contando con que me llevaras tú, hermanita.

–Lucy, dejemos Valpo para mañana y hoy llevemos a tu hermano a Quintero –propuso Max–. Mientras él se queda en la charla, nosotros podemos ir a pasear por ahí.

–Sí, hagamos eso. Pero que sea largo su paseo que, más tarde, me junto con unos amigos –sonrió Cristian.

No estaba muy convencida del cambio de planes, pero media hora después ya me encontraba conduciendo hacia Quintero con Max de copiloto y mi hermano atrás.

Quintero es una pequeña localidad costera que suele llenarse de visitantes en verano, pero que en primavera aún mantiene su atmósfera aletargada. Fuimos a la única tienda de acuarios del pueblo y contemplamos los estanques oyendo las entusiastas explicaciones de mi hermano. Poco antes de empezar la charla, nos despedimos de Cristian y quedamos en ir a recogerlo en un par de horas.

—Me gustaría ir a caminar por la playa –comentó Max que había vuelto a su aire melancólico tan pronto nos quedamos solos.

En busca de tranquilidad, conduje hacia una playa solitaria cercana al pueblo, contigua a un bosque de verde sorprendente para la época. Por aquí y allá se elevaban arbustos y flores silvestres que le daban al paisaje toques de amarillo y naranja. El sol del atardecer iluminaba los pinos y tornaba aún más rojizo el color caoba de la tierra. Donde acababan los árboles comenzaban las blancas dunas de la playa.

Estacionamos sobre estas y echamos a andar por la soledad de la arena en medio del viento fresco impregnado de pino y mar. Max parecía perdido en sus pensamientos. No me atreví a interrumpirlo.

Luego de una larga caminata en silencio, nos sentamos a contemplar la puesta de sol. Hicimos el camino de vuelta mientras una luna redonda y brillante aparecía en el horizonte. Aunque había prometido no hacerle preguntas, me preocupaba que Max estuviera tan taciturno. Cuando llegamos de vuelta adonde habíamos estacionado, me giré hacia él.

—Max… –dije su nombre como una súplica para que se abriera a mí.

Él me dio una mirada triste.

—Sí, lo sé, Lucy. Es hora de que hablemos.

CAPÍTULO 9

Revelación a la luz de la luna

MAX

Lucy tomó una manta del auto y la extendió sobre la arena. Me senté en silencio. Ella se puso al lado mío esperando que yo hablara. Suspiré. No sabía cómo poner en palabras la frustración de los últimos días, de los últimos meses en realidad.

–Hace más de doce años que salí del colegio –dije mirando las olas que reventaban en la orilla–. Típico que en las reuniones anuales mis compañeros cuentan sus logros: matrimonios, hijos, ascensos, propiedades… En cada ocasión, me prometía a mí mismo que el próximo año yo también tendría algo que contar. Jamás imaginé que llegaría a los treinta sin tener nada de lo que sentirme orgulloso, sin haber logrado nada.

–Pero ¿qué dices, Max? –Lucy me miró con preocupación–. Eso no es cierto.

–Lo es. Otras personas a mi edad ya tienen una familia

o una carrera de éxito. ¿Qué tengo yo en cambio? Un auto usado y un apartamento lleno de zapatillas que no he podido vender. La única oportunidad que tuve la estropeé porque ayer no supe responder las preguntas del cliente. Y como si fuera poco, mi novia o, mejor dicho, exnovia, no encontró nada mejor que romper conmigo en mi cumpleaños.

Era un fracaso, maldita sea. Tenía treinta años y no había logrado nada.

–Solo una arpía termina con alguien en su cumpleaños, Max –dijo Lucy–. Lo siento, pero es verdad. Sé que amabas a Mónica, pero lo que hizo esa mujer es imperdonable.

Aspiré profundo la brisa marina para aliviar la punzada de culpabilidad en mi pecho.

–No la amaba –confesé–. La noche del jueves se lo dije; por eso terminó conmigo.

Preferí no contarle a Lucy que Mónica me acusó de estar enamorado de ella. La idea me había perseguido estos días de forma inexplicable.

–Si fuiste sincero con Mónica, deberías estar orgulloso –respondió Lucy con suavidad–. ¿Cuántos hombres fingen algo que no sienten solo por sexo o para no estar solos? Fuiste honesto y eso es lo que importa.

–Para lo que me sirvió.

–Otra mujer llegará, Max, eso te lo garantizo. También vendrán más oportunidades para tu negocio. Por una vez que las cosas no resulten…

–… no significa que nunca vayan a resultar –me adelanté

a repetir sus palabras desalentado–. Siempre dices lo mismo, pero ¿cómo puedes estar tan segura? Porque a mi parecer, siento que todo se va cada vez más a la mierda. De hecho, Mónica me acusó de ser un ciego que nunca tendrá éxito.

–Mónica es una bruja –replicó Lucy con molestia–. Hay que serlo para decirle eso a un hombre tan extraordinario como tú, porque lo eres, ¿sabes?

No respondí. No me sentía extraordinario, sino un fraude.

–¿Lo sabes, verdad? –insistió.

–No sé nada, Lucy –solté cansado–. Estoy harto de dudar de mí mismo y de que no me resulten las cosas. Nunca antes había sentido esta frustración. Siempre fui optimista, seguro y arriesgado, pero desde que me metí en el maldito negocio de las zapatillas eso se acabó.

Dejé de hablar con un nudo en la garganta y me recosté sobre la manta. Una luna grande y amarilla alumbraba el firmamento. La contemplé callado mientras el sonido de las olas rompiéndose llenaba el triste silencio entre nosotros.

Lucy se recostó a mi lado, girada hacia mí. Sus ojos grandes me observaban con preocupación.

–El camino del emprendedor es así, Max, lleno de altibajos. No puedes hundirte cada vez que las cosas no resulten ni tampoco convertirte en un idiota vanidoso cuando todo marche bien. Ya es hora de que dejes de pensar que vales o no según tus resultados. Tu trabajo es lo que haces, no quien eres. Tú eres valioso sin importar qué ocurra.

Sus palabras tenían cierta lógica, pero me sentía por los suelos, sin ganas de levantarme para volver a caer.

—Estoy cansado —confesé—, cansado de intentarlo y que no resulte; cansado de perder tiempo y energía. Tengo ganas de abandonar, de mandar todo a la mierda.

—¿Por qué no lo haces entonces?

La pregunta me sorprendió viniendo de ella que era siempre tan optimista.

—¿Estás sugiriendo que me dé por vencido y me olvide de crear un negocio, Lucy?

—No estoy sugiriendo nada; solo quiero saber qué es lo que te impulsa a continuar.

—Te diría que la esperanza de tener éxito, pero sería mentir, porque ya casi no la tengo.

—¿Entonces qué es?

Lo medité unos instantes.

—El miedo, supongo —respondí al fin.

—¿El miedo?

—Sí, el miedo a que, cuando sea viejo y mire hacia atrás, me arrepienta de no haber tenido los huevos ni la constancia para perseverar en lo que de verdad me importaba.

Dios mío, no me había dado cuenta hasta entonces, pero la posibilidad de abandonar me parecía aún peor que la de seguir enfrentando intentos fallidos.

Lucy asintió como si comprendiera. Guardó silencio unos minutos hasta que, de pronto, sus ojos se iluminaron como si tuviera una idea.

—Lo que tú necesitas es un *elevator pitch* —dijo. Considerando lo mal que había salido el del torneo, debía ser una maldita broma. Mi desconcierto debió ser evidente, porque

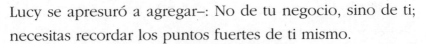

Lucy se apresuró a agregar–: No de tu negocio, sino de ti; necesitas recordar los puntos fuertes de ti mismo.

–Agradezco que trates de ayudarme, pero no estoy para esas cosas –respondí. No me sentía capaz de encontrar nada bueno en mí en ese momento.

–Si no lo haces tú, lo haré yo. Primero, eres inteligente…

–Sí, claro, soy un genio, por eso eché a perder la reunión.

–Eso le puede pasar a cualquiera, así que cállate y no me interrumpas. Como iba diciendo, eres inteligente, perseverante, honesto, entusiasta y, lo más importante, sabes cómo tratar a los demás. Creo… –titubeó–, creo que eres el mejor hombre que he conocido.

La sinceridad de su voz me conmovió. No sabía que ella pensara eso de mí.

–¿Lo dices en serio, Lucy? –pregunté tratando de no revelar hasta qué punto sus palabras me habían afectado.

–Por supuesto.

Ella sonrió con dulzura mientras la luna iluminaba su rostro. Una corriente de viento agitó un mechón de su cabello. Me sorprendieron las ganas que tuve de acomodárselo y acariciar su mejilla. Lucy podía ser una máquina de los negocios, pero al mismo tiempo era dulce, divertida y la mejor amiga que había tenido jamás. Me había apoyado como nadie y creía en mí incondicionalmente, incluso cuando ni yo creía en mí mismo. No sé cómo esa mujer se las arreglaba para devolverme la fe, pero lo hacía. O quizá era el hecho de que verla sonreír como lo hacía ahora me llenaba el alma.

Recordé la suavidad de su piel que había rozado miles de veces y contemplando su sonrisa me pregunté si sus labios serían igual de delicados. El corazón se me aceleró. Se me secó la boca con un deseo repentino: quería besarla.

Quería besar a Lucy.

Quería besar a mi mejor amiga.

La observé en silencio, impactado por la intensidad de las ganas. Se veía tan pequeña y hermosa.

–¿Ocurre algo? –preguntó.

Me callé la respuesta, hechizado por sus labios. Si la besaba, ¿me correspondería? Saltando al vacío, le acaricié la mejilla con el dorso de la mano.

–¿Max? –ella pronunció mi nombre con desconcierto, sorprendida por mi gesto.

–Jamás había conocido a nadie como tú –le confesé con el corazón en la boca–. ¿Por qué eres tan buena conmigo?

–Porque somos amigos –respondió ella con una sonrisa franca, ignorante de las ganas que me consumían–. De hecho, eres mi mejor amigo –susurró bajando la mirada.

Sus palabras me trajeron de vuelta a la realidad. Era solo yo quien deseaba el beso. Era yo quien se había dejado llevar por el embrujo de su dulzura y de la noche. Lucy tenía razón, ella era mi mejor amiga, por Dios. No iba a arruinar nuestra amistad por un impulso.

No iba a besarla, pero necesitaba sentirla cerca.

–Estás fría, ven aquí para darte calor –solté cualquier excusa para atraerla hacia mí. Nunca antes la había estrechado y me inquietó que ella no quisiera. Sentí alivio cuando

Lucy se dejó amoldar a mi costado. Como era tan pequeña, su sien quedó apoyada en mi pecho. Solo esperaba que no se diera cuenta de que mi corazón latía acelerado.

–Se siente raro que me abraces –murmuró.

Reprimí un suspiro. Sí, era como estar a las puertas del cielo.

–¿Por qué raro, Lucy? –pregunté con la esperanza de que ella percibiera lo mismo.

–Porque me encuentro cómoda, eso es lo extraño porque yo no soy muy cariñosa… Nunca antes me habías abrazado.

–Antes tenía novia, pero siempre he sido una persona afectuosa –respondí justificándole de ese modo la necesidad que tenía de que estuviera junto a mí.

La atraje más hacia mi cuerpo, frotándole la espalda para transmitirle calor. Lucy se relajó bajo mis manos envolviéndome en su perfume mezclado con la brisa del mar. Y no sé cómo explicarlo, pero de pronto sentí una paz sorprendente. Tenía entre mis brazos a una mujer increíble que creía en mí y que me había recordado por qué deseaba emprender. Lucy tenía razón, no podía desmoronarme cada vez que no resultaran las cosas. Debía darme ánimos por mí, por mi sueño y por ella, para estar a la altura del hombre que Lucy creía que era.

Miré la luna, disfrutando de la tibieza de su pequeño cuerpo apretujado al mío. Comprendí en ese instante por qué me habían rondado tanto las palabras de Mónica los días anteriores. Ella estaba en lo cierto: estaba enamorándome de Lucy.

CAPÍTULO 10

Cuestión de orgullo

LUCY

No recuerdo la última vez que había disfrutado tanto como la tarde que pasé junto a Max y mi familia en Valparaíso. Como él hacía años que no iba, el domingo partimos todos en plan turista a visitar la ciudad que tiene el título de Patrimonio Cultural de la Humanidad.

Valpo, como le dice la gente, es el puerto ubicado al lado de Viña. Mientras que Viña del Mar es ordenada y moderna, Valpo es añeja y colorida. Gran parte de la ciudad está construida en cerros a los que se accedía por viejísimos elevadores de madera. Parecía como si el tiempo se hubiera detenido allí debido a sus antiguos trolebuses y a las vivas fachadas de sus casas centenarias. Aunque en lo personal prefería la modernidad de Viña, me gustaba también el puerto por su aire bohemio y artístico; sus laberintos llenos de grafitis escondidos que hacen las delicias de turistas y fotógrafos.

Esa tarde escogimos la amplia terraza de un restaurant y almorzamos con vista hacia el desorden colorido de un cerro. Max había dejado atrás la tristeza, y conversaba y reía con mi familia como si fuera un hijo perdido. Tras una divertida sobremesa, fue él quien pidió la cuenta e insistió en pagarla pese a mis protestas y las de mis padres.

Después del almuerzo, recorrimos a paso tranquilo las tiendas boutique de Cerro Alegre y el encantador Paseo Yugoslavo. Para cuando llegamos al mirador Atkinson, ya estaba atardeciendo. Los últimos rayos del sol pintaban de lila el cielo moteado de nubes.

Me apoyé en la barandilla del mirador. Max se volvió hacia mí.

—Me gusta mucho tu familia —comentó aprovechando que mi padre y mi hermano observaban los buques lejanos de la bahía y mi madre curioseaba los cuadros de un artista callejero—. Tus padres tienen un matrimonio admirable.

Era cierto. Yo nunca los había visto alzarse la voz. Parecían siempre compenetrados; bastaba que se mirasen para saber lo que pensaba el otro.

—Tu hermano también es simpático —siguió Max—. ¿Cómo es que tienes tanta diferencia de edad con él?

—Mis padres intentaron durante años tener más hijos después de que nací, pero recién lo lograron cuando cumplí dieciséis.

—Eso explica que seas una cerebrito —sonrió Max—. Apuesto a que, como fuiste hija única mucho tiempo, hacías todo lo posible para que ellos estuvieran orgullosos de ti.

–Pues sí; no tengo piernas largas ni un cuerpo delgado, pero supongo que Dios se apiadó de mí y pensó algo como "alguna gracia tengo que darle a esta".

Max se inclinó hacia mí en la barandilla. Sus ojos oscuros quedaron casi a la altura de los míos.

–Yo creo que tienes muchas más gracias que ser inteligente. Eres hermosa, Lucy.

Me lo tomé a broma y sonreí, pero él me observaba como si lo dijera en serio. De reojo capté a mi madre espiándonos.

–No bromees con esas cosas –le advertí–, o mi madre se va hacer una idea falsa de nosotros y me va a molestar con sus comentarios como no te imaginas.

–Pues démosle algo de qué hablar… ¡Ofelia! –la llamó–. ¿Nos puedes tomar una foto a mí y a tu hermosa hija?

–¡Max! –exclamé. Me ruboricé y le lancé al traidor una mirada acusadora que él correspondió con una sonrisa tan amplia como la de mi madre.

Esa fue la primera de las situaciones raras que pasaron con Max. Digo "raras" porque no sé qué otra palabra usar para describirlas. Durante las siguientes semanas, de pronto, me miraba con intensidad o me abrazaba sin motivo aparente. Se demoraba en retirar su mano cuando nuestros dedos se encontraban y no dejaba ni un centímetro entre nosotros cuando trabajábamos en el sofá o veíamos una película. Además, se lo pasaba en mi casa. Yo estaba lejos de quejarme porque me encantaba estar con él y comerme los deliciosos platillos sanos que hacía.

Incluso, raras como estaban las cosas, no me hice ninguna

suposición romántica detrás del nuevo comportamiento de Max. Es decir, él estaba fuera de mi alcance y recién había terminado una relación. Simplemente pensé que echaba de menos el contacto físico ahora que ya no tenía novia y que era natural que fuera más cariñoso conmigo siendo yo su mejor amiga; después de todo, él mismo había dicho que era una persona afectuosa.

Una tarde estábamos echados en el sofá de mi apartamento saboreando exquisitas barritas de cereal. Estas eran una mezcla de avena, miel y frutos secos que hacía el propio Max, uno de los pocos dulces que yo me permitía comer. Él me había acostumbrado a leer las etiquetas de las golosinas o "venenos", como les decía. Por su culpa, yo ya no era capaz de disfrutarlos como antes. Grasas saturadas, grasas trans, jarabe de maíz transgénico, sodio, glicerina (sí, glicerina como en la crema de manos)… Uf, lo único que faltaba en la comida chatarra era arsénico. Era imposible no imaginarse tantos componentes tóxicos pegándose a mis arterias. Incluso una vez me compré una rosquilla, pero me dio tanto asco sentir la grasa en el paladar que tuve que tirarla a medio comer. Maldito Max y su lavado de cerebro. La parte buena fue que no se me hizo tan difícil el cambio de hábitos alimenticios. Mi mayor motivación en todo caso era el placer que sentía al mirarme al espejo y notarme más delgada y sana.

–¿No has pensado en comercializar las barritas de avena? –le pregunté a Max, acomodándome en el sillón.

Él me miró con interés.

–¿Crees que se venderían?

–Por supuesto. Llenan una necesidad que el mercado no cubre bien; casi en ninguna parte encuentras dulces saludables.

–Es cierto –asintió–. Los quioscos ofrecen puras porquerías procesadas. Empecé a hacer las barritas porque, cuando salía a pasear y me daba hambre, no encontraba nada sano. Las barras de producción industrial tampoco son saludables, están llenas de azúcar y grasas. Nada que ver con las mías.

–Con mayor razón, deberías venderlas. Seguro que hay más gente que piensa igual que tú. Además, la alimentación saludable es tu pasión y ese es el requisito más importante de cualquier negocio exitoso. Como siempre les digo a mis emprendedores, el dinero…

–… viene de hacer aquello que amas –completó Max que me había escuchado decir la frase miles de veces.

Mi mente se puso a tirar números. Dado que Max podía hornear las barritas en su casa a un costo de producción bajo, incluidos los insumos y las materias primas, la inversión inicial necesaria sería mínima y el riesgo sería ínfimo también. No perdería nada echando a andar la idea para ver qué pasaba. Su único gasto sería el tiempo.

–¿Qué hay de seguir intentando poner las zapatillas en el *retail*? –preguntó Max como dudando cuando le conté lo que pensaba–. Para eso también necesito tiempo.

–Tal vez deberías olvidarte de eso. Las probabilidades de venderlas a las grandes cadenas son pocas; pienso que te iría mejor dejando pares a concesión en tiendas chicas.

No era la primera vez que le sugería la idea, pero Max seguía empeñado en su plan original.

–Haré algunos intentos más con las grandes cadenas –dijo–. Si no resulta, la concesión será el plan B.

A los pocos días, Max tuvo dos reuniones con gente del *retail*, pero no logró vender nada. Lo sorprendente es que eso no lo desanimó, sino que volvió con entusiasmo a buscar clientes. Sin duda algo había cambiado en él desde la noche en la playa.

La relación entre Max y Gabriel también había cambiado. La frialdad con que antes se trataban se había convertido en abierta rivalidad. Parecían dos lobos a punto de mostrarse los dientes cada vez que se topaban. Max no me quiso decir por qué habían discutido, aunque sí me contó que Gabriel había dicho que yo no le atraía. Me dolió, lo reconozco, aunque nunca hubiera tenido esperanzas reales. Sin embargo, después de que se me pasó la desilusión, fue mejor enterarme porque dejé de sentirme nerviosa junto a mi angelito. No sé si habrá sido por eso que él estaba más simpático que nunca. Me hablaba cada vez que me veía, aun a costa de las miradas enfadadas de Max. Incluso me enviaba mensajes comentando películas. Precisamente, llegó uno de ellos una tarde cuando salía de un seminario con Max.

–¿Desde cuándo Gabriel te manda mensajes? –me preguntó él con el ceño fruncido.

–Desde que descubrimos que a los dos nos encanta la ciencia ficción –respondí tecleando la respuesta.

–Ten cuidado con ese tipo. No conoces sus intenciones.

–¡Qué intenciones va a tener, Max! Ninguna. Tú mismo me lo dijiste y yo también me doy cuenta de que no le intereso en absoluto. Conversamos de vez en cuando, eso es todo.

–No sé qué haya de divertido en hablar con ese imbécil.

Miré a Max tranquila, pero con decisión.

–Lo que sea que haya ocurrido entre tú y Gabriel no es asunto mío. Conmigo él es muy amable.

Max abrió la boca como si fuera a decir algo, pero luego pareció cambiar de idea y solo comentó:

–Ten cuidado de todas formas.

No respondí. Aunque yo no le interesara a Gabriel, él todavía me encantaba y el simple hecho de hablarle me hacía feliz, como cuando era niña y me alegraba el día saludar al chico más guapo del colegio. Lo sé… *loser*.

Aparte de Gabriel y de mi amistad con Max, lo que más me tenía contenta era que después de tres meses de entrenar y de haber dejado la comida chatarra casi por completo, mi porcentaje de grasa se había reducido de cuarenta a treinta y cuatro con la correspondiente bajada de kilos. Mi cuerpo estaba más firme y los rollitos, si bien no habían desaparecido del todo, al menos no se notaban tanto; de hecho, incluso tenía algo de cintura. *¡Bravo, Lucía!*

Estaba en una etapa idílica en la cual todo marchaba bien, casi como si fuera la protagonista de un musical. Mi empresa iba como avión, lo pasaba genial con Max, con mi familia (que no dejaba de preguntar cuándo iría de nuevo con él) y tenía el mejor cuerpo en años… Por supuesto tanta maravilla no podía ser eterna.

Un día en mi apartamento, entré a revisar mi correo electrónico mientras Max cocinaba. Se me heló la sangre al encontrarme con la invitación al cumpleaños de Francesca.

Maldición, ¿por qué justo ahora? ¡Todo marchaba tan bien!

Francesca había sido mi única amiga en Ingeniería. Su cumpleaños era el evento al que asistíamos todos los de la promoción y funcionaba como una especie de reunión anual. Todos mis compañeros estarían allí, entre ellos Alan. Se me apretó el estómago de solo pensar en encontrármelo. Aunque no había vuelto a torturarme por mi ex desde que conocí a Gabriel, eso no significaba que no tuviera terror de volver a verlo.

—¡Ay, no! —exclamé sosteniéndome la cabeza.

Max paró de revolver lo que fuera que estaba cocinando.

—¿Pasa algo, Lucy?

—Me acaba de llegar una invitación a un cumpleaños.

—¿Eso es todo? Si no quieres ir, no vayas y ya está.

—No lo entiendes… La cumpleañera no me perdonaría si faltara. Lloviendo, tronando o conectada a un tubo de oxígeno, tengo que ir.

—Entonces ve.

—No… no puedo —dije con voz temblorosa—. Mi ex va a estar ahí.

Max bajó el fuego, se secó las manos en los pantalones y vino a sentarse a mi lado en el sillón.

—Cuéntame —pidió con suavidad.

A Max le tenía más confianza que a nadie, pero no le había hablado de Alan porque el tema me resultaba demasiado doloroso. Sin embargo, esta vez quería hacerlo; estaba muerta de miedo y necesitaba que me apoyara.

–Alan era un compañero mío de la universidad; serio, inteligente y con preciosos ojos verdes. Me enamoré como una tonta de él. Empezamos a salir, pero nuestra relación era bastante tormentosa. Terminábamos, volvíamos… Así estuvimos cinco años. –Max parpadeó como si le sorprendiera la cantidad de tiempo, pero no comentó nada–. El último año de la carrera teníamos un curso difícil que exigía trabajar en grupo. Alan y yo nos unimos a otra chica, Carolina. No noté nada especial entre ellos, incluso después de que él terminara conmigo por milésima vez; pero apenas una semana más tarde, Francesca se me acercó y me contó que Alan estaba besándose con Carolina en medio del patio de la facultad. Casi me muero… –Me callé y tragué para disolver el nudo de mi garganta.

Max me apretó los dedos suavemente invitándome a seguir adelante. Liberé mi mano para secarme la humedad que comenzaba a nublarme la vista.

–Me puse como loca; quise ir a separarlos para gritarle a Alan que era un maldito. Gracias a Dios, Francesca me detuvo, me llevó a llorar al baño y me salvó de hacer un ridículo monumental. Pero yo no podía quedarme tranquila sin hablar con él y al día siguiente lo encaré. Se portó como un desgraciado. Me dijo que lo dejara tranquilo, que no me amaba, que nunca lo había hecho. Que le parecía increíble que yo, que se suponía que era tan inteligente, no me hubiera percatado de que hacía tiempo se había aburrido de mí y estaba con otra. Me engañó y no me di ni cuenta, Max. –Se me escapó una lágrima.

»Los meses siguientes hasta que terminé la carrera fueron todavía peores. Me convertí en "la cornuda de Ingeniería". Tuve que soportar miradas de lástima, comentarios desatinados y comparaciones venenosas, en las cuales yo siempre salía perdiendo porque Carolina era muy guapa. Tuve que refugiarme mil veces en el baño después de haber visto a la parejita besuqueándose. Esos meses fui un espectro. No volví a interesarme en ningún otro hombre hasta que conocí a Gabriel. Lo peor de esos cuatro años fue que, a pesar de todo, aún echaba de menos a Alan, o Voldemort, el innombrable, como le decía.

Me callé luchando por no echarme a llorar. Todo lo que había sufrido con mi ex aún dolía, no tanto como antes, pero dolía.

–¿Todavía sientes algo por tu ex? –La mirada de Max se llenó de inquietud.

–No… sí, bueno, no creo. Hace tiempo que no pienso en él, pero sucede que, después de verlo, paso días deprimida. El año pasado, tras el cumpleaños de Francesca, estuve mal un mes. Además, él llegó con Carolina, porque todavía siguen juntos.

–Si te hace tan mal encontrártelo, no vayas al cumpleaños y ya.

–No es tan sencillo. Francesca fue la única amiga que me

apoyó en ese horrible periodo. Siempre estuvo ahí para mí y no quiero fallarle. Sé que para ella es importante que yo vaya.

–Entonces asiste por unos pocos minutos.

Solté una larga exhalación.

–No lo entiendes. Nunca te has enamorado y no sabes la tortura que es ver a la persona que amas con otro.

–Dijiste que ya no amabas a tu ex –me recordó serio.

–Es cierto, pero igual duele. Es una cuestión de orgullo, Max. Alan me humilló frente a todo el mundo y siguió tranquilo con su vida. –Suspiré meditando qué podría ayudarme a sobrellevar mejor encontrarme con mi ex–. Supongo que no sería tan difícil si yo pudiera llegar al cumpleaños del brazo de un hombre sexy a quien besar frente a sus narices.

–¿Por qué no lo haces entonces?

–¿Eh, *hello*? Parece que se te olvidó el pequeño detalle de que no tengo novio.

–No necesitas un novio, solo alguien que pretenda serlo.

–Estupendo, ahora tengo que contratar un *escort* –refunfuñé.

–O podrías ir conmigo –dijo Max.

Me quedé inmóvil de la sorpresa.

–¿Harías eso por mí?

En el rostro de Max apareció una expresión de ternura.

–Haría eso y mucho más por ti, Lucy.

Ahí estaba otra vez, esas respuestas dulces acompañadas de una intensidad en la mirada que no terminaba de entender. Me quedé en silencio, escudriñando esos bellos ojos oscuros que no se apartaban de mí.

–Gracias, lo pensaré –dije al fin, confundida.

Sí que lo pensaría. Fingir que Max era mi novio en el cumpleaños podría ser la solución a todos mis problemas… o podría crearme más si, debido a eso, las cosas se ponían todavía más raras entre nosotros.

CAPÍTULO 11

*El hada madrina
de Cenicienta
es una aficionada*

LUCY

Le di vueltas al ofrecimiento de Max los siguientes días. En los últimos cumpleaños de Francesca, yo tenía el corazón roto y varios kilos de más, pero ahora estaba distinta; no hermosa, pero con el mejor físico en décadas. Además, llegaría con un moreno encantador, de buen cuerpo y sonrisa devastadora. Le demostraría a todo el mundo que ya no era la cornuda de Ingeniería. Sería la envidia de mis compañeras. ¡Qué expresión pondría Alan si me viera aparecer con Max! La dulce venganza me decidió. Iba a ir.

Tendría que comprarme un vestido que quitara el aliento. Por una sola vez en mi vida, me habría encantado saber de moda lo que sabía de negocios, pero no me podía engañar. Yo era la pesadilla de cualquier diseñador. Tendría que pedirle ayuda a alguien, ¿pero a quién?

Olivia. El nombre me llegó de golpe, inundándome de alivio. ¡Por supuesto, Olivia!

Olivia era la encargada de las relaciones públicas del gimnasio. La había conocido a través de Max que la entrenaba; solíamos coincidir en la clase de baile y, de vez en cuando, íbamos a tomar algo a la salida del gimnasio, solas o en compañía de mi amigo. Olivia debía de tener más o menos mi edad y era la mujer con mejor estilo que había conocido. Incluso iba siempre perfecta y combinada a entrenar.

Esa tarde me la encontré al salir de baile. Le conté del cumpleaños y de la necesidad que tenía de lucir bella, apolínea, superada ante mi ex... Necesitaba que toda mi imagen dijera: "Mira lo que te perdiste, cretino".

–Ven a mi casa el sábado y buscamos ideas –ofreció.

Me sorprendió su amabilidad. Nos caíamos bien y hablábamos bastante, pero no éramos lo que se dice amigas.

–¿En serio? –pregunté–. ¿No será una molestia para ti?

–Para nada –sonrió–. Lo paso genial con todo lo que se refiere a moda.

Así fue como el sábado me encontré en la habitación de Olivia viéndola extraer prendas de un armario que parecía infinito. Debía haber zapatos y vestidos como para vestir a cien mujeres.

–No creo que me quede nada tuyo –murmuré mirando con desconfianza la pila de ropa que había formado arriba de la cama. Olivia era alta, espigada y distinguida, todo lo contrario a mí. ¡Más distintas no podíamos ser!

–Esta ropa es solo para buscar ideas, Lucy. Sé que no te quedaría nada mío porque tenemos cuerpos muy diferentes.

¡Cómo me gustaría a mí tener tus curvas! –suspiró–. Detesto ser tan flacuchenta.

Abrí los ojos atónita.

–¡Qué dices! ¡Pero si eres guapísima, tan alta y delgada! Ya quisiera yo ser así; además sí que tienes curvas.

–Estas son falsas. –Se señaló el escote–. Fue el primer regalo que me hice cuando empecé a trabajar. Tú, aunque seas baja, pareces una muñequita de porcelana con ese rostro y ese cuerpo. En cambio, yo soy larguirucha como el Quijote.

–Eso me convierte en Sancho Panza, supongo.

Olivia estalló en una carcajada.

–Típico que las mujeres nunca estemos conformes, ¿eh, Lucy?

Sus palabras provocaron una extraña sacudida en mí, pero no alcancé a reflexionar porque Olivia me hizo sostener unos vestidos para imaginarse cómo me quedaría el diseño o el color. De cuando en cuando, negaba con la cabeza o asentía. Después tomó una cinta métrica y me midió los hombros, la cintura y las caderas. Puaj, cómo detestaba que me tomaran medidas.

–Tal como pensaba –dijo ella guardando el metro de vuelta en una gaveta–. Por tu tipo de cuerpo no te quedan bien los cuellos subidos ni los vestidos cerrados. Tenemos que buscar un modelo con escote en V y acompañarlo de un cinturón que te marque la cintura. ¿Puedo ser franca contigo?

–No sé por qué me da la impresión de que, si te digo que no, lo serás igual –bromeé ya entrada en confianza.

–Pues sí. Es que no entiendo que con lo guapa que eres no te saques más partido. Tu ropa tiene por lo menos una década, además te queda grande.

–Antes no me quedaba grande, lo que pasa es que perdí peso. Pero sí es cierto que sé de moda lo mismo que de gramática rusa –admití avergonzada.

–Entonces tienes que ponerte al día. La ropa es importantísima, Lucy. Es la base de la imagen que proyectas al mundo y te ayuda a aumentar tu confianza. Desecha todo lo que te quede mal; usa el filtro del ex.

–¿El filtro del ex? –Era la primera vez que escuchaba esa expresión.

–Sí, significa que no puedes conservar ninguna prenda en tu guardarropa que te avergonzara usar delante del peor de tus ex. Necesitas eliminar todo lo que no te haga sentir estupenda.

–No me quedaría nada en el clóset –respondí sin exagerar. Mi armario estaba lleno de camisetas viejas y pantalones anchos que guardaba "por si acaso".

–Entonces deshazte de todo.

–Hum, como que el exhibicionismo no es lo mío.

Olivia rompió a reír.

–Mira, igual tienes que comprarte ropa porque adelgazaste. Si quieres vamos ahora al centro comercial y te aconsejo. Tengo que ir de todos modos a cambiar un abrigo. Vas a ver –sonrió–, haré milagros con tu tarjeta de crédito.

Acepté encantada. Fuimos al centro comercial Parque Arauco, nos paseamos por todas las tiendas y me probé mil vestimentas diferentes. Me sentía como Julia Roberts en *Mujer bonita* (por desgracia, sin Richard Gere). Olivia era una experta de la moda y me aconsejaba qué comprar. Sin darme cuenta, entre risas y confesiones de chicas, adquirí de todo: ropa deportiva, de trabajo, de cóctel, de fiesta, jeans, camisetas... ¡un guardarropa completo! Ella me tomó un sinnúmero de fotos con mi teléfono para que no se me olvidara cómo combinar las prendas.

—Creo que ya tengo bastante —le comenté al salir de una boutique de ropa interior arrastrando un sinfín de bolsas, todas mías—. No olvides que quiero seguir bajando de peso, así que no tiene caso comprar mucho más.

—De acuerdo, entonces vamos por los accesorios.

Pañuelos, cinturones, colgantes, sombreros, aretes, bolsos... Uf, esa mujer sí que tenía gusto e imaginación. Lo único que me rehusé a comprar fueron brazaletes y relojes que nunca me habían gustado porque me hacían sentir encadenada, pero a excepción de eso, adquirí todo lo que Olivia me indicó. Era maravilloso su talento para tomar una prenda corriente, juntarla con un accesorio con estilo y ¡bam! crear un atuendo perfecto. Gracias a Dios yo contaba con una cuenta generosa, porque mi nueva amiga elegía cosas para mí sin fijarse en el precio y su gusto no era barato.

—¡Qué cosa más entretenida jugar a las barbies contigo! —exclamó Olivia, quitándome un sombrero que insistió que me probara—. Creo que ya tienes de todo. Siguiente paso: la peluquería.

–¿Qué tiene de malo mi cabello? –Me tomé un mechón y lo contemplé insegura.

–Nada en particular, pero no te vendría mal un masaje para nutrirlo. –Frunció el ceño mientras me examinaba–. Tal vez también cortarte las puntas y darle un poco de forma.

Mi pelo era largo, liso y sano, pero no tenía estilo; sencillamente caía pesado y sin gracia. La sugerencia de Olivia venía como anillo al dedo y nos fuimos a un exclusivo salón de belleza. Me decidí por un corte escalonado que mantenía el largo, más un alisado francés para quitar el *frizz* y darle brillo. Mi nueva amiga aprobó mi elección y reservó para ella un masaje capilar.

–Ofrecemos un perfilado de cejas gratis por una limpieza de cutis –nos informó una joven vestida de uniforme blanco–. Va ideal mientras se hacen el tratamiento del cabello.

–Excelente idea –asintió Olivia–. No sería un *fashion emergency* completo si no te hicieras algo en el rostro, Lucy.

–Y yo que fui a verte solo por un vestido –dije feliz.

Mi piel había recuperado su lozanía gracias al cambio de alimentación, pero si podía lucir aún mejor, no era yo quien iba a poner trabas. Me entregué confiada a las manos de la esteticista y el peluquero.

Dos horas después, frente al espejo, no podía creer el resultado. ¿Esa chica guapa de verdad era yo? Mi cabello caía en una brillante cascada, tan suave como el de un bebé y el nuevo corte me afinaba el rostro… ¡Mi cutis estaba radiante! La cosmetóloga había hecho magia. Me veía como cinco años más joven, con el rostro terso y luminoso.

–No es magia –dijo sonriendo la profesional cuando se lo comenté–. Te hice una limpieza, un masaje de drenaje linfático y otro antiarrugas.

O sea, magia.

Para completar el hechizo, mis ojos resplandecían, enmarcados por cejas naturales y armónicas. Siempre había pensado que ellos eran mi mejor atributo (si no es que el único) y ahora lucían incluso más grandes y expresivos. ¡Me EN-CAN-TA-BAN!

–Increíble –murmuré intercambiando miradas con Olivia a través del espejo–. Me veo genial; es decir, luzco…

–Hermosa –completó ella a mi lado con orgullo–. Eres hermosa, Lucy. Ya era tiempo de que te dieras cuenta.

No pude responderle de lo emocionada que estaba. Nunca, nunca antes en mi vida me había sentido bonita, pero por Dios que en ese momento lo parecía. No lo podía creer. El hada madrina de Cenicienta era una aficionada en comparación a Olivia. La cosmetóloga y el peluquero, mis nuevas personas favoritas en el mundo.

Estaba oscuro cuando abandonamos la peluquería pasadas las nueve. La atmósfera nocturna se había llevado el calor asfixiante del día, dejando en su lugar un exquisito aire tibio que recordaba a vacaciones. Las noches de Santiago en verano eran una delicia; jamás disfrutaba tanto la ciudad como en esa época. Suspiré renovada y feliz.

En agradecimiento, invité a Olivia a cenar al restaurant La Perla del Pacífico del bulevar del centro comercial. Adoraba la comida chilena de ese sitio y su ambientación, que recreaba un antiguo barco de madera con reservado del capitán incluido. El exterior simulaba una playa con arena auténtica sobre la que había mesas iluminadas con lamparitas redondas que desprendían un tenue fulgor amarillo.

Olivia y yo dejamos nuestra colección de bolsas sobre la arena y ordenamos. Además del cremoso pastel de choclo que era mi plato favorito, me pedí un pisco sour, fresco y dulce. Desde que había decidido bajar de peso, había reducido el alcohol al mínimo, pero mi transformación ameritaba celebrar.

Casi al terminar la cena, Olivia untó su última patata frita en abundante mayonesa y se la llevó a la boca. Sonreí al acordarme de Max.

–Si Max estuviera aquí, no dejaría de darte un sermón por lo que estás comiendo –le dije.

–Dímelo a mí que llevo cinco meses entrenando con él. ¡Qué obsesión tiene ese hombre con las grasas trans! Parece que estuviera anunciando la llegada del apocalipsis.

Reí. Sí, era una descripción exacta de él, así de fanático era.

–Ya que mencionaste a Max –Olivia tomó su pisco sour e hizo girar el último sorbo que quedaba–, ¿puedo preguntarte si están juntos él y tú? Lo he visto muy cariñoso contigo desde que terminó con Mónica.

–No hay nada entre los dos, solo somos amigos. –Ella me miró como si no me creyera, por lo que agregué–: Max es mi mejor amigo en realidad, pero no es que él sienta algo por mí o yo por él; de hecho, a mí me gusta otra persona.

–Déjame adivinar, del gimnasio también, ¿cierto?

–¿Tanto se nota? –Parpadeé sorprendida.

–¡Por favor, si te comes con los ojos a Gabriel! Bueno, el tipo es un regalo para la vista, eso hay que reconocerlo. No sé qué hace trabajando como *personal trainer* si podría modelar… –Se quedó un instante reflexionando–. Oye Lucy, ¿por qué mejor no vas con él a tu reunión?

–A Gabriel no le intereso en absoluto. No tiene caso invitarlo.

–De seguro es así, pero no hay hombre más despampanante que él. Si quieres lograr que tu ex se muera de envidia, es la solución perfecta. Imagínale la expresión cuando te vea llegar al cumpleaños con tremendo bombón.

Me imaginé entrando del brazo de Gabriel con un desplante digno de Marilyn Monroe. Exclamaciones de asombro y murmuraciones de lo bien que me veía recorrían el lugar. Alan, arrepentido por haberme dejado por otra, caía de rodillas suplicando mi perdón. Como yo me negaba, él, incapaz de vivir sin mí, se hacía ahí mismo el *harakiri* frente a todos nuestros compañeros.

De acuerdo, tal vez no iba a pasar exactamente así, pero soñar es gratis, ¿no?

La idea de llegar junto a mi angelito era tentadora, pero Max ya se había ofrecido a acompañarme. Incluso aunque no lo hubiera hecho, no le agradaría que fuera con Gabriel.

–Esos dos siempre se han llevado mal –dijo Olivia cuando se lo conté–. Tú no tienes nada que ver con esa rivalidad absurda. Además, Max sabe que te gusta Gabriel, ¿no es así?

–Sí. Siempre lo ha sabido.

–Entonces va a entender que prefieras ir con él. Si son tan buenos amigos, incluso capaz que se alegre por ti.

–Tal vez tengas razón –respondí sin mucho convencimiento, pero cada vez más seducida por la idea de ir con mi angelito.

La noche siguió entre confidencias, risas y más tragos hasta que nos echaron del restaurant. Al final de la noche, felices y un poco achispadas, Olivia y yo nos considerábamos amigas inseparables.

El lunes estrené uno de mis nuevos atuendos para ir a trabajar, pantalones negros ajustados y una blusa entallada ideal para mi tipo de cuerpo. Me puse unos tacones bajos (Olivia hizo que me probara unos zancos, pero no podía caminar) y partí a la oficina, expectante y nerviosa. Mis colegas y la secretaria se quedaron inmóviles al verme.

–¿Qué? –pregunté insegura.

Rodrigo, uno de mis socios y buen amigo de la universidad, dio un silbido.

–¿Quién es esta guapa mujer y qué hizo con mi amiga?

–Es el peor piropo que me han dicho jamás –respondí–. ¿Tan mal me veía antes?

Él tuvo la amabilidad de parecer avergonzado.

–Claro que no, no me refería a eso. Es solo que te ves fantástica.

Su semblante deslumbrado hizo que me olvidara del enojo.

–Gracias –sonreí.

Me moría de ganas por enseñar mi nuevo look en el gimnasio, pero esa semana no fui porque con Rodrigo nos tocó viajar al sur a dar talleres. Eso sí los cumplidos siguieron llegando, por suerte mejores que los de mi socio. Por primera vez en la vida, luego de dictar una charla, los hombres se acercaron no solo a preguntarme de negocios, sino también en plan flirteo; incluso uno me invitó a salir.

No podía creer que yo, Lucía, fuera objeto de esa popularidad. ¿Tanto poder tenían un corte de pelo y ropa nueva? Al parecer sí, me dije cada vez más tentada de pedirle a Gabriel que me acompañara al cumpleaños de Francesca. No tendría que fingir ser mi novio, podría ir como mi amigo que más o menos lo éramos.

¡Diablos, se lo pediría!

Apenas volví a Santiago, fui al gimnasio decidida a abordar a Gabriel. Me puse unos shorts deportivos que mostraban mis piernas ("perfectas", según Olivia) y un colorido top. Me saltó el corazón cuando me encontré a mi angelito. Él me estudió con expresión admirativa.

–¡Qué bien te ves, Lucy! ¿Te hiciste algo?

–Un corte de pelo nada más –respondí restándole importancia. De acuerdo, había sido un *fashion emergency* completo, pero no había para qué entrar en detalles tan poco glamorosos como un perfilado de cejas, ¿cierto?

Charlamos un rato de la anunciada maratón de *Star Wars* que iban a dar en un cine del centro. Antes de que me faltara el valor, le hablé del cumpleaños de Francesca, contándole que mi ex estaría ahí.

–Si pudieras acompañarme, me harías un tremendo favor. Como amigos, por supuesto –aclaré nerviosa–. Es que no quiero llegar sola.

–Claro, cuenta conmigo –sonrió. ¡Ah, cómo me gustaba su rostro cuando sonreía! Parecía un ángel más que nunca. ¡Uno que había aceptado salir conmigo!

–¿En serio? –pregunté tratando de no sonreír como tonta.

–Por supuesto, será un placer acompañarte, especialmente si te ves tan guapa como hoy.

El corazón me bailó en el pecho.

Gabriel piensa que estás guapa. Tu angelito te acaba de decir guapa, Lucía. GUA-PA.

–Ah, pues gracias… –respondí un poco roja.

Una chica, alumna de Gabriel, se nos acercó y él se despidió de mí para irse a entrenar con ella. Me encaminé a las máquinas sonriendo de lado a lado. Así debía sentirse ganar la lotería, imaginé.

De pronto vislumbré a Max a lo lejos. Decidí contarle de inmediato que sería Gabriel quien iría conmigo a la reunión. Se me apretó el estómago, pero me tranquilicé pensando en lo que me había dicho Olivia. Max era mi amigo, seguro iba a entender.

CAPÍTULO 12

*El más insistente
y querido de
los fantasmas*

MAX

Mis ojos no podían creer lo que veían cuando Lucy llegó hasta mí en el mesón de los profesores. Por Dios, ¿de verdad era ella? ¿Qué se había hecho? Tuve que controlarme para no mirarla como bobo.

–Estás hermosa –le solté a modo de saludo en un tono que hasta a mí me sonó demasiado intenso.

Ella ladeó la cabeza y se tocó el cabello con timidez.

–El sábado salí con Olivia a comprar un vestido para la fiesta. Una cosa llevó a la otra y, bueno, este es el resultado.

–Un resultado precioso.

Mierda, ¿qué me pasaba? Los cumplidos se me escapaban sin que pudiera evitarlo. Tampoco podía dejar de mirarla. Lucy sonrió con encantadora modestia, pero luego su expresión cambió, tornándose precavida.

–Le pedí a Gabriel que me acompañara al cumpleaños de Francesca. Él aceptó.

Ardí por dentro. Nunca había sido del tipo celoso y por primera vez supe lo que era que una palabra te quemara el corazón.

–Pensé que irías conmigo –respondí con la mandíbula apretada.

Lucy parpadeó, desconcertada por mi sombrío tono.

–Bueno, tú y yo no habíamos acordado nada… –balbuceó–. Además, tú mismo siempre me animas a que invite a Gabriel a salir. Sé que no te cae bien, pero creí que como mi amigo entenderías, que incluso te pondrías contento de que al fin me atreviera.

¿Contento? Repetí mentalmente sin poder creerlo. ¿De verdad Lucy creía que me pondría contento porque hubiera elegido a ese imbécil en vez de a mí? ¿Es que acaso estaba ciega o qué? ¿No se había dado cuenta de que necesitaba tocarla? ¿De que la abrazaba a la menor oportunidad? ¿No había visto mis ojos seguirla cuando se movía al compás de la música en la clase de baile sin ninguna coordinación, pero con un entusiasmo adorable? ¿"Contento", dijo? ¿"Contento"? Debía ser una maldita broma.

–Contento y un cuerno –respondí con rabia.

Lucy se cruzó de brazos y se irguió altiva.

–Oye Max, ¿se puede saber qué diablos te pasa?

–A mí, nada. Solo creí que, al ser tan inteligente, no querrías salir con un imbécil que no te daba ni la hora antes de que te compraras ropa nueva.

Su rostro se contrajo de ira. Jamás la había visto tan enojada.

–¿Qué has dicho? –masculló.

–La verdad solamente, pero eres libre de hacer lo que te dé la gana. Si quieres salir con ese cretino superficial, hazlo.

–¡Vaya que lo haré! –Levantó la barbilla; su mirada furiosa retó a la mía–. Puedo hacer lo que se me antoje y eso incluye no verte. No te aparezcas esta noche en mi casa.

–¡Bien! –respondí. Le di la espalda y me alejé de ella más furioso todavía.

–¡Genial! –Sentí su tono de enojo a la distancia.

Lucy me evitó el resto de la semana. El viernes la divisé en una de las máquinas de pesas conversando muerta de la risa con Gabriel. Se veía dolorosamente preciosa. Aunque seguía furioso, no había podido dejar de pensar en ella y, diablos, cómo la echaba de menos. Era la primera vez que nos peleábamos, la primera vez que estábamos alejados desde que nos conocíamos. Extrañaba sus comentarios inteligentes, los mensajes motivacionales que solía mandarme, la forma en que fruncía la nariz oliendo la cocina cuando yo preparaba nuestra cena… la extrañaba toda.

Maldición. Sentía algo muy fuerte por Lucy. ¿Cómo no hacerlo si era increíble? Brillante, divertida, hermosa… El problema era que ella no me daba ni la hora por culpa de Gabriel y ahora tampoco me hablaba. Cuando me vio observándola aquella tarde en el gimnasio desvió la vista y le dedicó una sonrisa radiante al cabeza de músculo ese. No la culpaba por estar enojada conmigo, después de todo, había reaccionado como un idiota, pero cómo me dolió que no me eligiera a mí. Me afectaba aún más que para ella fuera tan fácil apartarme de su vida, mientras que yo no podía alejarla de mí ni un instante. Aunque físicamente no estuviera a mi lado, su presencia me rondaba todo el tiempo como el más insistente y querido de los fantasmas.

Pasé gran parte del sábado tratando de no pensar que esa noche Lucy saldría con Gabriel. ¿Lo besaría? Al menos ese era su plan para darle celos a su ex. ¿Y si los besos se convertían en caricias y después una cosa llevaba a la otra y...? Mierda. Imaginarla en brazos de otro me destrozaba.

Necesitaba distraerme, no podía seguir torturándome. Decidí llamar a Julio, un antiguo amigo de la universidad. Era un tipo alocado y mujeriego que jamás le presentaría a ninguna mujer, pero como compañero de juerga salvaba.

–Listo, Max, nos vemos en un rato entonces. –Sentí el tono entusiasta de Julio al otro lado de la línea–. Les avisaré a unas chicas que están buenísimas.

No me importaba si venía solo o acompañado. Esa noche estaba dispuesto a todo con tal de olvidarme de Lucy.

A la hora acordada, conduje al bar California en Providencia. Saludé a Julio con un abrazo y alcancé a ponerme al día con él antes de que llegaran las chicas. Él no había exagerado, sí que estaban buenas. Elena, la cita de él, era una morena voluptuosa aunque algo vulgar. Su amiga Celia, en cambio, era el tipo de mujer con quien los hombres fantaseamos, esa rara combinación de cuerpo pecaminoso y rostro de chica buena. La noche prometía, pensé cuando Celia se sentó pegada a mí, apoyando su mano en mi rodilla unos instantes como al descuido.

La noche dejó de prometer diez minutos después. No importaba qué tan mal estuviera yo por Lucy o qué tan sexy fuera Celia, nada podía hacerme ignorar el hecho de que era tonta como puerta. Aunque cruzara y descruzara sus magníficas piernas frente a mí, dejándolas un poco abiertas de vez en cuando (con toda intención, seguro), no podía atraerme en lo más mínimo.

–¿No encuentras terrible la cantidad de inmigrantes que hay en el país? –se quejó Celia revolviendo su trago con un dedo para luego chupárselo–. Ojalá los deportaran a todos.

Genial; además de tonta era racista. Esa Hitler en tacones solo conseguía hacerme extrañar más a Lucy. Todo lo que a Celia le faltaba era lo que me atraía de mi pequeña. Si Lucy hubiera estado ahí, ya le habría tapado la boca con una cátedra acerca de leyes e inmigración, aunque hubiera perdido su tiempo porque esta muchacha no habría entendido nada.

¡Ay, Lucy, cómo la echaba de menos!

Mientras Celia parloteaba, yo trataba de ignorar a Elena, que le metía la lengua hasta la garganta a Julio. Qué doble cita de mierda. No había poder en el universo que me obligara a quedarme. Mientras pensaba qué excusa daría para irme, sonó mi teléfono. Me disculpé y me alejé al otro extremo de la terraza a responder.

–Gabriel dejó plantada a Lucy –me soltó Olivia.

¡Diablos, sí! No saldrá con él. ¡Oh sí!

Agité el puño en el aire en signo de victoria.

–Max, ¿sigues ahí?

—Acá estoy —dije disimulando mi alegría.

—Lucy me contó que estaban peleados, pero creo que de todos modos tú deberías acompañarla a la fiesta.

Así que de eso se trataba esta llamada. Como el idiota ese le dio el plantón, Lucy había telefoneado a Olivia para que me pidiera a mí que lo reemplazara. Yo era su mediocre segunda opción.

—Dile a Lucy que, si quiere que la acompañe, al menos tenga el valor para pedírmelo ella misma —respondí enojado.

—Ella no tiene idea de que te lo estoy pidiendo —aclaró Olivia—. Es cosa mía, es que no sabes la pena que me dio cuando la llamé hace un rato para preguntarle cómo iban los preparativos y me dijo que al final no iría, que se moría de vergüenza de llegar sola… Estaba llorando, Max. Me lo negó, pero se le notaba en la voz.

Mi enfado se desvaneció cuando me imaginé a Lucy sola y triste en su apartamento. Mi pobre Lucy, mi querida Lucy. Sin embargo, tampoco quería ser el segundón de nadie. Le dije que no a Olivia. Yo también tenía mi orgullo, maldita sea.

—¡Max! —exclamó como un reproche—. ¿Cómo puedes ser tan egoísta? Sabes lo importante que es este evento para Lucy.

—Oye, para ahí. Yo le ofrecí acompañarla y fue ella quien prefirió al imbécil de Gabriel.

—¿Y a ti qué más te da? No es como si estuvieras interesado en ella, ustedes solo son amigos.

–¡Pero qué le pasa a todo el mundo! –exploté antes de darme cuenta de lo que revelaba–. ¡Estoy harto de escuchar eso! ¿Es que a ninguna de ustedes dos se le pasa por la cabeza que a lo mejor yo sí quiero algo más?

Hubo un prolongado silencio al otro lado de la línea.

–Max… –murmuró Olivia en un tono compasivo que odié–, discúlpame, no tenía idea, en serio. Si quieres saberlo, fui yo quien animó a Lucy para que invitara a Gabriel.

–Apuesto a que no tuviste que animarla demasiado –respondí dolido. Era verdad después de todo. Lucy siempre había estado interesada en él.

–Ella estaba feliz de ir contigo hasta que yo le mencioné a Gabriel. Lo siento, ojalá no hubiera abierto la boca. –Olivia se quedó callada unos instantes–. Escucha Max, sé que es mucho pedirte y más considerando lo que me acabas de contar, pero ¿no podrías acompañarla de todas formas? Creo que Lucy necesita cerrar el ciclo con su ex. Además, me parte el corazón que no vaya. ¡Estaba tan entusiasmada!

A mí también me partía el corazón imaginarla desilusionada por culpa de ese imbécil. Si yo la acompañaba, podría volver a estar a su lado, lo único que deseaba desde hacía días.

–De acuerdo, iré con ella, pero quiero que me prometas una cosa.

–La que quieras –se apresuró a decir Olivia.

–No le dirás nada a Lucy de lo que siento por ella. –Qué diablos, ni siquiera yo sabría decírselo, confuso como estaba–. Prométemelo.

–Tienes mi palabra.

Colgué y volví a la mesa. Me excusé diciendo que había surgido algo urgente y que debía irme de inmediato. Celia me miró con desconcierto, mientras Julio se levantaba y me llevaba aparte.

–¿Estás loco, Max? ¡Pero si Celia está lista para que la lleven a la cama!

–Apuesto a que tú sabrás qué hacer con eso –me despedí de él. Por la forma lujuriosa en que brillaron sus ojos, supe que Julio difícilmente pensaría en otra cosa.

Salí a la oscuridad templada y eché a andar el motor. En menos de quince minutos, me encontré frente a la puerta de Lucy. ¿Estaría aún enfadada? ¿Querría que me largara?

Toqué el timbre y me preparé para averiguarlo.

CAPÍTULO 13

El mapache más bonito del mundo

MAX

Mi corazón se aceleró cuando Lucy, en pijama y con los ojos aguados, me abrió la puerta. Por la expresión que puso, fue obvio que no se esperaba mi visita.

–Olivia me avisó que Gabriel no venía –dije a modo de saludo.

–¿Viniste a restregarme en la cara que tenías razón?

Lo dijo irguiéndose y elevando la barbilla como hacía cuando quería mostrarse altiva. Bajita como era, ese gesto tan típico suyo solo me provocaba ternura.

–¡Dios, no! Claro que no, pequeña. –Avancé hacia ella, le tomé la mano y la miré directo a los ojos–. Siento mucho que ese imbécil te desilusionara. Más que eso, siento haberme portado como un idiota el otro día.

Lucy rompió a llorar y se refugió en mis brazos.

–Yo también lo siento, Max.

La estreché con fuerza, sintiendo una felicidad agridulce. La tenía cerca de nuevo, pero no de la forma en que deseaba. De todos modos, eso no importaba en ese momento porque esa noche no se trataba de mí, sino de ella. Cerré la puerta tras nosotros y la conduje de la mano al sofá. Lucy me contó entre lágrimas oscuras de rímel que Gabriel estaba trabajando de modelo en la inauguración de un hotel. El evento se había retrasado por lo que la llamó para cancelar.

–No pensé que te importara tanto Gabriel –dije limpiándole una lágrima mientras trataba de disimular mis celos.

–No estoy llorando por él, sino porque esta noche deseaba vengarme de Alan. Quería lucirme delante de mis compañeros para que supieran que ya no era la tonta a la que él engañó.

–Vamos entonces, yo iré contigo. Ya te lo había ofrecido desde un comienzo.

–¿De verdad, Max?

–De verdad, Lucy. No hay otro lugar en el mundo donde quisiera estar esta noche. –Era cierto. Solo quería estar con ella, no importaba dónde.

Lucy me sonrió entre lágrimas, mirándome como si yo fuera su caballero al rescate. Qué facilidad tenía esa pequeña mujer para hacerme sentir como un héroe. De pronto sus ojos escudriñaron mi camisa y el resto de mi ropa.

–¿Te vestiste así de elegante por mi reunión? –preguntó.

–No. Estaba en una cita.

Agrandó los ojos, atónita.

–¿Dejaste a una chica tirada por venir aquí?

–Créeme que no fue ningún sacrificio.

–¿Por qué? ¿No era bonita?

–Al contrario, era hermosa. –Evalué su reacción. No apareció el menor asomo de celos en su rostro, solo sorpresa–. De cualquier manera, no me atrajo.

–¿Por qué no?

Guardé silencio. No estaba listo para decirle lo que sentía por ella. Lucy me miró con expresión comprensiva.

–Entiendo, hace apenas unas semanas que terminaste con Mónica. Es normal que todavía no lo hayas superado, pero créeme que lo harás –dijo.

Por un instante quise sacarla de su error y decirle que no era Mónica quien me interesaba, pero de hacerlo, Lucy habría sabido que me refería a ella.

–¿No deberías ir a cambiarte de ropa? –pregunté para cambiar la conversación–. A menos que quieras ir en pijama.

Se rio cohibida.

–¡Por Dios, debo estar hecha un asco! Apuesto a que el rímel se me corrió y luzco como un mapache.

–El mapache más bonito del mundo –le respondí acunando su carita entre mis manos. ¡Dios! Incluso así con el maquillaje corrido y todo me moría por besarla. Quería quitarle la tristeza a besos y que mis manos le mostraran lo mucho que la había extrañado.

–Ve a arreglarte de nuevo –dije en cambio, soltándola–. Yo aguardo aquí.

Esperaba que se pusiera de pie de inmediato, pero no lo hizo. Me miró indecisa.

–No puedo conducir. Me tomé una copa de vino, bueno, dos en realidad.

–Conduciré yo. Vine en mi auto.

Ella no se movió.

–Tal vez es demasiado tarde ya, ¿no crees?

Examiné su rostro en busca de alguna señal que explicara por qué de pronto parecía no querer ir.

–¿Qué ocurre, Lucy? ¿Tienes miedo de encontrarte con tu ex? –aventuré.

Bajó la vista a su regazo y murmuró un "sí" apenas audible.

–Es que si al ver a Alan vuelven todos esos sentimientos…, ya sabes, no quiero ni pensarlo.

La idea me preocupaba a mí también, lo confieso, pero me aferraba a la creencia de Olivia de que esa noche iba a ser más bien el cierre de un capítulo.

–No pasará eso, al contrario. Te darás cuenta de que al fin lo has superado.

Lucy inhaló con fuerza.

–Estoy asustada –me confesó en un susurro.

–Escúchame. –Le tomé ambas manos y se las apreté en un gesto de apoyo–. Esta noche no estarás sola, me tendrás a tu lado todo el tiempo. Puedes presentarme como tu acompañante, como tu amigo, como tu novio, como lo que quieras, Lucy. Yo estoy aquí para ti.

Su semblante se dulcificó. Me dio un suave beso en la mejilla.

–Gracias por todo, Max –murmuró antes de irse hacia su

habitación, ignorante por completo de que su casto beso me había fundido el corazón.

Encendí el televisor para calmarme mientras la esperaba. Veinte minutos más tarde, regresó. Me levanté del sillón hechizado al verla. Lucy llevaba un vestido negro, ceñido hasta la cintura y amplio desde allí hasta las rodillas. El modelo estilizaba su cuerpo y le marcaba las curvas de forma tentadora, insinuando los contornos de unos pechos cremosos y llenos. Se había dejado el brillante cabello suelto y había destacado sus ojos. Su mirada resplandecía, toda ella resplandecía. Tragué saliva.

—Max... —Me miró insegura—. ¿Crees... crees que me veo bien?

Respiré hondo, reprimiendo la urgencia de besarla, pero, demonios, tendría que hacerlo pronto porque si no estallaría. Sí, muy pronto. Esa misma noche.

—Te ves hermosa —respondí con voz más ronca de lo que hubiera querido. Me aclaré la garganta y le ofrecí mi brazo—. ¿Nos vamos?

Ella enlazó su brazo con el mío y me dedicó una sonrisa.

—Vamos.

CAPÍTULO 14

Mi sexy caballero de brillante armadura

LUCY

Francesca vivía en la punta del cerro. Literalmente. Su casa o, mejor dicho, su mansión, estaba en el sector de La Reina, en la ladera de una de las montañas que rodean Santiago. De pie frente al portón, me sequé las manos en el vestido después de pulsar el timbre.

–Tranquila –me dio ánimos Max, tomándome la mano–. Todo estará bien.

Fue la propia Francesca quien nos abrió. Sus ojos se agrandaron al fijarse en mí.

–¡Amiga, te ves estupenda! –Me abrazó.

Le devolví el cumplido mientras ella nos hacía pasar, mirando con disimulo a mi acompañante.

–Soy Max, el novio de Lucy. –Se presentó él con una adorable sonrisa.

Me encantó que él tomara la decisión por mí. Lo miré tratando de transmitirle en silencio mi gratitud. Max me guiñó el ojo de manera cómplice mientras seguíamos a Francesca hacia el salón. Con el estómago apretado, di un vistazo para saber si había llegado Alan.

–Se atrasó, pero viene en camino –me susurró Francesca, aprovechando que Max se había alejado unos metros a la mesa de las bebidas–. ¡Qué ganas tengo de verle la expresión cuando te vea toda guapa y con novio nuevo! ¡Qué guardado te lo tenías, eh! ¿Dónde lo conociste?

Francesca era mi amiga, pero ni loca le revelaba que con Max solo estábamos representando una farsa (mi nivel de patetismo tenía un límite, gracias). Solo respondí que lo había conocido en el gimnasio en el cual él era *personal trainer*.

–Con razón, es guapísimo –comentó ella contemplándolo.

Claro, pues sí que lo era. Max lucía más sexy que nunca esa noche. El pantalón negro y la camisa blanca que llevaba le daban un aire sofisticado y masculino. Tuve que obligarme a apartar los ojos de él cuando volvió con mi bebida.

–Batallé para encontrar un sacacorchos, pero aquí tienes, preciosa –me dijo, tendiéndome una copa de vino blanco.

–¡Ya desearía yo que mi esposo fuera así de atento! –comentó Francesca.

Max sonrió.

–Tengo que cuidar a mi bella novia, ¿no crees?

Dijo eso mientras sus dedos se perdían debajo de mi cabello y me acariciaban la nuca. *Mmm, ¡qué delicia!* Hacía tanto tiempo que ningún hombre me tocaba que me faltó poco para frotarme contra su mano.

De pronto, los dedos de Max se deslizaron desde mi cuello hasta la mejilla de forma incitante, desatando un sorpresivo calor en mi interior. Miré a Max turbada por la intimidad de la caricia y él, sosteniéndome la mirada, rozó con su pulgar la comisura de mi boca con exquisita lentitud. Por un instante me dio la sensación de que sus ojos estaban llenos de deseo, pero al segundo apartó la vista y se enfrascó otra vez en la conversación con nuestra anfitriona.

No volvió a mirarme de esa forma, pero sus manos siguieron acariciando mi piel lánguidamente; inflamándome, desatando la necesidad de otras partes de mi cuerpo que también querían sentirlas. Maldición, ¿qué me estaba pasando? ¡Era Max, por Dios! Me lo repetí más de mil veces, pero por más que trataba, no lograba recordar que era mi mejor amigo haciéndome un favor. Solo veía a un hombre guapísimo cuyo contacto me estremecía y me hacía añorar más, mucho más. Él por su parte no parecía afectado. Conversaba por aquí y por allá en los diferentes grupos representando a la perfección su papel de novio atento, sin dejar de tocarme en ningún momento con esa manera provocativa que me estaba volviendo loca. El carisma y la amabilidad que Max derrochaba solo contribuían a aumentar mi hambre por él.

Lucía, deja de comportarte como una adolescente calenturienta, me ordené. *Estás deseando a Max, tu mejor amigo, por Dios.*

—Lucy, ¿estás bien? Estás un poco roja —me preguntó él de pronto. ¿Era idea mía o su voz estaba más ronca de lo habitual?

Recé para que no se diera cuenta de lo que estaba sintiendo y le eché la culpa al vino (una mentira aceptable, ya que me había tomado tres copas y empezaba mi cuarta).

–Lucy –me llamó Francesca de pronto, acercándose a nuestro grupo. Su mirada alerta solo podía significar una cosa: había llegado Alan.

Me puse rígida y me erguí tan alta como pude (no mucho, por culpa de la genética). Necesitaba calmarme, maldita sea.

Lucía, puedes hacerlo, me di ánimo de la misma forma en que les hablaba a mis emprendedores antes de que expusieran frente a inversionistas. *No lo mires demasiado, solo salúdalo cortés y distante, como una reina de hielo. Eso es, eres una reina de hielo.*

–Tranquila, Lucy –me susurró Max al oído, entrelazando nuestros dedos–. No estás sola.

Me encantó su gesto de apoyo y me aferré a su solidez, mientras Alan y Carolina se acercaban.

Hubiera podido bailar de alegría cuando vi que Alan al saludarme no alcanzaba a disimular una expresión de enfadada sorpresa. Me imaginé lo que debía estar pensando. La nerd gordita que babeaba por él se había ido. En cambio, había aparecido una mujer renovada en compañía de un hombre guapo. *¡Chúpate esa, imbécil!*

Nota mental: comprarles regalos gigantes de agradecimiento a Max y a Olivia.

¿Lo mejor de todo? Alan se veía fatal. ¡Oh, sí! (Sin juzgarme, ¿eh? Que levante la mano la que no le ha deseado mal al ex que le rompió el corazón). Él nunca había sido guapo, pero esa noche me fijé que estaba mil veces peor, como si los años se le hubieran venido encima. Meses atrás cuando lo había visto en el parque, estaba tan ocupada escondiéndome que no noté cuánto él había cambiado. Alan tenía barriga y entradas pronunciadas en la frente, insólitas para un hombre de apenas treinta. Ni siquiera sus ojos verdes, que siempre me habían fascinado, tenían la misma chispa que antes. Me fijé también en Carolina, que aunque seguía siendo muy hermosa, parecía apagada. Alan la ignoraba de tal modo en la conversación que incluso llegué a sentir lástima por ella. Increíble que la hubiera envidiado alguna vez.

Pocos minutos bastaron para darme cuenta de que, dejando de lado el físico, Alan seguía siendo el mismo idiota. Tal como hacía en la universidad, acaparó la conversación de nuestro grupo, alardeando de sus éxitos.

–Soy el gerente más joven de la empresa –dijo en ese tono pedante que antes yo confundía con seguridad–. No es común tener un cargo tan alto a mi edad, pero mis jefes están orgullosos de mi trabajo… ¿A ti cómo te ha ido, Lucía?

Cretino. Yo sabía que su pregunta no era inofensiva. Durante los años que estuvimos juntos no perdía ocasión de competir conmigo. Apuesto a que, como siempre, lo único que quería era demostrarme que a él le estaba yendo mejor que a mí. Para taparle la boca, hablé del premio nacional de emprendimiento al cual había estado nominada mi empresa.

–O sea que no ganaste –dijo Alan con un matiz despectivo.

181

Mantuve una expresión serena para no darle el gusto de saber que me había afectado. Max me atrajo más hacia su cuerpo y comentó:

–Los emprendedores asesorados por Lucy ya la consideran una ganadora. Que se premie su talento es solo cuestión de tiempo, ella es brillante... y ahora ya no se conforma con menos –agregó con la vista puesta en mi ex.

Tuve que contenerme para no aplaudir cuando Alan tensó la mandíbula, señal de que había recibido el golpe. Esa noche Max era mi sexy caballero de brillante armadura.

–No sé qué tanto pueda saber de negocios un *personal trainer* –le respondió Alan–; después de todo, no es el trabajo más difícil del mundo, ¿no crees? Apenas levantar pesas y entrenar a mujeres hermosas.

Se hizo un tenso silencio en el grupo. Los ojos de mis compañeros se clavaron en los dos hombres que se retaban con la mirada. Abrí la boca para salir en defensa de Max, pero él se me adelantó:

–Ser *personal trainer* es mucho más que levantar pesas; lo sabrías si fueras a un gimnasio, lo que por cierto no te vendría mal –dijo Max dejando caer la vista en la barriga de Alan–, pero sí que tienes razón con respecto a las mujeres hermosas.

Dicho eso, se volvió hacia mí y me besó. Fue un beso breve, suave, apenas el roce de una boca contra otra; sin embargo, sentí como si algo estallara en mi interior. Era lo que había anhelado toda la noche y necesitaba desesperadamente prolongarlo. Retuve a Max, echándole los brazos al cuello y lo correspondí con toda la pasión y el deseo que había acumulado por él durante la velada. Me importaba un comino que nos estuvieran observando. Por mí, podría haberse caído el mundo. La vehemencia con la que él me correspondió solo avivó mi necesidad. Quise encontrarme sola con él, muy lejos.

—Salgamos al jardín —le susurré en la boca apenas consciente de los suspiros de las mujeres alrededor y del rostro resentido de Alan. Solo podía notar la mirada oscura y anhelante de Max.

Él asintió depositando un nuevo beso en mis labios. Lo tomé de la mano y lo conduje al enorme jardín hacia un mirador natural solitario. Apenas llegamos, Max se separó de mí. Me dio la espalda con la mirada puesta en las luces de Santiago y su silueta se recortaba contra la noche.

Me confundió la distancia que puso entre nosotros. No supe qué hacer. El silencio creció, apenas interrumpido por el canto de algún grillo y el murmullo de conversaciones lejanas. Un escalofrío que nada tenía que ver con la brisa nocturna me recorrió cuando sentí la voz apagada de Max, todavía de espaldas a mí.

—El beso que me diste fue de venganza contra tu ex, ¿verdad?

No, lo había hecho por el propio Max, porque besarlo se había transformado en una necesidad al mismo nivel que el aire. Fue tan intenso que me olvidé de todo, pero no podía confesarle algo que ni yo misma entendía.

—Ya no me importa Alan —dije en cambio.

Max se giró hacia mí con rostro tenso. Me dio la sensación de que estaba sosteniendo una batalla interna.

–¿Lo dices en serio?

–Completamente. Esta noche me lo demostré a mí misma.

–¿Qué hay con los demás? –dijo en un tono que era como una caricia–. Porque si quieres convencer al resto de que no te importa, necesitarás más pruebas.

Sus palabras echaron a volar miles de mariposas. Solo podían significar la promesa de más besos. No me importaba lo que pensaran mis compañeros, pero me aferraría a cualquier excusa para volver a besar a Max.

–Tienes razón –murmuré, consciente de que era una invitación.

Una hoja crujió cuando Max dio el primer paso hacia mí con un destello voraz en sus ojos. El corazón me retumbó mientras una anticipación fiera me abrasaba. Todo lo que me importaba era él, el mechón que caía en su frente, la manera en que sus labios se apretaban, su mirada intensa sosteniendo la mía. ¡Cómo quería besarlo! Tragué saliva, presa del deseo y una súbita timidez.

–No… no tienes que hacerlo si no quieres –balbuceé desviando la vista hacia la tierra.

Max dio un último paso hasta acercarse del todo. Su barbilla quedó a centímetros de mi frente, haciéndome estremecer. Su perfume me inundó. Me urgió que él hiciera algo, necesitaba que me tocara. Como si hubiera leído mi mente, Max puso sus manos bajo mis palmas y me acarició los dedos con las yemas en una caricia incitante y rítmica que me encendió. Era increíblemente sensual la forma en que el simple roce de sus manos me quemaba.

–Lucy, mírame –ordenó con voz ronca.

Casi sin respirar, alcé la vista. Me encontré con sus ojos cargados de algo oscuro y arrollador. Tuve que reprimir un gemido cuando sentí sus manos ascendiendo por mis brazos desnudos hasta detenerse en mi clavícula donde presionaron mi piel con ansia, como si él también se muriera por ese beso. Max buscó mi mirada.

–Voy a besarte –dijo en tono ávido, que más parecía una súplica.

Incapaz de verbalizar ninguna respuesta, entreabrí los labios y me alcé hacia él; la piel de su barbilla me rozó. No tuve tiempo de deleitarme en su exquisita aspereza cuando la boca de Max descendió hambrienta sobre la mía. Las llamas ya prendidas se convirtieron en hogueras que recorrieron mi cuerpo, especialmente lo más femenino en mí. Sus labios llenos me buscaban fervientes, me tentaban, me daban todo a la vez que desvanecían mi autocontrol. Max se entregaba a sí mismo en ese beso. Cuando su lengua encontró la mía, yo también me ofrecí a él con desesperación, trasmitiéndole con mis labios que no había nada más en ese instante para mí que su persona, que su sabor me embriagaba y había borrado todo lo demás. Me pegué a su cuerpo, soltando un gemido cuando mi pelvis rozó la suya y sentí que él también me necesitaba con la misma intensidad. Sus manos ansiosas bajaron hasta mis caderas y se enterraron en ellas, estrujando la tela del vestido.

–Oh, Lucy –susurró sin dejar de besarme–. Lucy, Lucy.

La urgencia con que pronunció mi nombre me hizo perder el control. Me aferré a sus hombros, acariciándolo por encima de esa barrera en que se había convertido su camisa. No me importaba que apenas a unos metros estuviera desarrollándose la fiesta o que pudieran vernos. Todo eso me daba igual, lo único que me importaba era sentir su cuerpo duro presionado al mío.

–Max… –gemí sin querer ni poder esconder el ansia que tenía de él.

Él se estremeció y pegó su frente a la mía.

–Vámonos a tu casa –musitó con aliento entrecortado y voz excitada–. Vámonos ahora.

–Sí –acepté a toda prisa. Volví a besarlo, incapaz de pensar en nada más que no fuera lo mucho que deseaba sentirlo dentro de mí.

Rápidamente, fuimos por nuestras cosas.

Tan pronto como estuvimos en la intimidad del auto, Max me atrajo hacia él tomándome de la nuca y me dio un beso lujurioso que prometía el vaivén húmedo de una piel contra otra. No podía esperar a llegar a mi casa y me acerqué a él hasta situarme en el borde de su asiento. La falda de mi vestido se subió unos centímetros y la mano de Max ascendió por la piel descubierta de mi pierna, deslizándose bajo la ropa con una lentitud que me hizo hervir la sangre. Gemí su nombre. Estaba tan cerca, pero no suficientemente cerca. Mi interior palpitó con violencia, reclamándolo. Me moví para apresurar su llegada. Podía sentir sus dedos quemando mi muslo, acariciando con languidez el borde de mi ropa interior. Solo unos centímetros más y él descubriría lo mucho que lo deseaba.

De pronto, el sonido de mi celular. Una maldita cubeta de agua fría.

–No contestes –susurró Max besándome la clavícula mientras su mano se acercaba al cielo.

Dejé que el teléfono sonara. Max me recompensó acercando su mano un poco más adonde tanto lo necesitaba. Hambrienta de él, mordí el lóbulo de su oreja. Su respiración se convirtió en jadeos.

–Lucy –gimió, con sus dedos ya rozando el encaje. Solo un poco más y…

El teléfono volvió a sonar. *Maldición*.

Tomando fuerzas no sé de dónde dejé de besarlo, me acomodé en mi asiento y busqué mi celular algo preocupada. Alguien llamando más de una vez a la una de la madrugada seguro eran malas noticias. No supe qué pensar cuando vi el nombre de Gabriel en la pantalla. Max también lo vio. Su rostro perdió toda calidez cuando llevé el teléfono a mi oreja.

–¿En serio vas a atender? –preguntó en tono tan indignado que casi me disuadió de hacerlo.

–Podría ser una emergencia –me justifiqué antes de pulsar el botón de responder.

Max se apartó de mí. Se dejó caer en el respaldo del conductor mascullando una maldición.

–Lucy –me saludó la voz alegre de Gabriel–, quería

avisarte que me acabo de desocupar por si querías todavía ir a tu fiesta.

¿Qué? ¿Eso era todo? ¿Por esta estupidez dejé de besar a Max?

Respondí que ya me iba a casa. Gabriel preguntó si podía ir a visitarme.

–¿Qué? ¿Ahora? ¡No! –exclamé mirando de reojo a Max que parecía más enojado de lo que jamás lo había visto–. Lo dejamos para otro día mejor.

–Podemos ir al cine mañana –propuso Gabriel–. Así te compenso por esta noche.

–Mañana… –repetí aturdida sin saber qué responder. La mandíbula de Max se apretó tanto que creí que iba a romperse–. Escucha, Gabriel, no puedo hablar ahora, yo te llamo después, ¿sí?

No esperé su respuesta y colgué. Con un nudo en el estómago, levanté la vista hacia los ojos furiosos de Max.

–¿Gabriel te invitó a salir?

Guardé silencio intimidada por la rabia que escuchaba en su tono.

–¿Te invitó a salir? –repitió.

–No dije que sí.

–Dijiste que lo llamarías después que es lo mismo. ¿Es que acaso todavía quieres salir con ese imbécil?

¿Quería?, me pregunté a mí misma. Ya no lo sabía. Gabriel siempre me había gustado, pero los embriagadores besos de Max habían acabado con cualquier certeza.

–Interpreto tu silencio como un sí –siguió él sin esperar

que contestara–. ¡Maldita sea, Lucy! Al menos podrías esperar a no estar besándome para arreglar una cita con ese idiota.

–¡Eso hice! –exclamé sin darme cuenta de que mis palabras implicaban que aún quería salir con Gabriel–. ¿Por qué crees que le dije que lo llamaría mañana?

–Estás ciega si piensas que a ese imbécil le importas algo –masculló–. Solo se acerca a ti para hacerme enojar, pero al parecer tú no quieres perder el tiempo, ¿verdad? Esta noche conmigo y mañana con él.

–¿Con qué cara tú me dices eso a mí? Ni hace un mes que terminaste con Mónica. Además, justo antes de venir a buscarme estabas en plena cita con otra mujer.

–¡A quien abandoné por ti!

–¡Nadie te lo pidió!

Los ojos de Max relampaguearon de ira.

–Tampoco me pediste directamente que te besara, pero no es como si te hubieras quejado, ¿no?

Qué golpe más bajo que Max me echara en cara la pasión que sentí por él. Me ruboricé de vergüenza y furia.

–Fue una estupidez. Me dejé llevar por el vino y por la rabia contra mi ex. No significó nada –mentí para recuperar mi dignidad–. Ni siquiera se suponía que fueras tú quien me besara esta noche –agregué dejando en el aire el nombre de Gabriel.

Max entrecerró los ojos como si lo hubiera golpeado mi respuesta. Echó a andar el motor, girando la llave con tanta fuerza que creí que la rompería. Ni él ni yo dijimos una sola palabra más. Nos separamos en un furioso silencio.

Ya en mi cama, di vueltas odiando a Max. Idiota arrogante. ¿Acaso creía que me derretía por él? ¡Pero si hasta esa noche ni siquiera había pensado en él de esa manera! Por eso no podía creer la pasión arrolladora que sentí al besarlo. El único hombre con quien me había acostado era Alan y las primeras veces siempre me sentí insegura y cohibida por mi físico. Sin embargo, en aquel momento de intimidad con Max no me había sentido así; al contrario, me había sentido deseada, atrevida. ¿Qué diablos me había ocurrido?

No se debía solo a mi nuevo aspecto. Aun en medio de mi enfado, recordé lo dulce que había sido Max conmigo durante la noche, desde el instante que apareció en mi puerta. Ningún hombre me había hecho sentir tan cuidada como él. Si a eso le sumamos lo sexy que era y sus incitantes caricias, no era extraño que yo hubiera hecho combustión en sus brazos (era humana, después de todo).

Lo que más me desconcertaba era la apasionada reacción de Max. La única explicación que se me ocurría era que a él también le había afectado haberse hecho pasar por mi novio esa noche. Representamos una farsa peligrosa que se nos fue de las manos a los dos.

¡Qué cerca habíamos estado de cometer un tremendo error! Si nos hubiéramos ido a la cama, al día siguiente no habríamos sabido ni cómo mirarnos. Las cosas se habrían vuelto raras entre nosotros y yo habría perdido a mi mejor amigo. De hecho, ya me incomodaba la idea de encontrármelo después de lo que había pasado.

Durante los siguientes días lo evité, yendo al gimnasio solo en horarios que él no estaba. Con quien sí me encontré fue con Gabriel, quien insistió en invitarme al cine para compensarme. Extrañamente, la propuesta no me emocionó. Me sentía confundida por lo que había pasado con Max y lo que me había dicho, que Gabriel solo se acercaba a mí para fastidiarlo. Sin saber qué responder, le dije que lo llamaría para quedar cuando tuviera tiempo.

Durante toda la semana no pude dejar de pensar en Max. Al llegar el jueves, había pasado de estar enojada con él a echarlo de menos. Cómo no hacerlo; a pesar de que aún resentía su reacción, él llenaba mi vida. Jamás había confiado en nadie como en él. Lo quería demasiado como amigo, tanto que prefería cortarme una mano antes de perderlo… No, tal vez estoy exagerando. No una mano, pero sí un dedo, el pequeño del pie que apenas se ve.

Armándome de valor decidí dar el primer paso hacia la reconciliación. Era cierto que él se había comportado como un idiota, pero mi actuación esa noche no había sido mucho mejor y alguien tenía que arreglar las cosas.

Respiré profundo y marqué su número con el estómago encogido. El teléfono sonó y sonó, sin respuesta. Al día siguiente, lo llamé otra vez con igual resultado. Dado que él no quería hablarme, le mandé unas líneas:

Lucy

Siento lo que ocurrió, Max.
Por favor, olvidémonos de todo y volvamos a ser amigos.

Su respuesta llegó de inmediato:

Max

Tal vez tú podrás olvidarlo. Yo no.

¿Qué demonios significaba eso? No tenía idea, pero no iba esperar otra semana más para averiguarlo. Tomé mi bolso y me dirigí hacia el gimnasio resuelta a hablar con Max.

CAPÍTULO 15

La más inentendible confesión

MAX

Aprovechando que tenía un rato libre hasta la siguiente clase, agregué dos discos extras a la barra de pesas y me acosté en el asiento a ejercitar. Necesitaba liberar la furia que me consumía. Por lo general cuando tenía un problema o estaba preocupado por algo, el deporte era mi escape, pero esta vez mi rabia era tan grande que ni levantando una tonelada se iba.

"Fue una estupidez", sonó la voz de Lucy en mi cabeza. "Por favor, olvidémonos de todo y volvamos a ser amigos como antes". ¿En serio ella creía que podía besarme como lo hizo esa noche y luego seguir como si nada hubiera pasado? ¡Tan amigos como antes y un demonio! ¿Acaso ella pensaba que yo podía olvidarme de lo que se sintió besarla, tocarla, escucharla gemir mi nombre? Casi una semana había pasado y todavía me encendía al recordarlo... La lengua cálida de Lucy enredándose con la mía, su pulso frenético ahí donde le besé el cuello, sus muslos temblando bajo mi mano mientras me miraba rendida con labios entreabiertos, necesitada de mí... ¿Cómo diablos iba a olvidarme de eso?

Dios, tenía que dejar de torturarme pensando en ella. Más aún en el gimnasio y con mis pantalones de deporte que no disimularían lo que me provocaba su recuerdo.

Terminé tres series más de pesas, me puse los guantes de boxeo y partí a descargarme al saco. Necesitaba pegarle a algo, a lo que fuera. No podía creer que Lucy hubiera preferido atender la llamada de Gabriel justo en medio de lo que ocurría entre nosotros. Menos podía dar crédito a que insinuara que habría preferido que la besara él. ¿Cómo pudo haber dicho eso después de la forma en que se estremeció por mí? Peor aún, ¿cómo podía todavía querer salir con ese hijo de puta? Descargué un doloroso puñetazo en medio del saco.

Estaba jodido. Estaba enamorado de ella, tremenda sorpresa. Qué tipo más patético me había vuelto. Mientras yo la amaba, ella solo me veía como un amigo.

Di otro golpe fuerte que retumbó en las paredes.

"Me dejé llevar por el vino y por la rabia contra mi ex. No significó nada".

Yo, loco por hundirme en ella, y Lucy echándole la culpa al alcohol y a la venganza por otro de lo que sintió por mí. Mi puño volvió a aterrizar en el saco.

"Fue una estupidez. Ni siquiera se suponía que fueras tú quien me besara esta noche", me torturó una vez más su voz.

Embestí otra vez con una ráfaga de golpes rápidos que me dejó jadeando. No podía seguir así. Desde el comienzo había sabido que a Lucy le interesaba Gabriel y no yo. Más claro, imposible. Descargué mi frustración con más golpes y solo paré cuando mis brazos se cansaron de azotar el cuero. Al tomar la botella de agua, vi que Lucy caminaba hacia mí con el ceño fruncido. Genial, lo que me faltaba.

—Te llamé —dijo como una acusación—. No respondiste.

—Estaba ocupado.

—Ya… —Guardó silencio unos instantes como dudando qué decir—. ¿Cómo te fue en la reunión que te habías conseguido con el tipo interesado en las zapatillas?

—Como siempre —me volví hacia el saco y descargué un nuevo golpe—: mal.

Otro intento que tampoco había funcionado para hacer la semana de mierda todavía mejor. A esta altura ya sabía que iba a tener que golpear muchas puertas, pero que una sola cosa saliera bien alguna maldita vez tampoco era pedir demasiado, ¿no?

—No te ves bien, Max —dijo Lucy estudiando mi rostro.

Sin mirarla, volví a pegarle al saco.

—Gracias por la amabilidad.

—Maldita sea, ¿puedes parar de machacar esa cosa y mirarme un segundo? —Se interpuso entre el saco y yo, parándose de brazos cruzados frente a mí—. No has parado de ignorarme estos días. Ya te pedí disculpas por lo que pasó la otra noche, ¿qué más quieres?

Quiero que me ames tanto como yo te amo a ti.

No podía decírselo. Me limité a sostenerle la mirada, ahogado por mis sentimientos.

–Estoy entrenando –dije en cambio.

Ella inspiró hondo en un evidente esfuerzo por serenarse.

–¿Irás hoy a la noche a la subasta? –preguntó.

La subasta era un evento en el que se remataban citas con solteros. El gimnasio lo hacía cada año para financiar escuelas deportivas a niños de escasos recursos.

–Allí estaré.

–Pensaba que tal vez podríamos tomar una cerveza antes del evento para hablar, arreglar las cosas; ya sabes... –Hizo una pausa–. Te echo de menos, Max.

La confesión me tomó por sorpresa. Se me encogió el corazón. Lucy se veía tan triste que, por un instante, me ilusioné con que yo significaba algo para ella.

–¿Por qué, Lucy? ¿Por qué me echas de menos?

Frunció el ceño, desconcertada por la pregunta.

–Pues... eres mi amigo –respondió como si eso lo explicara todo.

Yo también la extrañaba, pero no podía estar a su lado por esa razón. No sería sano para ninguno. Yo quería de ella mucho más que su amistad.

–Tal vez ya no quiero serlo –solté de forma brusca, tratando de que comprendiera que la amaba.

El rostro de Lucy se contrajo en una mueca de dolor.

–No creí que yo te importara tan poco.

–¡Maldición, Lucy! ¿Cómo es posible que estés tan ciega? No estoy diciendo eso, estoy tratando de decirte que...

–Te entendí perfecto –me interrumpió–, no quieres nada más conmigo. Por eso no respondes mis llamadas y me evitas. ¿Sabes qué? Haz lo que quieras, no me importa. Ya me cansé de intentar arreglar las cosas.

Aunque adoptó un tono altivo, sus ojos se nublaron de lágrimas. Antes de que pudiera sacarla de su error, se dio la vuelta y se alejó a toda prisa.

–¡Lucy, espera! –Fui detrás de ella.

Me ignoró. Sin detenerse, se perdió en el interior de los vestuarios de mujeres. Marqué su número de inmediato, pero no atendió. Al tercer intento, me salió el mensaje de teléfono apagado. Maldita sea, había herido a Lucy con la que debía ser la más inentendible confesión de amor de la historia. Tenía que sincerarme con ella, aunque me doliera su rechazo. Jamás había sido un cobarde y no iba a empezar ahora. No iba a acobardarme, al menos tenía que intentarlo.

Además, Lucy también podría decir que sí, pensé con el corazón desbocado.

Aunque a ella le gustara el imbécil de Gabriel, fue a mí a quien besó en esa fiesta. Fue mi nombre el que gimió, fue conmigo con quien quería irse a la cama. O sea que algo por mí debía sentir. La pasión que explotó entre nosotros no pudo deberse solo al alcohol y a su rabia contra el ex, aunque ella se excusara en eso. De no haber estado tan enojado esa noche, no me hubiera tragado ese pretexto ni por un segundo.

Sí, la decisión estaba tomada; esa misma noche Lucy tendría que elegir. Seríamos pareja o nada.

CAPÍTULO 16

Un misterio mayor que el Triángulo de las Bermudas

LUCY

Recorrí con la mirada el salón aún sin invitados y saqué mi teléfono para mirar la hora. Pantalla negra, maldición. Olvidé que lo había apagado para no hablar con Max. No podía entenderlo. De acuerdo, habíamos discutido, pero hasta esa tarde estaba segura de que podíamos solucionarlo. Una amistad como la nuestra valía la pena recomponerla, pero eso era imposible si él no quería.

Maldito testarudo. Estaba furiosa y dolida con Max. Para empeorar todo, sus besos y la sensación de sus manos acariciándome me perseguían incluso en sueños. Ojalá nunca hubieran ocurrido. Dado mi nulo entendimiento al tratarse de hombres, no sabía qué creer. Mis amigas estaban locas al decir que los hombres eran criaturas básicas, porque para mí eran un misterio mayor que el Triángulo de las Bermudas. A mí déjenme los números, los gráficos, los modelos Canvas, eso sí que se me daba bien; los hombres, definitivamente no.

–Lucy, ¿estás bien? –me preguntó Olivia, levantando la vista de la carpeta que sostenía entre sus manos.

–Sí, perfecto –dije para no preocuparla.

Ya está, Lucía. Deja el plan mártir; mira que aún falta mucho por hacer.

Me había ofrecido a ayudar a mi amiga en la organización de la subasta; apenas faltaban dos horas para que llegaran los invitados y teníamos mil cosas pendientes. Me obligué a despabilarme y me puse manos a la obra.

Poco antes de las nueve, todo estaba listo. Nos tomamos un minuto con Olivia para disfrutar del resultado. Desde la novena planta de la terraza del hotel Noi, reservada para el evento, se tenía una vista magnífica de Santiago en trescientos sesenta grados. La ambientación del salón al aire libre era como la de un club campestre, con una mullida alfombra que simulaba césped y sillones en cada mesa. Había un bar decorado con enredaderas y, al fondo, una hermosa piscina, por la cual la terraza se abría al cielo. Como las paredes eran de vidrio, uno tenía la impresión de fundirse con la noche y con los cerros convertidos en siluetas recortadas contra el horizonte. Olivia había decorado las mesas con arreglos florales, por lo que el recinto olía a primavera, lo que, sumado a la calidez nocturna, la música suave de fondo y las tenues luces de colores daba un resultado increíble.

–Todo está magnífico, Olivia. Debes estar orgullosa.

Ella soltó un suspiro de cansancio.

–Hasta el momento todo va bien, pero típico que siempre algo falla –comentó antes de desaparecer rumbo a comprobar a los subastados. No se equivocaba; a los cinco minutos volvió histérica–. Una de las solteras no va a venir, necesito que la reemplaces, Lucy.

–¿Qué quieres que haga qué? –casi grité de la impresión.

Atropelladamente, Olivia me explicó que Natalia, una de las profesoras del gimnasio, había tenido una emergencia y no podría asistir. Nadie que no estuviera ya en el evento alcanzaría a llegar con tan poca anticipación.

–Pregúntales a las otras profesoras –dije tratando de escaparme. No podía creer lo que me estaba pidiendo.

–Ya lo hice, pero no hay ninguna que esté soltera.

–Entonces pídeselo a un hombre.

–Imposible. Tiene que ser el mismo número de hombres que de mujeres. Por favor Lucy, por lo que más quieras, tú eres mi única opción.

–Pero, Olivia, ¿cómo se te ocurre pedirme que me ofrezca en la subasta? –exclamé. La sola idea era absurda–. ¿Quién querría pagar por una cita conmigo?

–¡Muchos hombres! Estás despampanante, Lucy.

Llevaba un corto vestido rojo vino que me marcaba la cintura y mostraba las piernas; además había planchado mi cabello y me había maquillado siguiendo las instrucciones de Olivia. Era cierto que me veía bien, pero estaba lejos de ser una modelo. Seguía siendo baja y con al menos cinco kilos de más.

–Ninguna de las chicas es modelo –rebatió Olivia cuando se lo dije–, son las profesoras del gimnasio que se ofrecieron de voluntarias para la subasta. Por favor, Lucy, te lo pido como amiga. Acuérdate de que yo te ayudé con tu cambio de look. –Me miró compungida.

–Eso es chantaje.

–Es desesperación; me muero si el evento sale mal. Piensa en cómo quedaría ante mi jefe. Por favor, Lucy, te lo suplico.

Antes que subirme al escenario para que ofrecieran dinero por mí como si fuera un trozo de carne (o, peor, que nadie ofreciera nada), prefería arrancarme los dientes uno a uno sin anestesia. ¡Qué vergüenza, por Dios!

Estaba a punto de decirle a Olivia que ya podía traer un dentista, cuando entró por la puerta Max. Nunca lo había visto de traje. Se me secó la boca. El negro le quedaba magnífico y también el cabello húmedo como si recién se hubiera duchado. Se veía tan sexy que no pude evitar volver a recordar nuestra sesión de besos. Maldición, ¿por qué tenía que ser tan guapo?

La mirada seria de Max encontró la mía. Supe que había llegado antes para hablar conmigo. Muy bien, podía irse al infierno. Ni loca iba a concederle un solo minuto después de la forma en que me había hablado en la tarde. ¿Él dijo que no quería ser más mi amigo? Iba a cumplir su deseo, ya no lo seríamos. Desvié la vista y me erguí en mis tacones, tratando de parecer lo más indiferente posible (en situaciones así era cuando me moría por ser más alta).

–¿Qué pasa? –preguntó él cuando llegó al lado nuestro y se fijó en el rostro afligido de Olivia. Ella le contó la deserción de la voluntaria y lo que me acababa de pedir. La expresión de Max se transfiguró de enfado–. ¡Es la peor idea del mundo, Olivia! ¡Lucy no tiene nada que hacer arriba de ese escenario!

Su tono me enfureció. *Idiota arrogante.*

–¿Perdón? –lo encaré–. ¿A ti quién te ha pedido tu opinión?

Los ojos furiosos de Max se clavaron en los míos.

–¡Estás loca si piensas prestarte a salir con un tipo que no conoces!

Me hirvió la sangre por su descaro. ¿Quién demonios se creía que era para venir a decirme lo que podía o no hacer?

–No tienes ningún derecho a entrometerte –le espeté.

–¡Claro que lo tengo! De eso mismo quería hablarte, lo sabrías si no hubieras apagado el maldito teléfono.

–¿Cierto que no es agradable llamar y que no te respondan? A ver si aprendes a no hacerlo... –Me volví hacia Olivia–. Vamos a ese escenario, amiga. Cuenta conmigo.

Ignorando las protestas de Max, nos fuimos ambas a la sala donde esperaban las solteras. Olivia le echó a él una mirada como de disculpa antes de cerrar la puerta tras nosotras. Al poco rato, salió a coordinar los últimos detalles, mientras yo me quedaba rumiando el descaro de mi examigo. Qué hombre más mandón, ¡como si dependiera de él con quién diablos salía!

Durante los minutos siguientes, fui incapaz de pensar en nada que no fuera decirle varias cosas a Max, pero a medida que se acercaba el inicio de la subasta, mi furia comenzó a transformarse en nerviosismo. El nerviosismo dio paso al miedo y después al terror. ¿En qué estaba pensando, por Dios?

¿Y si nadie ofrecía dinero por mí? Me imaginaba en medio del escenario mientras nadie, absolutamente nadie levantaba la mano para dar un peso. ¿Habría algo más humillante? De pronto, me costó respirar.

–No puedo hacerlo –le dije a Olivia apenas volvió–. No puedo, lo siento, no puedo.

Por la forma atónita en que me miró, supe que debía verme tan histérica como me sentía.

–Cálmate, Lucy. Cuéntame qué pasa. –Se lo solté mientras me escuchaba–. ¿Eso es todo? Por supuesto que alguien ofrecerá dinero por ti.

–¿Cómo puedes estar segura? No, lo siento, Olivia. No subiré, no puedo. No puedo.

Después de tratar de convencerme sin éxito, ella al fin me propuso hablar con discreción con algún amigo suyo para asegurarse que ofertara por mí. La idea me tranquilizó un poco. Acepté quedarme a regañadientes.

–Pídele también a Bruno que haga una oferta –le dije. Bruno era mi amigo gay, compañero nuestro en la clase de baile–. Si hay al menos dos propuestas, mi subasta no parecerá tan arreglada. Dile que ofrezca hasta doscientos dólares, que yo después se los pago.

Olivia asintió y desapareció tras la puerta. Volvió a los dos minutos asegurándome que ya todo estaba listo. Al rato, me llegó el turno. La voz del animador diciendo mi nombre me puso al borde del pánico.

–Nuestra próxima soltera se llama Lucía Reyes –me presentó–. Lucy, como le dicen sus amigos, es admiradora de

Steve Jobs y amante de las películas de ciencia ficción como *Star Wars*. También le gusta bailar, compartir con sus amigos y dar largos paseos por la playa.

La voz hizo una pausa. Olivia me tomó del brazo y me guio a la escalera por la cual debía subir por atrás del escenario.

–Todo saldrá bien –intentó calmarme–. Estás preciosa.

No me sentía así, sino más bien como si me fuera a desmayar en cualquier momento. Notaba el rostro rojo y las palmas sudadas. El animador continuó su discurso:

–Lucy es una reconocida mentora de negocios, socia y fundadora de la exitosa empresa Mentoring, nominada al premio nacional de emprendimiento. Agradecemos su generosidad de participar en esta subasta. Estamos seguros de que será una encantadora compañía para cualquier hombre que le gusten las chicas divertidas, inteligentes y dinámicas. Y si alguno de nuestros invitados extranjeros quiere ofertar por una cita con ella, puede hacerlo ya que habla inglés a la perfección… ¡Invitamos a este escenario a Lucy!

El corazón se me subió a la boca.

Vamos, Lucía. Has estado en un escenario mil veces dictando talleres, me dije para tranquilizarme. *Piensa que es una charla de negocios más; eso es, solo una más.*

Inspiré con fuerza, me sequé las manos en el vestido y subí los escalones. Sentía las piernas temblorosas y maldije haberme puesto tacones. Lo único que podía hacer peor ese momento sería aterrizar de boca en el suelo.

Vamos, Lucía, puedes hacerlo.

La luz de los focos me hizo entrecerrar los ojos cuando subí. Tuve que acercarme al animador y al público para que no me encandilaran. Reprimí el impulso de volver a secarme las manos y me imaginé que estaba en uno de mis talleres para darme seguridad.

Yo soy la dueña del escenario. Yo soy la dueña del escenario, me repetí mentalmente una y otra vez.

Mientras el animador seguía presentándome, forcé una sonrisa y miré al público. Había al menos ciento cincuenta personas en sus mejores galas, la mayoría eran rostros conocidos del gimnasio.

–Lucy, nuestros invitados quieren conocerte. –Me sorprendió el animador extendiendo el micrófono hacia mí–. Por favor cuéntanos qué te motivó a colaborar esta noche.

El cabezota de Max.

Maldición, no podía decir eso. ¿Por qué nadie me avisó que tenía que decir algo? En ese instante comprendí por qué en los concursos de belleza las mujeres parecen siempre tan tontas. No es que lo sean, es que las pobres están muertas de miedo.

–Eh, pues… –Tragué saliva.

La paz mundial. Todo sea por los niños... No, tampoco, demasiado cliché. *Piensa, Lucía, rápido. Di algo, cualquier cosa. Una frase motivacional, una anécdota, lo que sea, pero pronto que todos te están mirando.*

–Me gustaría explicar mi razón con un chiste –respondí al animador con una voz tan segura que me asombró incluso a mí–. Se encuentran dos amigos, uno tiene insomnio y el otro es un emprendedor con problemas en su empresa. El insomne se queja de que no puede dormir desde hace días, a lo que el emprendedor responde: "Yo, en cambio, desde que puse mi negocio duermo como bebé". "¿En serio? ¿Así de bien?", pregunta su amigo. "Al contrario", responde el emprendedor. "Duermo, despierto y lloro. Duermo, despierto y lloro".

Las carcajadas del público me dieron un respiro de alivio. Era un chiste que siempre usaba para relajar el ambiente en mis talleres, pero no estaba segura de si, en ese contexto, iba a funcionar. Por suerte lo hizo.

–Esa es la primera parte de la historia –continué más calmada–, con el tiempo ese emprendedor que dormía como bebé se transformó en alguien exitoso, a punta de perseverancia. Quiero que los niños de las escuelas deportivas sepan que pueden alcanzar sus sueños si nunca se rinden, por eso estoy aquí esta noche.

Los aplausos no se hicieron esperar, eso me inyectó un poco más de confianza.

–Muy bien dicho, Lucy –me felicitó el animador–. Como siempre partiremos la subasta con cincuenta dólares.

De inmediato vi alzarse nueve manos... ¿Qué? A ver no, debí haber contado mal. Una, dos, tres... espera, sí eran nueve. El colega de Olivia, Bruno mi amigo gay, un pelirrojo alto, un chico con pinta de extranjero, un hombre con gafas, dos conocidos del gimnasio, Gabriel (¡increíble!) y Max... El corazón me dio un vuelco cuando su mirada intensa encontró la mía y exclamó:

–¡Setenta dólares!

El animador asintió con una sonrisa.

–Bien, ¿alguien ofrece ochenta?

Nueve manos volvieron a alzarse. Para mi tremenda sorpresa, fue Gabriel quien subió la puja.

–¡Noventa!

–¡Cien! –dijo Max de inmediato desafiando a su colega con la mirada.

–¡Ciento diez! –contraatacó él.

–¡Ciento treinta! –volvió a decir Max, casi con odio.

–¡Ciento cincuenta! –le devolvió el reto Gabriel.

No podía creerlo. Esos dos jamás habían demostrado su antipatía de forma tan abierta. Hacían de la subasta una batalla y no dejaban ofertar a nadie más. La tensión de sus cuerpos era tanta que en cualquier momento veía que se caían a golpes.

–¡Ciento sesenta! –dijo de pronto el hombre de gafas.

Bruno también alzó la mano.

–¡Ciento setenta!

Bendito Bruno, qué amoroso.

Max y Gabriel volvieron a pelearse la oferta. Cuando el monto llegó a doscientos cincuenta, solo continuaron cuatro manos alzadas: ellos dos, el hombre de gafas y un chico del gimnasio.

Max se paró de su asiento. Erguido y magnífico, me miró directo a mí.

–¡Trescientos cincuenta dólares! –exclamó provocando un murmullo de sorpresa general.

Pese a que me había jurado permanecer indiferente a él, mi rostro se contrajo de asombro sin que pudiera disimularlo. ¿Qué pretendía Max? ¡No es que le sobrara dinero precisamente!

La respuesta me llegó cuando lo vi mirar triunfante a un resentido Gabriel. Me hirvió la sangre por su arrogancia; así que de esto se trataba todo, ¿verdad? Max me estaba usando como una herramienta para sentirse superior frente a su rival. ¿Pero quién demonios se creía?

El animador señaló a Max entusiasmado.

–Trescientos cincuenta dólares. Estamos frente a la suma más alta de esta noche. ¿Alguien ofrece más?

–Trescientos sesenta. –Alzó la mano el hombre de gafas. ¿En serio, quién era él?

Max parpadeó desconcertado. Era evidente que no se esperaba que alguien siguiera ofertando (la verdad, yo tampoco).

El animador señaló esta vez al otro hombre en competencia.

–¡Estupendo! ¡Trescientos sesenta dólares a la una…

–¡Trescientos setenta! –lo interrumpió Max.

–¡Trescientos ochenta! –insistió el otro.

–¡Trescientos noventa!

El corazón me dio un vuelco a pesar del enfado. ¡Oh, Max! ¿Por qué hacías esto?

El hombre de gafas se puso de pie.

–¡Quinientos dólares! –sentenció.

Lo que antes habían sido murmullos de admiración se

213

transformaron en abiertas exclamaciones de asombro. ¡Dios mío, yo menos que nadie lo podía creer!

–¡Orden, orden, por favor! –pidió el animador–. Estamos frente a un récord, señoras y señores... ¡Quinientos dólares a la una…!

El rostro de Max se tensó con desesperación. Miró en todas direcciones como si no supiera qué hacer.

–¡A las dos! –siguió el animador–... ¡a las tres! ¡Adjudicada la soltera Lucía Reyes al caballero de la mesa ocho! ¡Felicitaciones!

Una lluvia de aplausos resonó. El animador hizo subir al escenario al hombre de gafas, quien debía escoltarme hacia su mesa como era tradición.

–Soy David –se presentó al llegar a mi lado. De rostro amable, debía tener unos cinco años más que yo.

–Lucy –respondí antes de darme cuenta de lo absurdo que era decirle un nombre que ya sabía.

Él me tomó la mano en un gesto caballeroso, desatando una nueva ronda de aplausos. Sin soltarme, me condujo hasta su mesa mientras el animador presentaba a la última soltera.

–Una competencia dura –comentó David mientras movía la silla para que me sentara.

Asentí. Me moría por preguntarle a qué se debía el tamaño de su oferta, pero apenas me había sentado cuando Max llegó. Su rostro estaba tenso.

–Tengo que hablar contigo y no puede esperar –me soltó–. Por favor acompáñame.

Desvié el rostro en un gesto de indiferencia. La reina del hielo nunca me salió mejor.

—Ahora estoy ocupada.

—Como quieras, entonces hablaré aquí. Con respecto a la otra noche...

Me paré de un salto, escandalizada.

—¡De acuerdo! —exclamé para callarlo—. Te daré cinco minutos, vámonos.

Le ofrecí disculpas a un sorprendido David, prometiéndole volver de inmediato y conduje a Max al único lugar que se me ocurrió para alejarnos de las miradas ajenas.

CAPÍTULO 17

Una decisión obligada

MAX

Lucy, a paso rápido, me guio a una pequeña sala de estar privada contigua al escenario. Había dos sofás y una lámpara de pie que iluminaba débilmente la estancia. Cerró la puerta a su espalda y alzó la barbilla con indignación.

–¿Quién te crees que eres para venir a interrumpirme con David?

Maldición. Ni un minuto que lo había conocido y él ya existía como hombre para ella.

–No te preocupes, tendrás tiempo de sobra en tu cita con él. Tenía que hablar contigo.

Lucy soltó una carcajada irónica y se cruzó de brazos.

–Así que ahora quieres hablar y se supone que yo tengo que obedecer, cuando no te dignaste a atenderme el teléfono.

–¡Estaba furioso, maldita sea! ¡Nos estábamos besando y

aun así no dudaste en tomar la llamada de Gabriel! ¡Encima dijiste que lo que pasó entre nosotros fue un error!

—¡Pues claro que fue un error! —me soltó enfadada—. ¡El peor error de mi vida!

Mierda, eso dolió, pero me negué a creérselo. No después de la forma en que había temblado en mis brazos. Inspiré hondo, intentando calmarme. No quería discutir con Lucy; al contrario, lo único que deseaba era volver a besarla. Tenía que buscar otra manera de llegar a ella.

—Lo siento —dije con sinceridad—. Tendría que haber contestado tus llamadas. Yo… pues no fue fácil escuchar que me besaste solo para vengarte de tu ex.

Vi en su rostro que mi disculpa la sorprendió. Me miró en silencio. De a poco, su mirada empezó a suavizarse.

—No debí haber dicho eso —se disculpó ella también—, tampoco lo del vino.

—Bueno, ya pasó.

Nos quedamos callados. La voz del animador llegó sofocada desde el otro lado de la muralla. Contemplé los ojos entristecidos de Lucy, sus labios entreabiertos y apetecibles. Era ahora o nunca.

—¿No era cierto, verdad? —murmuré conteniendo el aire con la vista aún en su boca—. Dijiste eso porque estabas enfadada; sí sentiste algo al besarme, sí significó algo para ti.

Lucy tragó saliva. La intensidad que apareció en su mirada respondió por ella. Tomé eso como una invitación y avancé hasta centímetros de su rostro con el corazón acelerado.

Ella alzó la vista hacia mí.

—¿Y tú, Max? —preguntó en un susurro—. ¿Tú sentiste algo al besarme?

—Sabes que sí —respondí en el mismo tono bajo que ella.

Sin dejar de mirarla, le acaricié la mejilla con el dorso. Dios, qué suave era. Sus pestañas temblaron como si luchara por no rendirse a mí.

—Esto es un error, Max. —Su voz anhelante contradecía sus palabras—. Tú y yo somos amigos.

Incliné mi cabeza hasta la base de su cuello y deposité un beso suave.

—Podemos ser mucho más. —Mi aliento le rozó la clavícula.

El pecho de Lucy subió y bajó. Su acelerado vaivén fue una descarga afrodisíaca para mí. Me deseaba. Lucy me deseaba. Me hundí extasiado en la curva de su cuello aspirando el dulce olor de su piel mientras mis manos acariciaban sus hombros.

—Me muero por besarte, Lucy —confesé en un susurro ronco—. Desde esa noche, no he podido pensar en otra cosa.

Un suspiro entrecortado se le escapó. Sus manos se enterraron en mi pelo, atrayendo mi rostro hacia el suyo. Sus ojos parecían más profundos y anhelantes que nunca. ¡Era tan hermosa!

Pasé una de mis manos detrás de su cintura, rozando su vestido, y tanteé la frialdad de la puerta en busca del pestillo. Al cerrarlo, el sonido metálico resonó en la sala en penumbras, recordándonos que solo estábamos ella y yo, sin nadie que pudiera interrumpirnos.

Me lancé de inmediato a su boca, sediento de ella. Lucy me recibió con un suave gemido que me incendió el bajo vientre; sabía a champán. El encuentro de su lengua con la mía mandó oleadas de placer y necesidad a todo mi cuerpo que, en un instante, estuvo listo para ella. Desesperado por sentirla, mis manos bajaron por sus costados, frotándose contra el nacimiento de sus senos.

−¡Oh, Max! −gimió Lucy apretándose contra mis palmas.

Su cuerpo me reclamaba y yo obedecí como un esclavo enardecido. Empujé su cadera hasta que su espalda quedó completamente pegada a la puerta y mi otra mano buscó la calidez de su pecho. Su respiración se transformó en gemidos ahogados cuando rocé su lugar más sensible.

−Sí, sí… −tembló contra mis labios.

Con ansiedad, Lucy sumergió sus manos debajo de mi camisa, perdiéndose en mis abdominales, explorando, tentando, acercándome hacia ella. Su excitado quejido se fundió con el mío cuando me acarició por encima del pantalón, provocándome una sacudida de lujuria. No podía pensar en nada más que no fuera su calor rodeándome. Quería entrar en ella y no salir jamás.

Me acomodé entre sus piernas e inicié un placentero vaivén contra su centro. Lucy apoyó la cabeza contra la madera. Cerró los ojos, mientras se colgaba de mi espalda, enroscando una de sus piernas por detrás de mi cadera. Su sensual ofrecimiento me llevó al límite. Ella y yo respirábamos la misma urgencia.

−Lucy… −gemí.

Una de mis manos se sumergió debajo del vestido e inició su ascenso por la piel cálida del muslo hasta rozar su ropa interior.

–Max… –me llamó enfebrecida Lucy antes de darme un beso húmedo y profundo.

Esta vez no iba a detenerme. La súplica de su cuerpo me urgía a dárselo todo. En ese momento, ella al fin se perdía en mí de la misma forma en que hacía meses yo lo hacía en ella. La amaba y era suyo como nunca fui de ninguna otra mujer.

Mis dedos apartaron la tela húmeda del encaje y tentaron sus rincones secretos. Se estremeció bajo mi mano con un dulce quejido que me hizo vibrar. El roce constante y frenético de mis dedos donde Lucy me necesitaba nos volvió locos a los dos. Quería darle todo de mí, todo el amor, todo el placer, todo y, luego, hundirme en ella de una sola vez.

–Max… –Se retorció jadeando. Estaba cerca, muy cerca.

–Sí, Lucy, sí… –susurré contra su mejilla.

Un último roce empapado y Lucy se abandonó contra mi cuerpo soltando un grito de éxtasis que retumbó donde yo me moría por sentirla. Al cabo de unos instantes, ella bajó su pierna y hundió el rostro en mi hombro. Aunque yo la deseaba con fiereza, traté de aquietar mi respiración al ritmo de la suya. Mi corazón nunca había estado tan desbocado, parecía que se me iba a salir del pecho.

Después de lo que pareció una eternidad, Lucy se enderezó ruborizada.

–No sé qué decir –murmuró con cierta vergüenza–, yo… no sé qué nos pasó.

–Sucede que me deseas tanto como yo a ti. –Envolví mis manos alrededor de su mandíbula y estampé un beso en sus labios–. Es por eso que ya no podemos seguir siendo solo amigos. Quiero estar contigo, Lucy. Fue eso lo que traté de decirte hoy en el gimnasio.

Sus ojos se agrandaron.

–Pensé… pensé que la noche del cumpleaños solo había sido un impulso; creí que te habías dejado llevar al igual que ahora.

–¿Te parece que me dejé llevar? –sonreí a medias insinuando mi necesidad aún insatisfecha–. No, Lucy. Sé lo que quiero y es estar contigo, no como amigos, sino como pareja. Por eso peleé por ti hoy en la subasta, porque no soporto la idea de que salgas con nadie más.

La vi parpadear confusa; comprendí que Lucy no estaba lista para tanta revelación, pero yo ya no podía ocultar por más tiempo las ganas que me consumían. Era una tortura estar a su lado y fingir que nada pasaba.

–Ya me comprometí con David –dijo.

–Lo sé –resoplé–. Tendré que tolerar esa cita supongo.

Lucy bajó la vista hacia el suelo. Tomó uno de sus dedos.

–Gabriel y yo habíamos hablado de salir –murmuró.

Mierda. No otra vez.

–¿Todavía piensas hacerlo?

Aguardé su respuesta sin respirar, rogando en mi interior que gritara que no, que solo quería estar conmigo y nadie más, pero su rostro era inseguro cuando alzó la mirada.

–No lo sé, supongo que sí –dijo.

No podía creerlo. No quería creerlo.

–¿Quieres salir con Gabriel incluso después de lo que acaba de pasar?

Su avergonzado silencio respondió afirmativamente por ella. Un dolor punzante me aplastó el pecho. No eran celos, era más profundo que eso; estaba más allá de la agonía, de la desesperanza. Fue brutal como un golpe, como si la vida se me fuera.

–Lo siento, Max. Eres demasiado importante para mí como para mentirte, solo trato de ser honesta –murmuró Lucy con una mirada llena de culpabilidad–. Estoy confundida. No me esperaba que me soltaras que quieres una relación conmigo, es difícil saber qué responder.

No sería difícil si me quisieras, pensé deshecho. Nunca había estado enamorado antes, pero el amor era de una claridad sorprendente. Amas a una mujer, la deseas, quieres estar a su lado, así de simple era el asunto. Lo demás solo eran excusas.

–Significa que todavía te interesa Gabriel, ¿no? –dije tratando de mostrarme entero.

Lucy bajó la mirada, sacudiendo la cabeza.

–No lo sé, tal vez. Tú mejor que nadie sabes lo que he sentido por él desde que lo conocí, no tengo que explicártelo.

Ni yo lo soportaría. De verdad, no podía. Una cosa era que me rechazara y otra muy distinta era escucharla hablar de sus sentimientos por otro, aún más por ese imbécil. Aunque con lo poco que insinuaba, ya me obligaba a tomar una decisión.

–No puedo seguir siendo tu amigo, Lucy. –Las palabras salieron lentas, dolidas, por más que traté de evitarlo.

Ella me miró con expresión infinitamente triste.

–Por favor, no digas eso, Max.

–Es el único camino. Te lo dije: no puedo seguir como si nada hubiera pasado.

–¿Estás diciendo que es una relación contigo o nada?

Exhalé con pesar.

–Sí, supongo que sí.

Lucy me sostuvo la mirada en un silencio afligido. ¿Qué más quedaba por decir? Nada. Su negativa ensombreció el aire entre nosotros.

Asentí en silencio, me acomodé la ropa y salí hacia el pasillo deseando que Lucy viniera tras de mí.

No lo hizo.

CAPÍTULO 18

Buen corazón
y mejor cabeza

MAX

La semana siguiente a que Lucy me rechazara fue la peor de mi vida. Estar enamorado sin ser correspondido daba asco. Era un permanente y brutal vacío que no se llenaba con nada. Encontrármela en el gimnasio y mantener distancia con ella, como un par de extraños, me causaba un dolor lacerante en el pecho. ¿Cuándo dejaría de extrañarla, de recordar su dulce olor? ¿De acordarme de sus ojos culpables justo antes de que admitiera que seguía interesada en otro? Por más que pasaran los días, sus palabras me seguían torturando; la herida continuaba abierta y sangrante. ¿Cuándo demonios dejaría de amarla? Con razón había tantas personas que evitaban el amor como si fuera la peste.

Para empeorar las cosas, había tenido otra desastrosa reunión. ¡Qué digo reunión! En realidad, me habían dejado plantado. Había perseguido a un gerente por semanas y el tipo no llegó nunca.

Derrumbado en el sofá de mi apartamento con una cerveza en la mano, miré las torres de cajas de zapatillas. Verlas me enfermaba, eran un recordatorio constante de todas las cosas que no habían resultado. A esta altura ya me daban ganas de tirarlas por la ventana.

¿Podía volverse mi vida aún peor?

Sí podía, según descubrí diez minutos más tarde cuando mi teléfono sonó con una llamada de mi padre.

—Al fin atiendes —dijo en tono seco—. Tu madre dice que te ha llamado varias veces y no ha logrado hablar contigo.

—He estado ocupado.

—Apuesto a que con esa tontería de las zapatillas. Olvídate de eso, no despegará. Aprovecha que tienes estudios y enfócate en tu carrera. No quieres terminar como tu abuelo, créeme.

El mismo discurso negativo que había oído tantas veces, la razón principal por la que apenas visitaba a mis padres. Ya bastante trabajo tenía tratando de no desmoronarme, como para agregarle dificultad a la cosa.

—¿Cómo está mamá? —pregunté para evitar meterme en un callejón sin salida.

—Bien, aunque bastante atareada preparando el cumpleaños de tu abuela. Es el sábado por si no te acuerdas, estará toda la familia. Vendrás, por supuesto.

Su afirmación era en realidad una orden. No tenía ganas de ver a nadie, mucho menos al dechado de virtudes de mi hermano. Al mismo tiempo, sabía que no podía faltar. Le haría daño a mi abuela, mi persona favorita de la familia a quien solo veía un par de veces al año cuando venía a Santiago desde el norte.

Prometí que allí estaría y me terminé la cerveza de un trago. Aunque apenas eran las ocho de la tarde, me metí a la cama y me sumí en un sueño inquieto; como el de un bebé, bromearía Lucy.

¡Oh, Lucy, Lucy! Todo, absolutamente todo me la recordaba.

Con el mismo ánimo de mierda, el sábado en la mañana fui a recoger a mi abuela y a mi tía al aeropuerto.

–¡Max, mi niño! –Me rodeó mi abuela con los brazos. Bajita, de pelo dorado y ojos vivaces, su apariencia frágil nada tenía que ver con su carácter enérgico–. ¡Tienes expresión de agotamiento, *mijito*! ¿Qué te ha pasado?

–Ya sabes, Nana, el trabajo y la vida de la gran ciudad.

Ella me evaluó con ojos entrecerrados. Era obvio que sospechaba que algo más me ocurría. Como me había criado, me leía con una facilidad aterradora. Por suerte, en ese minuto se acercó mi tía Carmen y el tema quedó olvidado.

A las horas, estábamos en la zona del Maipo en la casa campestre de uno de mis tíos. El almuerzo transcurrió ruidoso e interminable, con más de veinte adultos hablando todos al mismo tiempo.

–No viniste con tu novia, Max –comentó mi tía Margarita, anfitriona de la casa, aprovechando un silencio momentáneo.

–No –dije antes de dar un prolongado sorbo a mi copa de agua.

Mi madre clavó sus ojos interrogantes en mí desde el otro extremo de la mesa.

–Pero sí irás con ella a mi cumpleaños, ¿verdad? –preguntó–. Ya reservé el cupo de Mónica en el restaurant.

–Lo siento, no va a ser posible.

–¿Por qué no? ¿Se pelearon?

A esa altura las miradas curiosas de todos los comensales estaban puestas en mí.

–No. Terminamos.

–¡Pero, hijo, era una chica tan agradable! –dijo mi madre–. ¿Qué pasó?

Mónica nunca le había caído demasiado bien a mi madre, pero con dos hijos adultos, una nuera que no quería embarazarse aún y cero nietos, hacía rato que había bajado la vara de lo que consideraba "una chica agradable".

–Queríamos cosas distintas –dije de forma breve, esperando que fuera obvio que un concurrido almuerzo familiar no era el momento de hablar del asunto.

Mi padre me miró con expresión severa.

–Tienes que sentar cabeza, Max. Ya tienes treinta años, no puedes seguir perdiendo el tiempo ni con mujeres ni con negocios inservibles. En algún momento serás padre y tendrás que proveer a tu familia. A ninguna esposa le gustan los soñadores, todas desean hombres estables. –Se volvió hacia mi hermano–. ¿No estás de acuerdo, Ismael?

–Claro que sí –respondió él.

Estupendo. Mi propio padre había insinuado que era un inútil delante de toda la familia. En medio de miradas incómodas, me excusé y salí al jardín. Deambulé hasta llegar a una banca protegida por la sombra de un árbol frondoso. Me dejé caer allí con la mirada puesta en los cerros del frente que se alzaban tranquilos. ¿Tendría razón mi padre? ¿Estaba de verdad perdiendo el tiempo? Ninguno de mis esfuerzos había dado frutos ni en mi vida amorosa ni en mi negocio. A lo mejor por eso no me quería Lucy, porque era un tipo sin logros y sin nada que ofrecer.

De pronto, escuché el sonido de unos pasos a mi espalda. Me giré y la mirada cariñosa de mi abuela encontró la mía. A continuación, se sentó junto a mí.

–Quiero mucho a tu padre; es mi hijo después de todo, pero necesita callarse la boca.

Esbocé una sonrisa triste. Esa franqueza era lo que me gustaba de Nana. Ni a sus ochenta años se abstenía de opinar.

–Esa chiquilla Mónica nunca me gustó si quieres que te lo diga –siguió, sin acordarse de que me lo había dicho varias veces–. Muy celosa y estirada. No se merece que sufras por su culpa.

–No es ella quien me tiene así.

–Ah –dijo sorprendida y guardó silencio unos instantes–; bueno, pues cualquier otra no debe estar bien de la cabeza si no se enamora de un joven tan atractivo como tú.

–Al contrario, abuela. Quien me tiene así es la mujer más inteligente que existe –respondí mirando las hojas de los árboles meciéndose, luego me giré hacia ella–. Nana, ¿es verdad lo que dice mi padre? ¿Es cierto que la situación del abuelo era tan difícil?

Según mi padre, mi abuelo había desperdiciado su vida en la fábrica de zapatos de la que era dueño. Yo no lo conocí, ya que él había fallecido cuando mi padre era adolescente. Solo sabía de él a través de las historias de miseria que papá contaba. Más que nunca, temía estar siguiendo el mismo camino desgraciado que él.

Nana negó con su cabeza.

–Puf, ya sabes que tu padre siempre exagera todo. Desde chico fue así, preocupado, tratando siempre de controlar las cosas. Habla de tu abuelo como si hubiera sido una persona alocada, pero no es cierto. Mi Mateo, que en paz descanse, era un hombre bueno y trabajador.

–¿Entonces no es verdad que estaba siempre en la ruina?

Mi abuela suspiró.

–No te voy a negar que hubo épocas difíciles, pero en general la fábrica daba más que suficiente para cubrir las necesidades de la familia; incluso tuvimos épocas de oro. La vez que Mateo se arruinó no fue por los negocios, sino porque a todo el mundo le prestaba dinero. Así era él, de corazón generoso, impulsivo, arriesgado… Por eso fue que pensé tanto antes de aceptar casarme con él –sonrió–. Me pidió matrimonio como cinco veces.

Vaya, esa historia era nueva.

–Nunca me lo habías dicho.

–No se lo cuento a mucha gente, pero tú me recuerdas a él. –Su voz se hizo más cariñosa–. Desde chico, andabas inventando juegos, haciendo planes, moviéndote de un lado a otro. No eras tranquilo como tu hermano; eras más despierto, más temerario. No sé cuántas veces puse el grito en el cielo porque llegaste lleno de moretones después de haberte caído en una de tus aventuras, pero ni siquiera el dolor te detenía; al cabo de un rato, ya partías a jugar feliz otra vez. Así mismo era tu abuelo, persistente e incansable. "El entusiasmo mueve montañas", solía decir. Tú tienes su misma energía, su mismo buen corazón y, afortunadamente, mejor cabeza.

Miré a mi abuela emocionado. No me atreví a decir nada por miedo a que me vacilara la voz, pero creo que mi mirada llena de gratitud habló por mí. Era justo lo que necesitaba escuchar.

Las palabras de Nana resonaron esa noche cuando volví a mi apartamento y miré el alto de cajas. Lucy había insistido en que me olvidara de las grandes cadenas; en cambio, había sugerido que me acercara a tiendas chicas para ofrecerles las zapatillas a concesión. Aunque la idea era buena, no le había hecho caso porque temía que me rechazaran. Tal vez ahí estaba el problema: como yo imaginaba de antemano que me iban a decir que no, ni siquiera lo intentaba. Tampoco transmitía entusiasmo en las pocas reuniones que había tenido. Con razón mis resultados eran desastrosos.

Por primera vez consideré la situación desde un nuevo ángulo. El rechazo de Lucy me había dolido muchísimo, pero aun así seguía vivo. Después de eso, ya nada podía ser peor. Darme cuenta de que ya no tenía nada que perder, me llenó de una inesperada valentía. Decidí salir a golpear puertas.

Mi primera parada fue una tienda de artículos deportivos. Aunque a último minuto me puse nervioso y la camisa se me pegó a la espalda por el sudor, iba armado de determinación. Sin saber cómo abordar el asunto, me paseé mirando las vitrinas como un cliente más. Un hombre robusto se acercó a mí y me ofreció su ayuda. Tragándome los nervios, le pedí hablar con el encargado.

–Soy yo –respondió.

"Entusiasmo", recordé las palabras de mi abuela. "Entusiasmo".

Con energía, le dije que tenía una oportunidad de negocios que podía interesarle y le conté de las zapatillas. El hombre me pidió más información. Le mostré el calzado y le hablé de las ventajas de ser concesionario: nada que perder, porque no arriesgaría ni un peso y sí mucho que ganar: el cuarenta por ciento de cada venta.

–Me interesa –dijo. Fue como si se encendiera la luz al final del túnel–. ¿Cuántos pares podrías dejarme para probar?

Acordamos un número inicial de diez. Esa misma tarde, regresé a entregarle las cajas. No podía creer lo simple que había sido abrir un punto de venta. Me inundó un optimismo que no había sentido en meses y repetí la estrategia durante los siguientes días. Al llegar el jueves, había abierto nueve puntos de venta. El primer distribuidor ya había liquidado el stock y me había pedido más pares. ¡Era fantástico!

Tirando números esa tarde en mi apartamento, me di cuenta de que, si todo seguía así, dentro de un año tendría el dinero suficiente para iniciar mi negocio de refrigerios saludables. No había dejado de pensar en esa idea desde que Lucy y yo la habíamos hablado.

–¡Oh, sí! –exclamé destapando una botella de cerveza, esta vez para celebrar.

Pese a mi felicidad, a mi victoria le faltaba compañía: Lucy. ¡Dios, cómo me moría por disfrutar de ese triunfo con ella! Necesitaba su voz entusiasta, su sonrisa llena de orgullo; deseaba darle las gracias y decirle que jamás lo habría logrado sin ella.

¡Ay, Lucy, si tan solo estuvieras conmigo!

Solo recordar que no me quería, me retuvo de conducir hasta su casa. ¿Qué estaría haciendo mi Lucy? ¿Con quién? ¿Pensaría en mí siquiera una milésima de lo que yo en ella?

La extrañaba tanto… ¿Sería un completo arrastrado si la llamara? Miré mi móvil mientras me carcomían las ansias. Justo cuando estaba a punto de mandar mi dignidad al infierno, sonó mi celular. Mi corazón se sacudió con violencia. Era ella.

CAPÍTULO 19

Una mujer sensata

LUCY

No me quedó otra que llamar a Max y pedirle que se reuniera conmigo cuando me enteré del torneo de productos saludables. Habían pasado dos semanas desde la subasta y apenas le había visto la nariz en el gimnasio. Las pocas veces que nos topamos, él no se acercó a mí y yo, respetando su decisión, tampoco me había aproximado a él.

No terminaba de creerme que Max quisiera estar conmigo. Lo más seguro era que se hubiera confundido por nuestra cercanía y por lo bien que nos llevábamos. Pronto se daría cuenta de que no era un interés romántico el que sentía por mí, sino una simple amistad. Es decir, Max era GUA-PÍ-SÍ-MO así con mayúsculas. Las mujeres del gimnasio, incluso las más hermosas, se lo comían con los ojos. No había más que acordarse de lo bella que era su exnovia Mónica. De acuerdo, la tipa era una bruja (apuesto a que comía gatitos

241

de desayuno), pero era estupenda. Incluso con mi nuevo look, Max seguía fuera de mi alcance… No, imposible que yo, corriente, rellena y baja, de verdad le gustara.

En cuanto a mí, estaba hecha un lío. Extrañaba horrores a Max, pero no sabía si como amigo o como hombre. No podía dejar de recordar cómo me había derretido en sus brazos; sus ojos oscurecidos, sus manos perdiéndose en mí… ¿Era simple deseo? ¿Era algo más? ¿Era una amistad con derecho a roce lo que sentía por él? ¿Qué diablos era?

Por otro lado, estaba Gabriel, tan guapo como siempre. Pese a que él me había recordado varias veces nuestra salida, yo todavía no le ponía fecha. ¿Por qué? Ni yo misma lo sabía. ¿Desconfianza de sus motivos? ¿Miedo de herir a Max? ¿El hecho de que la mirada azul de Gabriel ya no me atraía como antes? ¡Aghhh! Cuando Dios me dio cerebro, parece que se le olvidó darme también inteligencia emocional. Apuesto a que un nido de serpientes sería menos enredado que mi cabeza.

Al menos había conseguido salir bien parada de la "cita" con David. Sí, así con comillas porque de cita no tuvo nada, a menos que alguien considere romántico ir a Starbucks a revisar las fortalezas y debilidades de un negocio. David era un emprendedor que hacía meses esperaba una asesoría conmigo. Por casualidad estaba esa noche en la subasta y aprovechó la oportunidad para adelantar el asunto. Esa había sido la única razón por la cual había ofertado tanto. Golpe directo a mi recién estrenada autoestima, justo cuando estaba empezando a sentirme atractiva.

Lo único bueno de haber salido con David fue que me enteré del torneo de emprendimientos saludables. Era una competencia de *elevator pitches,* en la cual los tres primeros lugares recibían buenos montos de dinero. Además, se trataba de una tremenda vitrina llena de inversionistas, contactos y clientes interesados en la vida sana. Resultaba la oportunidad perfecta para Max. No perdí ni un minuto en llamarlo y avisarle (solo por buena persona, no porque lo extrañara como loca, qué va).

La tarde del viernes esperé a Max en la terraza de un restaurant cercano al gimnasio, nerviosa como una quinceañera. Miraba a cada rato en todas direcciones por si él llegaba. ¿Cómo lo saludaría? Un beso en la mejilla parecía hipócrita después de la forma en que le había devorado la boca la última vez. No sé cómo pude descontrolarme tanto aquella noche. La excitación me había apagado la mente y había tomado el control de mi cuerpo. ¡Si incluso llegué al éxtasis con Max y eso que no nos habíamos acostado! De inmediato, imágenes de nosotros acariciándonos, gimiendo el uno por el otro, me incendiaron la sangre como tantas veces había ocurrido los días anteriores.

Ya, Lucía, contrólate. Fuiste tú la que no quiso estar con él, ¿recuerdas?

Claro que sí. En el improbable caso de que a Max yo le gustara de verdad, una cosa era la innegable pasión que sentía por él y otra muy distinta era entrar en una relación sin tener claros mis sentimientos. Era mi mejor amigo y no podía herirlo actuando movida solo por las hormonas.

Muy bien pensado, Lucía. Muy maduro, eso es ser una mujer sensata.

La sensatez me duró hasta que él apareció luciendo una camiseta manga corta que enseñaba sus brazos esculpidos. Se veía tan sexy. Tuve ganas de mandar los principios al infierno y lanzarme tipo kamikaze a sus labios. Sin embargo, me contuve como la mujer sensata (¿o tonta?) que soy. *¿Hello? ¿Dónde está mi medalla?*

Ordenamos unas cervezas, embarcándonos en una conversación sospechosamente cortés y superficial. ¡Qué rara se sentía esa distante corrección entre nosotros! Eran evidentes los esfuerzos de ambos por evitar las aguas peligrosas. El tsunami nos alcanzó de todos modos cuando en la mesa de al lado una pareja comenzó a besarse como si el mundo se fuera a acabar. Max y yo nos miramos en un embarazoso silencio. La intensidad con que sus ojos oscuros me contemplaron me hizo saber que estábamos recordando lo mismo.

–Te llamé porque… –empecé a hablar.

–Hace días quería contarte… –dijo Max al mismo tiempo.

Ambos callamos.

–Tú primero –pedí.

Max me contó que había logrado abrir nueve puntos de concesión. Las zapatillas se estaban vendiendo bien, por lo que en unos meses podría empezar su negocio de colaciones saludables.

–¡Es magnífico, sabía que lo lograrías! –exclamé feliz. Me forcé a permanecer sentada y no lanzarme a darle un abrazo, pese a que todo mi ser me lo pedía a gritos.

–Jamás habría podido lograrlo sin tu ayuda. Fue todo gracias a ti –respondió en tono suave y tierno, provocándome un cosquilleo en el estómago.

Maldita sea, Max. ¿Por qué tienes que ser tan dulce?

Me tragué un suspiro y le hablé acerca del torneo de emprendimiento, urgiéndolo a participar. Él se rascó la cabeza.

–No creo que sea buena idea, Lucy. ¿Te acuerdas del desastre de la última vez? No quiero volver a hacer el ridículo.

–La última vez era diferente, no estabas preparado y te lo dije, pero desde ese entonces has aprendido muchísimo. Estoy convencida de que puedes ganar. Los premios son enormes; incluso saliendo tercero, tendrías más que suficiente para empezar tu negocio.

–¿De verdad piensas que tengo posibilidades?

Asentí con entusiasmo.

–De verdad. Tus *snacks* son fantásticos. Estoy segura de que la gente estaría dispuesta a pagar por ellos. Incluso en el improbable caso de que no ganaras, el torneo es una plataforma para hacerte conocido entre clientes e inversionistas. Tienes que presentarte, Max, en serio. Tenemos dos semanas para diseñar la postulación y el plan de negocios. Es tiempo suficiente si nos dedicamos a ello tiempo completo y nos olvidamos de cosas tan banales como dormir –sonreí.

–¿"Nos" olvidamos?

Su pregunta fue como una cubeta de agua fría. Estaba tan entusiasmada que, por un instante, me olvidé de la distancia que él había puesto entre los dos.

–Bueno… es que pensé que te vendría bien mi apoyo –dije insegura–. Hay aspectos en los que aún no tienes experiencia y faltan solo dos semanas para presentar la postulación. Pero si no quieres, ya sabes, por lo que pasó… lo entenderé –terminé de hablar roja.

Max escrutó mi rostro en silencio, con expresión grave.

–¿Por qué quieres ayudarme, Lucy? ¿Por lástima? ¿Te sientes culpable por haberme dicho que no?

–¡Claro que no! –exclamé de inmediato, poniéndome aún más roja para mi absoluta mortificación–. Te juro que no. Sabes que siempre he creído que tienes talento. Quiero ayudarte porque estoy segura de que puedes ganar.

Él ladeó la cabeza.

–De aceptar tu oferta, tendríamos que trabajar sin descanso los siguientes días –dijo en tono de duda–. No quiero cargarte, Lucy, menos si tú no extraes nada de esto.

–Si vas patrocinado por mi empresa y ganas, no habría mejor publicidad.

–¿Y si no gano?

–Ganarás –dije convencida.

Max bajó la vista meditándolo unos instantes. Cuando volvió a mirarme, su expresión era extraña. ¿Cautelosa? ¿Esperanzada, quizás?

–¿Hay alguna otra razón por la que quieras ayudarme? –preguntó.

Sí, te extraño tanto que duele y no sé por qué.

–No –dije en cambio, incapaz de confesárselo–, solo las razones que ya te dije. Entonces, ¿qué dices, Max? ¿Aceptas?

—Hagámoslo —asintió—. Sé la ventaja que es que tú seas mi mentora y me apoyes con la presentación. Te creo si dices que puedo ganar.

Me sentí más feliz de lo que había estado en días. Durante al menos dos semanas, él y yo estaríamos tan cerca como antes.

—¡Genial, Max! No sabía si aceptarías, pero por si acaso ya había hecho algunas averiguaciones.

—Por supuesto que las hiciste —sonrió—. No serías tú si no estuvieras siempre un paso adelante.

Quedé encandilada por su sonrisa. ¡Dios santo, qué guapo era! Sería mucho más fácil que mis hormonas no se revolucionaran si Max no fuera tan condenadamente atractivo.

Ya, pues Lucía. Enfócate. Deja de mirarlo como tonta.

Me obligué a apartar la mirada de sus labios para hablarle de mi estrategia de postulación que era lo importante.

—Para inscribirse al torneo, hay que mandar un video corto con el plan de negocios según la metodología Lean Startup. El año pasado hubo cerca de doscientas postulaciones por lo que nuestro primer reto es crear una presentación insuperable que nos desmarque del resto. Solo diez candidatos pasan a la final.

Max estaba inmóvil. Tenía el rostro serio, su típica actitud de cuando se concentraba. Sentí la tentación de alisarle la pequeña arruga que se le formaba en el entrecejo. Me reté internamente. ¿Qué demonios me ocurría? Yo no me perdía en ensoñaciones en mi trabajo, mucho menos cuando estaba ocupada en algo importante.

–Podríamos revisar los seleccionados del año anterior para ver qué tienen en común y mandar a hacer un video profesional –sugirió Max.

–Excelente idea –respondí decidida a olvidarme de pavadas y dejar a la ingeniera a cargo–. Yo además había pensado contactar a la organizadora. ¿Te acuerdas de Leonor, una chica joven y rubia que dirigió un seminario en el hotel Hyatt?

–No.

–Alta, de ojos verdes. Todos los hombres la miraban embobados mientras exponía.

–No.

–La que dio la charla de marketing.

–Ah, sí –asintió acordándose al fin–. Estuvo buena esa charla, muy útil.

–Leonor y yo somos conocidas. Llamé para pedir una reunión con ella, pero supe por su secretaria que no tenía disponibilidad hasta dos meses más. Pero da la casualidad que nosotros vamos a ir a la misma clase de yoga que ella mañana … Bendita gente que no usa las herramientas de privacidad de Facebook –sonreí haciéndole un guiño.

Max agrandó los ojos.

–¿Estás sugiriendo que abordemos a Leonor en su clase? No sé, Lucy, parece bastante invasivo. Además, ni tú ni yo hemos practicado yoga jamás.

–No será invasivo si lo hacemos con tacto. No iríamos a fastidiarla, solo a presentarnos. Nuestro objetivo es que recuerde tu rostro. Como organizadora, ella tiene poder en términos de a quién le da visibilidad. En cuanto al yoga, pues nada, tendremos que tratar de no dar pena de forma demasiado evidente.

Max se quedó en silencio considerando la idea. Luego asintió con lentitud.

—Es una locura, pero vamos. Tal vez puede funcionar.

—Funcionará. Después de la clase, podemos ir a mi apartamento y trabajar allí.

Max se rascó detrás de la oreja.

—Te confirmo mañana si voy a tu apartamento, ¿vale? Es que… pues, tengo algo que hacer.

Era la primera vez que se negaba a ir a mi casa. Sus palabras me sonaron a excusas, como si no quisiera estar conmigo más tiempo del necesario.

—Como prefieras, Max. No quiero proponer nada que pueda ser incómodo para ti.

—¿Por qué tendría que serlo?

—Pues, por lo que me dijiste esa noche… ya sabes.

—Descuida, Lucy. Estoy bien.

Parecía sincero. Me quedé callada unos segundos sin saber qué responder.

—Genial —dije al fin.

¿Qué significaba "estoy bien"? ¿Acaso al fin se había dado cuenta de que en realidad no quería estar conmigo? Eso era algo bueno, ¿no? Max era mi amigo y debía alegrarme que se le hubiera pasado la confusión. Todo volvería a ser como antes entre nosotros. Entonces, ¿por qué me sentía tan triste?

CAPÍTULO 20

Una clase de yoga privada

LUCY

Llegué al cerro San Cristóbal pasadas las ocho y media de la mañana. El termómetro se acercaba a los veinte grados, pero corría una brisa fresca que agitaba las hojas de los árboles. El sitio olía a césped, eucaliptus y tierra húmeda. De pie en medio del sorprendente verde, podía ver Santiago despertando. Era un lugar hermoso y, de inmediato, me dieron ganas de ir más seguido.

Max llegó a los cinco minutos. De pantalón corto deportivo y camiseta, era una tentación andante.

Deja de mirarle las piernas como una depravada, Lucía. No importa qué tan bonitas las tenga.

La cosa empezaba mal. Por suerte, casi de inmediato, vi aparecer a Leonor.

–Es nuestra oportunidad –susurré a Max observándola sin que se diera cuenta–. Nos acercamos y te presento. Si nos recibe bien, le haces saber que vas a participar en el torneo.

Estábamos a punto de ponernos en marcha cuando sonó mi celular. Era Rodrigo, mi socio. Uno de nuestros emprendedores había mandado incompleto un formulario para aplicar a un fondo del gobierno. Si no enviábamos la información restante en media hora, iban a descartar la solicitud. Menudo lío.

–Tengo que apagar un incendio del trabajo. Es urgente –me disculpé con Max–. Si no vuelvo dentro de unos minutos, acércate a Leonor sin mí.

Me alejé del lugar para hablar con mi socio y, entre los dos, conseguimos completar el informe. Para cuando me desocupé y volví, la clase de yoga ya había empezado. Había al menos unas treinta personas, casi todas mujeres, por lo que fue muy fácil distinguir a Max. Estaba al lado de Leonor, tambaleándose en un pie con los brazos extendidos hacia el cielo. Pobrecito, no parecía captar el asunto. Daba la impresión de que se iba a caer en cualquier instante.

Para mi sorpresa, Leonor se puso frente a él, lo tomó de los hombros y le hizo sacar pecho. Max perdió el equilibrio, provocando que ella soltara una risita musical. Él le devolvió la sonrisa.

¡¿Qué demonios?!

No había espacio para mi colchoneta cerca de ellos por lo que tuve que permanecer a distancia, vigilándolos como una psicópata. Mientras trataba de imitar las posturas de la instructora sin aterrizar en el césped (lo que me costaba lo suyo), no me perdía movimiento de la parejita. Digo "parejita" porque sí que lo parecían. Leonor se veía *demasiado* amable guiando a Max. Las sonrisas, las miradas de entendimiento y el contacto físico entre esos dos fluían como el agua. Incluso en una ocasión Leonor le corrigió una postura, tomándolo de la cadera. A continuación, deslizó ambas manos hacia arriba por el estómago firme de Max.

¡A ver, a ver, no me jodas que así no se enseña yoga! ¡Qué mujer más descarada! ¡Max no era suyo para que lo manoseara así!

Bueno, tampoco era mío, pero ella recién lo venía conociendo, la muy atrevida.

Cuando terminó la clase, yo estaba sudada y roja, con un rubor que tenía poco que ver con el ejercicio y mucho con el enojo. Me acerqué a ellos, tratando de que no se me notaran las ganas que tenía de hacer rodar a esa mujer ladera abajo.

—¡Lucía! —me recibió Leonor con una sonrisa radiante.

Maldita.

No era justo que algunas mujeres fueran tan perfectas. Ni siquiera sudaba la muy desgraciada (y, de hacerlo, apuesto a que olería a rosas). De ojos verdes y pelo rubio que caía liso hasta la cintura, la talla esbelta de Leonor me sacaba al menos veinte centímetros. A su lado, me sentía una enana rechoncha.

—Max me contó que eres su mentora en el próximo torneo que organizo, ¡qué bueno! —comentó Leonor en ese tono alegre inconfundible de las chicas acomodadas—. Ya le ofrecí a Max darle algunos consejos.

Apuesto a que sí, pensé.

—Insisto en invitarte ese jugo orgánico que me comentaste, Leonor. Es lo mínimo que puedo hacer después de haber sido mi profesora particular de yoga hoy –dijo Max sonriendo.

—*Námaste* –le respondió ella. Los dos se echaron a reír como si compartieran una broma privada.

¿Hello? ¿Alguien nota que estoy aquí? Por la manera como esos dos se sonreían yo parecía haberme camuflado con el césped. ¡Ay, Dios! ¿Qué pasaba?

—¿Te parece si vamos a la cafetería ahora? –le preguntó Leonor a Max–. Ando con tiempo, pero en la semana ya se me hace más difícil por el trabajo.

—Sí, me gusta la idea –dijo él.

—¿Entonces no vienes a mi apartamento a trabajar, Max? –consulté en tono irritado. A todas luces era más conveniente para él que lo aconsejara Leonor, pero por alguna razón me molestaba que se fuera con ella, tan alta y estupenda, la muy cretina.

Leonor parpadeó sorprendida.

—Perdona, Lucy, tal vez me adelanté al aceptar la invitación de Max. No me imaginé que tú y él… –Dejó el resto de la frase en el aire.

—Lucy es solo mi mentora –aclaró Max–. No estoy saliendo con nadie.

¡Vaya si no perdió tiempo en anunciarle que estaba disponible! *Hola, Leonor, búscame en Estoysoltero.com.* Además, hay que ver el tono con que dijo que yo era "solo su mentora". Lo mismo hubiera dicho que yo era "solo su comadre" (léase "una mujer que no me interesa en absoluto").

–Pues en ese caso acepto que me invites a la cafetería –sonrió Leonor a Max antes de que sus ojos bajaran hacia mí–. No sé si tú quieres acompañarnos, Lucy.

Estaba claro que su ofrecimiento era una cortesía obligada por la forma renuente en que lo dijo. Maldición, ¿qué hacer? No quería que se fueran solos, pero tampoco quería imponer mi presencia, en especial porque a Max sí que le serviría tener como aliada a esa mujer.

–Lucy tal vez está ocupada –comentó Max, mirándome–. ¿No tenías que resolver un problema en tu trabajo?

Magnífico. Nadie me quería en la dichosa cafetería esa. Bien, que se fueran entonces. Ojalá se atragantaran con el jugo y les saliera por las narices.

–Es cierto que estoy ocupada –respondí digna como reina de hielo–. Gracias por la invitación, Leonor, pero tengo que trabajar.

–Tal vez en otra ocasión –sonrió la muy hipócrita.

Leonor y Max se alejaron sonrientes y guapos. Cualquiera que los hubiera visto pensaría que eran una pareja preciosa, tipo Brad Pitt y Jennifer Aniston antes de que se separaran. Maldita sea, ¿acaso no era yo la que no había querido estar con Max? Entonces, ¿por qué me dolía tanto?

Sin saber qué hacer, llamé a Olivia. En la tarde nos juntamos en un moderno bar cerca de su casa y le conté lo ocurrido. Ella estaba al tanto de toda mi historia con Max, sin entrar en los detalles para mayores de dieciocho años.

–Es natural que esa chica se fije en él –comentó Olivia, haciendo girar su cosmopolitan–. Max es un morenazo.

—Lo sé. Tengo ojos, gracias —respondí de mal humor—. No han pasado ni dos semanas y él ya parece interesado en otra. Siempre supe que sus sentimientos por mí no eran reales, que no eran más que una confusión. Eso reafirma que estuvo bien decirle que no; debería incluso estar contenta.

—No te ves muy contenta que digamos.

Con un resoplido de frustración, apoyé mi frente en el borde de la mesa.

—Maldición, Olivia. ¿Qué diablos está mal conmigo? Soy como el perro del hortelano que no come ni deja comer.

—No hay nada mal contigo, Lucy. Solo estás confundida. Tienes que decidir si quieres a Max y si deseas estar con él. En lo personal, no creo que sea demasiado tarde.

¿Quería a Max? No lo sabía, pero imaginarlo con otra me enfermaba. Y no tenían nada que ver mis hormonas en el asunto.

—¿De qué me serviría querer a Max si después me va a dejar? —pregunté sin levantar cabeza.

—¿Por qué estás asumiendo que te abandonará? —Me llegó la voz extrañada de Olivia.

—Porque Max es demasiado guapo para mí. No pasaría mucho tiempo antes de que se diera cuenta de que podría encontrar una mujer más bonita que yo —solté—. Además, todos me dejan y ya sufrí bastante la última vez. No quiero andar como alma en pena cuatro años más.

—¡Qué estupideces dices, Lucy! Mírame —ordenó.

Me enderecé con un suspiro, quitándome un trozo de servilleta que se me había pegado a la frente.

—Eres preciosa, mujer. ¿Cuándo te vas a dar cuenta? —dijo Olivia con algo de exasperación—. Si te sientes insegura o tienes miedo de volver a sufrir, haz terapia o algo, pero no tires a la basura la oportunidad de ser feliz con un hombre que realmente vale la pena. Max no se parece en nada a tu ex.

—Ah, ¿no? ¿Y por qué entonces se fue con otra a la primera oportunidad?

—Porque tú le dijiste que no, por eso. Además ¿no eran cosas de trabajo de las que iba a hablar con esa chica?

—¡Trabajo! Sí, seguro. Si hubieras visto cómo esa mujer lo manoseaba y él, tan tranquilo. Quizá ahora mismo el parcito esté "trabajando" debajo de las sábanas.

—No creo. Conozco a Max desde hace años y jamás lo he visto en ese plan. —Olivia me dio una mirada tranquilizadora—. Si tanto te preocupa lo que él haga o deje de hacer, ¿por qué mejor no lo llamas ahora y le pides que se junten para aclarar todo?

¿Llamarlo? ¡Sí, claro! Pero no a él. No se lo merecía por haberme dejado por la mujerzuela esa. Saqué mi móvil y marqué el número de Gabriel.

—Hola, Gabriel… Sí, Lucy… Pues nada, aquí tomando algo con Olivia. Oye, ¿estás libre mañana para ir al cine? Como la otra vez me invitaste… Ajá, sí, genial. A las tres de la tarde está perfecto… Sí, te espero en mi casa. Nos vemos.

Apenas colgué, me enfrenté al gesto de reprobación de mi amiga.

—¿Qué tontería fue esa, Lucy?

—Ninguna tontería –dije muy digna–. Si Max puede irse con otra, pues yo también. Estuve mucho tiempo sin aceptar la invitación de Gabriel para no molestar a Max, pero él no perdió un segundo antes de dejarme tirada a mí. Le importó un comino lo que yo sintiera.

—Max se va a enfadar cuando lo sepa. —Olivia soltó un suspiro de preocupación.

—Pues que se enfade. Nada me hará cambiar de opinión. Saldré sí o sí con Gabriel mañana.

CAPÍTULO 21

Una pésima

mentirosa

MAX

No solía trabajar los domingos, excepto las contadas veces que cubría el turno de la mañana, uno de los horarios de menor movimiento. Cuando ya estaba por irme del gimnasio, oí la voz de Olivia a mis espaldas.

–¿Tienes un minuto, Max?

Asentí y la seguí hasta su oficina. Ya no hablábamos tanto como solíamos hacerlo después de lo ocurrido en la noche de la subasta. Era consciente de que había necesitado cubrir la baja de una chica a último minuto, pero ¿por qué tuvo que pedírselo precisamente a Lucy? Mal que mal, Olivia sabía lo que sentía por ella.

Tomó asiento en su elegante sillón de cuero negro. Yo me dejé caer del otro lado del escritorio en una incómoda silla blanca.

–Lucy va a salir con Gabriel esta tarde –me soltó sin preámbulos.

Dolió, maldita sea. Como un certero puñetazo en pleno rostro.

—No es lo que tú crees —agregó ella de inmediato—. Va a salir con él porque está interesada en ti.

—Ah, ¿sí? Pues qué rara es su forma de demostrarlo.

Olivia clavó sus ojos perspicaces en mi rostro.

—Estaba en lo cierto yo entonces —murmuró—, todavía quieres a Lucy.

—No recuerdo que eso te haya importado cuando le pediste que fuera voluntaria en la subasta.

—¡Lo sabía! Me imaginaba que te había molestado. Tuve que hacerlo, Max. Era la única chica soltera que podía ayudarme, así que no voy a disculparme por tratar de hacer bien mi trabajo. Eso sí, créeme que no era mi intención molestarte.

Parecía decirlo de verdad. No me quedó otra que aceptar su explicación. Al fin y al cabo, tampoco es que pudiera hacer algo más.

—Lucy me cuenta cosas —siguió Olivia—. Te juro que jamás las repetiría si no fuera por su propio bien. Ella te quiere, Max.

El corazón casi se me salió del pecho.

—¿Lucy te lo dijo?

—No, nunca lo ha reconocido —una dolorosa desilusión reemplazó la felicidad—, pero ayer estaba muerta de celos porque te fuiste con una chica de un torneo… Loreto o algo así.

¿Qué? ¿Era cierto lo que escuchaba? Ahora que lo pensaba, Lucy sí que se había comportado de forma rara ayer, pero pensé que estaba preocupada por la llamada de su trabajo.

–¿De verdad estaba celosa? –pregunté sin poder creerlo aún.

–Más que Otelo, te lo juro.

Eso debía significar que me quería, ¿no? Entonces ¿por qué demonios iba a salir con el imbécil de Gabriel? No entendía nada.

–¿Qué pretende Lucy con su maldita cita? –dije–. ¿Molestarme?

–Lo dudo. En lo personal, yo creo que va a salir con Gabriel porque tiene miedo de lo que siente por ti. Piensa que tú eres demasiado guapo para ella. Que si estuvieran juntos, te cansarías pronto y la dejarías por una chica más bonita.

Lucy se me había metido en la sangre, en la piel, en todo lo que yo era. ¿Cómo podía ocurrírsele a esa mujercita tonta que me aburriría de amarla? Si algún día me correspondía, la única forma de que me fuera de su lado sería si ella misma me echaba a patadas.

–¿Está loca o qué? –exclamé–. No puedo creer que Lucy piense eso.

–Ella es muy insegura, Max. De hecho, para la subasta estaba aterrada de subir al escenario. Temía que nadie ofertara por ella. Me hizo ir a hablar con Bruno y Jaime para que ofrecieran dinero, prometiéndoles que después se los devolvería.

Las palabras de Olivia me impactaron. Si me lo estuviera

contando otra persona y no ella que era su amiga, juro que no lo habría creído jamás. Cuando enseñaba negocios frente a cientos de personas, Lucy parecía siempre tan segura. No me cuadraba que la confianza que tenía en un área de su vida le faltara por completo en otra.

—¿Por qué me cuentas todo esto, Olivia? —pregunté desconcertado.

—Para que impidas que ella salga con Gabriel.

Medité unos instantes. Si era cierto que Lucy me quería, ¿no debía decírmelo ella misma? Pero si Olivia estaba equivocada, yo iba a hacer el ridículo exponiéndome. Más que eso, iba a quedar por el suelo otra vez.

Sacudí la cabeza en señal de negación.

—No haré nada, Olivia. Si Lucy quiere salir con ese desgraciado, que lo haga. Después de todo, ya es mayorcita.

—No en el amor. Durante años se sintió como el patito feo. Pienso que aún se ve a sí misma como la adolescente gordita que no atrae a ningún hombre. Esos complejos no desaparecen de un día para otro, Max. Ella ha hecho un gran avance estos meses, pero todavía le queda un largo trecho.

Me paré de la silla, dispuesto abandonar la conversación.

—Aun si eso fuera cierto, Lucy no tendría por qué dudar de mí. Ya sabe que quiero estar con ella.

Olivia también se puso de pie.

—No lo sabe, piensa que la olvidaste… Sí, así de insegura es —agregó Olivia frente a mi expresión de perplejidad—. Bueno, tú sabrás lo que haces. Yo solo quise hablar contigo porque pensé que podía ayudar en algo.

–Te lo agradezco –dije sinceramente.

Salí del gimnasio y bajé al estacionamiento. Sentado frente al volante me quedé pensando sin saber qué hacer. Por un lado, quería evitar a toda costa la maldita cita con Gabriel. Por otro lado, quería mandar todo a la mierda y olvidarme del asunto. Ya había sufrido bastante con el primer rechazo.

¡Ay, Lucy! ¿De verdad estabas celosa por mí? Pequeñita ciega, pero si yo no podía interesarme en nadie más. ¿Cómo podría otra tener espacio en mi corazón cuando tú lo llenabas por completo?

Puse en marcha el motor hacia su apartamento decidido a averiguar cuáles eran sus reales sentimientos hacia mí. No iba a quedarme tranquilo hasta no comprobar por mí mismo si esos celos que había mencionado Olivia eran ciertos.

En menos de cinco minutos, me encontré llamando a su puerta. Ella abrió enfundada en unos shorts de pijama y una camiseta del afiche de *Una nueva esperanza* de *Star Wars*. No me dedicó la sonrisa habitual al verme.

–Terminé un turno en el gimnasio y se me ocurrió pasar a conversar del torneo –saludé–. Espero no interrumpirte.

–Claro que no –dijo con cierta indiferencia–. Solo estaba ordenando un poco, adelante.

Habían transcurrido tres semanas desde la última vez que había estado en su casa. Ignorando la tirantez con que me recibió, me instalé en el sofá blanco en el cual acostumbrábamos a tirar ideas. Lucy se sentó a mi lado con el cuerpo girado hacia mí y las piernas dobladas sobre el sillón.

Me encantó volver a estar así junto a ella; había extrañado mucho esos momentos cotidianos.

–Quería contarte los consejos que me dio Leonor –dije.

–Adelante –fue su seca respuesta. Sí, estaba enojada.

Su frialdad se mantuvo mientras le decía las recomendaciones. Apenas me miraba. Solo asentía y anotaba las ideas que surgían en su móvil. Lucy jamás dejaba escapar una buena idea, todo lo escribía. Mil veces había bromeado con ella diciéndole que iban a tener que injertarle su celular a la mano.

Al finalizar, ella alzó la cabeza de la pantalla y me miró.

–Con estas sugerencias, tenemos material suficiente para la presentación.

–Así es… –Era ahora o nunca, iba a tirar el anzuelo–. Leonor es genial, ¿no crees?

Hablé con actitud despreocupada, aunque en realidad estaba pendiente de su reacción. En el rostro de Lucy apareció una marcada expresión de molestia.

–A mí no me parece genial –repuso–. Se ha vuelto demasiado presumida.

–No encontré que lo fuera, al contrario. Pero si lo fuera, supongo que tendría razones para serlo. Después de todo, le va muy bien. ¿No dijiste tú misma que ella sabía incluso más de negocios que tú?

Cité sus palabras a propósito. Si sentía el aguijón de los celos, no tardaría en contradecirme.

–El hecho de que tenga más contactos que yo no significa que sepa más.

Bien, bien. Íbamos por buen camino.

–Tal vez, pero de todas maneras voy a arreglar una nueva cita con Leonor. Se ofreció a juntarse conmigo esta semana para ayudarme. ¿No te parece que fue muy amable?

Sus facciones se contrajeron de furia. La expresión duró apenas un instante, porque, luego, se irguió en el sillón en esa pose altiva tan típica suya de cuando estaba molesta.

–No, no me parece amable, sino una interesada –masculló–. Es evidente que le gustas. Qué descarada es en aprovecharse así de su cargo.

¡Estaba celosa! ¡Mi Lucy estaba celosa! Ni siquiera cuando abrí el primer punto de venta tuve tantas ganas de saltar de alegría como en ese momento. No sé cómo logré controlarme y fingir tranquilidad.

–No se me había ocurrido que ella pudiera estar interesada en mí, pero tal vez tengas razón. –Mantuve mi rostro pensativo como si reflexionara–. Entonces, ¿dónde crees que debería llevarla?

La mirada furiosa que Lucy me lanzó podría haberme acobardado si no me hubiera sentido tan condenadamente feliz.

–¿Acaso piensas salir con ella? ¿No te importa que quiera aprovecharse de ti?

–No considero un aprovechamiento que ella quiera salir conmigo. Leonor está soltera y yo también, no tiene nada de malo. Además, es hermosa, tiene curvas bien puestas y piernas interminables… Cualquier hombre querría salir con ella –agregué para llevarla al límite.

Los ojos de Lucy se apagaron. Ya no parecía enojada, sino herida. No quería lastimarla y decidí parar el juego; después de todo, ya tenía la respuesta que había ido a buscar. Era hora de poner las cartas sobre la mesa.

Me acerqué a Lucy hasta que nuestros rostros se encontraron a centímetros. Ella clavó en mí sus grandes ojos de animalito lastimado.

–¿Qué ocurre? ¿Te molesta que salga con Leonor? –pregunté escudriñando su expresión.

–No –murmuró bajando la vista y meneando la cabeza sin convicción. Como mentirosa, era pésima. Era una de las cosas que más amaba de ella: su transparencia. Mi Lucy no podía mentir bien ni para salvarse la vida.

–Lucy, mírame –rogué. Necesitaba que no se escondiera, que fuera sincera y dejara de torturarnos a los dos. Ella alzó la cabeza y me sostuvo la mirada–. ¿Te molesta que salga con ella? –repetí la pregunta en tono suave.

–No tengo razón para que me moleste –murmuró en una mezcla de vergüenza y enfado.

–No fue eso lo que te pregunté.

Ella tragó saliva.

–Voy a salir con Gabriel esta tarde –anunció.

Aunque me dolió escucharlo, la forma desganada en que lo dijo me hizo mantener la esperanza. Como si ni ella misma quisiera esa cita.

–No estoy interesado en salir con Leonor –confesé.

–Dijiste que cualquier hombre querría salir con ella. –Lucy me observó con resentimiento.

–Es cierto, cualquiera querría hacerlo, excepto… –Dejé la frase inconclusa, fijando la mirada en su boca.

Lucy se humedeció los labios.

–Excepto… –repitió, invitándome a continuar.

–Excepto uno que esté interesado en otra. –La contemplé a los ojos con una intensidad que no dejara duda sobre mis sentimientos.

Un suspiro se escapó de sus labios como una invitación a besarla. Era tan fácil hacerlo, tan fácil… Sabía que si me inclinaba, ella no me rechazaría. Podía ver su silenciosa rendición en su aliento contenido y en su mirada oscurecida.

No sé de dónde saqué fuerzas para resistir la tentación. Si la besaba, ganaría la batalla, pero perdería la guerra. Me asaltaba el miedo de involucrarnos y que luego ella otra vez me soltara que había sido un error, que simplemente se había dejado llevar. Yo ya no estaba para juegos ni retractaciones. La amaba y quería que viniera a mí con decisión y voluntad, no nublada por una ráfaga de deseo que se acabaría cuando estuviera saciada. Necesitaba que me eligiera, convencida de que quería estar conmigo.

Lucy me miraba anhelante, esperando ese beso que no llegaba. Tenía que confesarme rápido, antes de que las ansias por besarla acabaran con mi resolución.

–Hay algo que nunca te conté. Algo que quiero que sepas.

–¿De qué se trata?

Todo o nada. Es a todo o nada, me dije decidido a dejarme el orgullo en el intento. Inhalé hondo.

–Mónica terminó conmigo porque se dio cuenta antes que yo de que estaba interesado en ti. ¿Recuerdas esa noche de luna en la playa? ¡Ay, Lucy, si supieras cómo quería besarte en ese momento! –dije emocionado. Ya no me importaba revelárselo todo; al contrario, quería hacerlo para que supiera que ese idiota de Gabriel jamás podría amarla como lo hacía yo–. Te veías tan hermosa mientras me dabas ánimos y me decías que confiabas en mí. Te clavaste en mi alma esa noche, Lucy, como nadie, como ninguna mujer antes que tú lo había hecho.

La mirada de ella se apagó, desconcertándome.

–O sea que yo tenía razón. Te sentiste apoyado por mí y malinterpretaste tus sentimientos –dijo con voz triste–. Eso no es interés real. Cuando se te pase la confusión, te darás cuenta de que lo que sientes por mí no es más que gratitud o amistad.

La frustración me tensó el cuerpo. ¿Cómo podía ser tan testaruda? Acariciando la suave piel de su cuello, pegué mi frente a la suya, sediento de ella.

–¿Crees que no conozco mi propio corazón? –murmuré frente a sus labios, muriéndome por besarla–. No era amistad lo que sentí por ti esa noche y no lo es tampoco ahora. Te juro que si no tuviera miedo de que te arrepintieras después, ahora mismo te haría gemir mi nombre –susurré lleno de urgencia–. No sabes cómo me excita recordar tu suavidad, tu cuerpo temblando por mis caricias. ¡Ay, Lucy! Si supieras cómo he fantaseado con hacerte el amor.

–Max… –me llamó en un suave quejido. Su tono inflamado

me hizo saber que mis palabras la habían encendido a ella de la misma forma que me consumían a mí. Mierda, tenía que soltarla; si no lo hacía, no iba a ser capaz de alejarme. Lo que más quería en el mundo era que me eligiera.

Me forcé a separarme de su lado y me levanté del sofá. Fijé mis ojos en los suyos.

–No es amistad, Lucy. Más claro no te lo puedo decir –dije con la respiración acelerada–. Quise estar contigo desde esa noche en Viña, quizá desde antes incluso; antes de tu cambio de look, antes de que te compraras ropa nueva. Soy yo y no Gabriel quien te valoró desde el principio, a quien le gustaste tal y como eras. Y si sientes por mí algo de lo que yo siento, en vez de salir esta tarde con él, irás a mi casa. Yo estaré esperando por ti.

Sin decir más, salí del apartamento de Lucy. Lo último que vi fue su rostro confundido antes de cerrar la puerta. Dios, solo esperaba no haberme equivocado. Por un instante incluso pensé en volver a llamar y lanzarme a besarla en cuanto me abriera. Me contuve recordándome que me jugaba todo por el premio mayor.

Conduje hasta mi apartamento y me preparé para una espera agónica. ¿Iría Lucy a buscarme o me quedaría solo igual que la vez anterior? Qué altas estaban las apuestas.

CAPÍTULO 22

Algo que
no entiendo

LUCY

¿Qué demonios acababa de pasar?

Me quedé mirando la puerta por la que se había ido Max, con el corazón a mil. Creo que nunca había estado tan asombrada. A Max no le gustaba Leonor. Max quería estar conmigo. CON-MI-GO.

Era tan improbable que un hombre guapo y maravilloso como Max se fijara en una mujer corriente como yo que no terminaba de creérmelo, pero él me lo había asegurado.

"¡Ay, Lucy! Si supieras cómo he fantaseado con hacerte el amor".

Recordar el desgarrado tono de Max me puso a hervir la sangre y, la verdad, me alivió también. Al menos no era la única que perdía tiempo fantaseando con eso. Entonces, ¿por qué demonios se había ido? O sea, era imposible que él no se hubiera dado cuenta de que me moría por estar en sus brazos. ¿Qué clase de actitud contradictoria era esa?

La actitud de un hombre que espera que tú des el siguiente paso, Lucía, respondió mi voz interna, inusualmente sabia. Dándome libertad para actuar, Max en realidad me hacía elegir: no más líos ocasionales, o pareja o nada.

¿Podría estar con Max? La idea hacía que se me apretara el estómago, no sabía si por ilusión o por miedo. Con un hombre tan guapo como él, siempre estaba la posibilidad de que otra más bonita se entrometiera y yo al final terminara destrozada. Como si eso fuera poco, todavía me faltaba saber qué sentía yo por él.

¿Qué sentía? Cri cri (sonido de grillos en el silencio del apartamento).

Ni idea. Max me hacía reír, me excitaba y me desafiaba a nivel físico e intelectual. Era el mejor amigo que había tenido nunca, pero ¿era eso amor? Una parte de mí estaba aterrada de que lo fuera, mientras que otra tenía miedo de que mis sentimientos fueran simple lujuria.

Estuve comiéndome la cabeza sin moverme del sofá hasta que sonó el timbre de la puerta. *Max,* pensé con el corazón desbocado y corrí a abrir. Al ver a Gabriel la desilusión me atravesó. ¡Quién lo hubiera dicho!

–¿Aún no estás lista? –dijo él fijándose en mi vestimenta–. Puedo esperarte mientras te cambias, pero debes darte prisa porque la película empieza en menos de una hora… ¡Vamos, apúrate! –urgió al ver que yo no me movía.

Asentí automáticamente y me fui al dormitorio. Me quedé estática frente al clóset con la mirada perdida en la ropa. Mis manos no me respondían, no elegían nada. Era como si mi cerebro se hubiera desconectado, solo podía pensar en Max.

"Si sientes por mí algo de lo que yo siento, en vez de salir esta tarde con él, irás a mi casa. Yo estaré esperando por ti". ¡Oh, Max! ¿Por qué habías dicho eso? ¿Por qué?

Arrastré los pies de vuelta al salón. Gabriel estaba en el sofá, jugando Candy Crush en su móvil. Me paré frente a él y le solté la pregunta que me rondaba hacía semanas.

—¿Por qué quieres ir al cine conmigo? —dije con seriedad. Necesitaba una respuesta sincera.

Él alzó la vista y guardó el móvil. Me miró desconcertado.

—Hace tiempo que no voy al cine y tenía ganas de ver esta película.

Me tragué un suspiro de impaciencia. Era medio lento el chico. Era obvio que no le hablaba del cine, sino de mí.

—Me refiero a que por qué quieres ir CON-MI-GO. ¿Es por fastidiar a Max?

Los ojos azules de Gabriel me observaron perplejos. Fue evidente que no se esperaba una pregunta tan directa. Con honestidad, yo tampoco; me salió sin pensarlo.

—Por supuesto que no, Lucy. —Compuso una sonrisa que sentí forzada—. Desde el inicio que tú y yo congeniamos y…

—Por favor, dime la verdad —lo interrumpí—. No me voy a enfadar, solo quiero saber si una de tus razones para salir conmigo es enojar a Max. De seguro fue por eso que ofertaste por mí en la subasta.

—De acuerdo, lo admito —dijo con expresión traviesa de niño que ha sido sorprendido—. Sí, en parte me acerqué a ti para enfadarlo, pero te prometo que eso fue solo al comienzo. Después me di cuenta de lo simpática que eres y de lo mucho que me gusta conversar contigo. Casi no tengo amigas mujeres, ¿sabes?

Sonaba sincero y le creí. Casi me sentí mal por lo que estaba a punto de hacer: negarme a salir con mi angelito, el hombre más guapo que había visto en mi vida. Esperé que mi voz interna pusiera el grito en el cielo en cualquier minuto por desaprovechar esa oportunidad, pero la reprimenda no llegó.

—Gracias por ser sincero, Gabriel. Espero que entiendas que no puedo ir al cine contigo.

En su rostro apareció una expresión de desconcierto total. Apuesto a que yo era la primera mujer que le decía que no.

—¿Qué? ¿Por qué? Dijiste que no te ibas a enfadar si era honesto.

—Y no estoy enfadada.

—¿Entonces por qué cambiaste de opinión?

—No quiero hacer nada que pueda herir a Max. Él es demasiado importante para mí. Salir contigo sería incorrecto.

—¿Acaso están juntos él y tú? —El ceño de Gabriel se frunció.

—No, no lo estamos.

—Entonces no entiendo nada.

Solté un suspiro.

—Yo tampoco. —Mi cabeza era un lío absoluto, pero mi corazón estaba seguro: no quería salir con Gabriel, quería correr a la casa de Max—. Lo siento, pero tengo que irme ahora —agregué haciéndole un gesto para que se marchara.

Su desconcierto se transformó en enojo. Lo supe por la forma en que sus ojos azules me miraron resentidos. No tenía intención de ofenderlo, pero tampoco tiempo que perder y me alegré cuando cerré la puerta tras él.

Apenas se marchó, corrí a mi dormitorio a buscar las llaves de mi auto. Por suerte me topé con mi reflejo justo antes de salir. ¡Horror! Estaba desaliñada y sudorosa, no era extraño después de haber pasado la mañana haciendo aseo. Tenía que arreglarme. No podía ir a visitar a Max con pinta de que acababa de limpiar el retrete.

Me di una ducha rápida y me puse un ligero vestido de jean, una de las prendas que más me gustaba de mi nuevo guardarropa. No quería perder ni un minuto para ir a hablar con Max, así que dejé mi cabello suelto para que se secara al viento. Veinte minutos después, estaba llamando a su puerta. Su rostro resplandeció al verme.

—No estoy aquí por la razón que piensas —solté a toda prisa, sintiéndome fatal por la decepción que estaba a punto de causarle.

Su mirada se apagó.

—¿Entonces por qué?

Había ensayado en mi mente explicarle las razones por las cuales era mala idea empezar una relación, pero en ese instante no podía recordar nada. Solo tenía ganas de besarlo hasta que sus ojos se iluminaran otra vez.

Hecha un lío, entré a su apartamento esquivando un alto de cajas. Todavía quedaban algunas torres, pero pocas. Me dejé caer en el sofá. Max cerró la puerta y se sentó a mi lado.

–¿Por qué viniste, Lucy? –repitió la pregunta.

Jugueteando con mis dedos, me paré y me paseé de un lado a otro por la sala, sin saber cómo abordar el asunto. Max me observaba serio y silencioso. Después de un rato, se puso de pie frente a mí y arqueó las cejas en señal de que aguardaba mi respuesta. A duras penas le sostuve la mirada.

–Max, estuve reflexionando sobre lo que dijiste acerca de que querías estar conmigo desde la noche en Viña.

–¿Y qué pensaste?

–Que no creo que sea buena idea estar juntos.

Odié el silencio que siguió a continuación. No pude descifrar la reacción de él detrás de la seriedad con que me observaba.

–Max, por favor di algo –supliqué transcurridos varios minutos.

Él avanzó hasta que nuestros rostros quedaron a centímetros y la tibieza de su respiración me acarició la frente. Inclinó la cabeza y buscó mi mirada.

–¿Qué sientes por mí, Lucy?

Se me apretó el corazón. ¿Cómo explicarle algo que ni yo misma sabía qué era?

–Por favor, no me hagas esa pregunta.

–Necesito saberlo. –Ahora era su voz la que sonaba suplicante–. Tus palabras dicen una cosa y tus gestos otra... ¿Sabes lo que me dice tu cuerpo, Lucy? Me pide a gritos que te haga el amor.

Fui incapaz de negarlo porque sabía que era verdad. Cada

282

fibra de mi piel se moría porque Max la tocara. Él leyó bien mi silencio porque deslizó las yemas de sus dedos por mi garganta hasta llegar a la clavícula, en una caricia deliciosa que me hizo soltar un suave jadeo.

—Podría ser tan bueno entre nosotros, Lucy, tan bueno —susurró Max, mientras sus dedos ascendían otra vez por mi cuello, inflamando mis sentidos—. ¿A qué le tienes miedo?

A que me dejes. A que me engañes. A que te aburras de mí.

—No tengo miedo —me las arreglé para murmurar.

—Eso no es cierto, te conozco bien y sé cuándo mientes. —Sus manos ascendieron hasta enmarcar mi rostro—. No te voy a traicionar como tu ex, te lo prometo. Lo que menos quiero es hacerte daño, porque sería como infligírmelo a mí mismo.

—¿Y si yo te hago daño a ti?

—Es un riesgo que estoy dispuesto a correr.

—Pero yo no… ¡Maldición, Max! —Aparté sus manos y me tomé la cabeza—. Por favor, déjalo ya. ¿Crees que soy de piedra? Pues no, claro que me pasan cosas contigo, pero ni yo misma sé que son. Tú pareces tan seguro de querer una relación, mientras que yo no tengo certeza de nada, solo sé que me estremezco cuando me tocas. No quiero lastimarte, Max, ¿es que no lo entiendes? Eres mi mejor amigo. Me importas demasiado como para ser la responsable de que sufras.

Terminé de hablar con ojos anegados. Max volvió a sostener mi rostro entre sus manos. Pese a la ternura de su gesto, su semblante era decidido.

–Escúchame. No soy un niño del que seas responsable, soy un hombre y afrontaré las consecuencias sean las que sean. Tú encárgate de tus propios sentimientos y déjame a mí hacerme cargo de los míos. Lo único que necesito saber es si hay una parte de ti, por pequeña que sea, que quiera estar conmigo. ¿La hay, Lucy?

No pude mentirle. No quise mentirle.

–Por supuesto que sí, Max –confesé rendida–. Sabes que sí.

Él soltó la respiración.

–Gracias al cielo.

Max no perdió un segundo en unirse a mí en un beso desesperado, distinto a los anteriores, suaves y prometedores de una seducción lenta. Nada que ver con la urgencia de este, húmedo y ardiente. Jamás lo había sentido tan apasionado. El deseo me fundió al instante. Me abracé a su cuello y me empiné hacia él, enroscando una de mis piernas alrededor de su cadera para pegarlo a mí. Él inundaba mis sentidos: su sabor, su aroma, sus manos en mi espalda, el calor de su cuerpo duro abrazado al mío. Me anegaba, pero todavía no era suficiente. Quería más, mucho más, deseaba todo de él.

Con la urgencia de mis movimientos, mi corto vestido se me subió, enseñando un poco de mi ropa interior. Los ojos de Max devoraron la piel descubierta, su mirada sostuvo la mía como preguntándome si estaba segura de lo que estaba a punto de ocurrir entre nosotros. No habría vuelta atrás. Ambos lo sabíamos.

No dudé ni por un instante. Sí, Max era mi mejor amigo, pero también era el hombre en quien no podía dejar de pensar, quien me hacía hervir la sangre como ningún otro. Mi respuesta estaba clara. Lo besé con toda la desesperación que sentía por él. Para que no quedara ninguna duda, agregué:

–Te necesito, Max.

Soltó un suspiro ahogado y me levantó sosteniéndome por ambos muslos. Avanzó conmigo hasta pegar mi espalda contra una de las murallas, derribando un alto de cajas a nuestro paso. Ni él ni yo hicimos caso de las zapatillas que quedaron desparramadas alrededor; la necesidad que sentíamos el uno por el otro no dejaba lugar a ninguna otra cosa.

Max pegó su pelvis contra la mía, tentándome con el placer que me moría por experimentar con él. Cómo odié su maldito pantalón que no me permitía sentirlo como necesitaba. Anhelante, me retorcí entre sus brazos, buscando su dureza hasta hacer encajar nuestros cuerpos por encima de la tela. Los dos gemimos.

–Lucy, ¡oh, Lucy! –Él me besaba una y otra vez.

La ardiente vulnerabilidad de su voz convirtió mi sangre en lava y ya no pude contener más mi propia urgencia. Liberé mi pierna del exquisito agarre de Max y la apoyé en el suelo, mientras mis manos soltaban su cinturón. Él descendió sobre mi cuello cubriéndolo a besos. Cuando su lengua saboreó la piel del escote, me provocó tal estallido de placer que las piernas me fallaron y tuve que sostenerme de sus hombros.

–Max… –lo llamé esperando que comprendiera que no podía esperar. Pareció entender porque sus manos se perdieron debajo de mi falda y jalaron mis bragas–. Sí, sí… –lo animé a continuar, enfebrecida.

Para mi absoluta sorpresa, él se detuvo y se irguió frente a mí. Sus manos impacientes lucharon con el primer botón de mi vestido.

–Quiero verte completa –murmuró en ese tono ronco que tanto me excitaba.

Su mirada se tornó voraz cuando dejó expuesta la parte superior de mis pechos que se derramaban sobre el sujetador. Me tensé, temerosa de quedar desnuda frente a él. Todavía me sobraban algunos kilos y estaba lejos de ser tan atractiva como las mujeres que solían ir detrás de él. Casi sin darme cuenta, tomé las manos de Max cuando estaba a punto de abrir el siguiente botón.

–Espera –susurré.

Aunque su semblante se contrajo de deseo insatisfecho, se detuvo.

–¿Cambiaste de opinión, Lucy?

Negué con la cabeza, avergonzada.

–No, claro que no, es solo que preferiría quedarme con el vestido puesto.

–De ninguna forma. ¿Cómo podré besarte entera si no tengo acceso a tu piel?

La imagen de su boca tentando mi cuerpo me puso a mil.

–¿Sabes con qué parte quiero empezar? –susurró Max. Yo negué con la cabeza–. Tus pechos; quiero lamerlos.

La atrevida confesión me incendió el vientre. Max inclinó la cabeza y pasó la lengua por el borde del sujetador, todavía lejos de donde más necesitaba sentirlo. Uno de sus dedos se sumergió dentro del sostén y me rozó aquel lugar sensible. Me estremecí de pies a cabeza.

—¿Quieres mi boca aquí, Lucy? —murmuró él tomando el siguiente botón del vestido. Yo asentí rendida, demasiado excitada para hablar.

Max lo desabrochó e inclinó la cabeza hacia mi escote. La aspereza de su mentón me acarició la piel cuando introdujo la punta de su lengua en mi sujetador, rozando apenas mi lugar de éxtasis. Ah… era tan excitante, tan delicioso que la humedad explotó desde mi centro.

Desesperada por eliminar las barreras que me apartaban de Max, le levanté la camiseta y lo ayudé a quitársela, impaciente. La vista de su pecho desnudo me cortó el aliento. ¡Dios, qué guapo era! Recorrí fascinada su estómago plano, su piel morena que temblaba bajo mis dedos. Max era duro y cálido, su cuerpo era perfecto. Él era perfecto.

—Quiero explorarte como tú me exploras a mí —susurró él después de dejarme jadeando tras un beso—. Te quiero desnuda, quiero acariciar tus pechos llenos y suaves que me vuelven loco. ¿Sabes cuántas veces he fantaseado con tocarlos, besarlos, tenerlos en mi boca? Quítate el vestido, Lucy —exigió—, quiero hacer realidad mis fantasías.

¿Qué mujer de sangre en las venas podía resistirse a esa ardiente confesión? Yo no, seguro. Yo misma me quité la dichosa prenda de un jalón y también el sujetador, ansiosa de que cumpliera su promesa. Sin embargo, de inmediato me inquieté. ¿Me encontraría atractiva?

Su mirada reverente y embelesada fue la mejor respuesta.

—Eres preciosa —murmuró—. No puedo creer la suerte que tengo.

Pese a que nunca he sido una tonta emocional, se me cerró la garganta con la sinceridad de su voz. Su forma de mirarme, de acariciarme era tan sublime, que me sentí hermosa por primera vez en la vida.

Max parecía no poder dejar de tocarme; cuando tomó ambos pechos, amasándolos con suavidad, todo pensamiento desapareció.

—Preciosos —susurró acercando la boca al punto más sensible—, maravillosos.

La humedad de su lengua lamió la cumbre. Un placer insoportable me hizo enterrar las manos en su pelo, atrayéndolo más hacia mí. No supe si eran míos o suyos los incoherentes quejidos que calentaban el aire entre nosotros, solo sé que mi centro palpitó por las ansias que tenía de él. Con impaciencia le bajé la cremallera de los pantalones. Max se deshizo de ellos, quedando solo en bóxer. Me estremecí al acariciarlo y sentirlo duro por encima de la tela húmeda. Él soltó un gemido.

—No puedo esperar más, Lucy. —Su voz desesperada me excitó todavía más si era posible.

En medio de besos, nos dejamos caer en el sofá derribando más cajas a nuestro paso. Casi desfallecí de anticipación, cuando él me quitó la tanga y se deshizo luego de su última prenda para ponerse la protección. En serio, Max era perfecto.

Él se acomodó entre mis muslos. Ansiosa, arqueé las caderas para recibirlo. Estaba tan lista para él que casi llegué al orgasmo en cuanto entró.

—Es tan bueno estar dentro de ti, Lucy, tan bueno –murmuró Max mientras se mecía conmigo. Tenía los ojos cerrados y la mandíbula apretada, como si se contuviera para no dejarse llevar. Se hundió un poco más y se me escapó un grito de placer. Las sensaciones eran tan intensas que no lo podía soportar; estaba a punto de la culminación y eso que apenas habíamos empezado.

—Max...

Me abracé a la firmeza de su espalda, uní aún más nuestros centros colgándome de sus caderas e inicié un vaivén febril. Max gimió y me besó desesperado.

—Lucy, si te mueves así, yo...

—Lo sé... –Aceleré mis movimientos–. Yo tampoco puedo esperar, no quiero esperar. Te quiero ya.

—Lucy... –suspiró.

El ritmo vertiginoso de nuestros cuerpos se hizo uno. Nuestras caderas se golpeaban, se buscaban; nuestras lenguas se fundían, nuestros alientos se mezclaban... Nuestras bocas se encontraron en un beso interminable mientras seguíamos ascendiendo más, cada vez más. El estallido final estaba casi a nuestro alcance, nos mantenía al borde del abismo, gimiendo, entregados el uno al otro, como si no hubiera más que nuestros cuerpos entrelazados en el universo. Y sentí tan potente en mi vientre el anhelado estremecimiento del éxtasis que cerré los ojos y todo se volvió sensaciones… Corazones latiendo, caderas enardecidas, gemidos ahogados, el temblor de Max dentro de mí, el último ascenso y la explosión final en un grito de liberación.

CAPÍTULO 23

Un viajero que vuelve al hogar

MAX

N unca había estado tan agotado.
Nunca había dormido tan poco.
Nunca había sido tan feliz.

Al fin, Lucy y yo estábamos juntos, después de tanto tiempo de espera. Al fin. Era la gloria.

Desde que habíamos hecho el amor aquella vez, no nos habíamos separado. Entre las horas que pasábamos preparando la presentación del torneo y las noches apasionadas en que apenas dormíamos, prácticamente había estado todos mis ratos libres con ella. No podía esperar a terminar mis turnos en el gimnasio para volver a su lado.

El viernes de nuestra primera semana juntos casi corrí al apartamento de Lucy.

–Hola. –Le sonreí antes de abalanzarme a sus labios. Me encantaba poder reclamarla en ese beso de reencuentro, como un viajero que vuelve al hogar sediento de sexo y amor. Como siempre, mis manos se fueron por voluntad propia hacia sus pechos... ¡Dios, cómo me gustaban sus pechos!

Lucy correspondió a mi beso con igual intensidad. Antes de que me diera cuenta, mis manos estaban desabotonándole la blusa.

—Max, ahora no puedo... —susurró ella sin dejar de besarme—, estoy terminando un informe.

—Qué lástima, tendré que esperarte entonces.

Dije eso, pero no me aparté; en cambio, sumergí mis dedos en su sujetador para frotarla. Era una jugada sucia porque sabía que Lucy no podía resistirse a esa caricia, era su kriptonita. Como sabía que ocurriría, su respiración se aceleró. Echó la cabeza hacia atrás, con un suave gemido.

—Más tarde mejor, Max —murmuró con ojos cerrados, casi entregada—. Tengo que irme a trabajar.

No se apartó de mí; de hecho, nunca lo hacía. Lucy ardía cuando la tocaba así, reaccionando con una pasión instantánea que me volvía loco. Sus manos ansiosas recorrían mi cuerpo y jalaban mi ropa para desnudarme. A veces ni siquiera se daba tiempo para eso, tal era su urgencia. Ni la mesa de la cocina de Lucy, ni su sofá, ni su puerta de entrada eran los sitios más cómodos para hacer el amor, pero en esos momentos de frenético reencuentro no nos importaba a ninguno. De hecho, solo una vez conseguimos llegar a la cama.

A veces me inquietaba que Lucy me creyera una especie de adicto sexual por la enorme frecuencia con que la buscaba, pero esa preocupación no tenía fuerza suficiente para hacerme renunciar al desbordante placer de hundirme en ella. Nada, ninguna experiencia previa se comparaba al éxtasis de estar dentro de Lucy. Sentirla apretada en torno a mí, escucharla gemir, envolverme del olor a sexo de nuestros cuerpos unidos... todo con ella me excitaba. Nunca había tenido esa química con ninguna otra mujer. Supuse que debía ser porque era a la única que había amado.

No era solo el sexo explosivo lo que disfrutaba con Lucy, eran también los momentos cotidianos: cenar compartiendo una broma, conversar acerca de cualquier cosa, ver una serie juntos mientras su cabeza reposaba en mi hombro... En esos instantes me sentía totalmente en paz, como si todo en mi mundo estuviera en el lugar que le correspondía. Qué increíble que esa pequeña mujer pudiera descontrolar mi cuerpo y, a la vez, envolverme en la mayor calma que hubiera sentido nunca.

Sí, era feliz.

Lo único que me inquietaba era que Lucy ni una sola vez había insinuado que sintiera por mí algo más que atracción. Aunque su entrega física era completa, a nivel emocional era en extremo precavida, hasta incluso distante. Entre las cuatro paredes de su apartamento era toda mía, pero fuera de él seguía comportándose como si fuéramos solo amigos. De hecho, todavía me saludaba con un beso en la mejilla en el gimnasio.

Me enojaba que actuara como si nada después de haberme tenido dentro de su cuerpo hacía apenas unas horas. Me molestaba muchísimo, pero me lo guardaba lo mejor que podía. No quería presionarla ni hacer nada que pusiera en peligro lo que había entre nosotros. Ella tampoco quería hablar del asunto; era evidente porque en las contadas ocasiones que yo lo había mencionado, Lucy no perdía un instante en cambiar la conversación como si resguardara sus emociones detrás de una barrera.

Me di cuenta de que aquella barrera existía la primera noche que hicimos el amor. Luego de cenar, aproveché que Lucy estaba levantando la mesa para ir a ordenar mi dormitorio, convencido de que se quedaría a dormir. Ni siquiera se me ocurrió preguntarle si se quedaría o no, tomándolo como cosa hecha. ¿Por qué razón se iría después de lo que habíamos vivido? Al día siguiente, ninguno de los dos trabajaba y podríamos estar juntos.

Cuando volví a la sala, Lucy estaba lista para marcharse. Incluso se había colgado su bolso y tenía las llaves de su auto en la mano.

–¿Te vas? –pregunté perplejo.

–Sí, ya es tarde, ¿no?

–Pensé que te quedarías. –Mentalmente me pateé por el matiz decepcionado de mi voz.

La expresión de Lucy fue de asombro, como si no se esperara que se lo pidiera.

–Bueno, es que cuando vine esta tarde no pensé que tú y yo… ya me entiendes. –Se sonrojó–. No traje pijama ni cepillo de dientes ni…

–Puedo prestarte una camiseta para dormir y abajo hay una farmacia para comprar lo que necesites.

–Bueno –se retorció las manos––, es que pienso que sería mejor que me vaya, ¿no crees?

Me miró insegura, interrogante. ¿Quería o no quedarse? Quizá insistía en irse porque, después de haber pasado casi todo el día conmigo, deseaba un rato a solas. O tal vez solo temía incomodarme. Yo no entendía nada, pero tampoco deseaba presionarla ni rogarle. Después de todo, ya le había dejado claro que la quería conmigo esa noche.

–Como tú prefieras –respondí, dejando la decisión en sus manos.

Por un instante, me dio la sensación de que mi respuesta la había defraudado, pero luego asintió y esbozó una sonrisa carente de naturalidad.

–Me voy mejor. Estoy cansada y de seguro tú también. –Se acercó y me dio un suave beso de despedida–. Adiós, Max.

Antes de que se diera media vuelta, la retuve de la cintura, incapaz de dejarla partir. Deslicé mis manos hacia su trasero, apretándola contra mi cuerpo.

–Adiós, Lucy –murmuré sin soltarla. Profundicé el beso hasta tocar su lengua con la mía. Ella se estremeció y se pegó más a mí, provocando que me endureciera. Mis manos ascendieron hacia sus pechos y los masajearon por encima de la ropa. Lucy soltó un quejido.

–Debería irme… –susurró, ladeando el cuello, ofreciéndome más piel.

–Deberías… –concordé mientras mis manos abrían su vestido, desabrochaban su sujetador y la acariciaban.

Lucy soltó un gemido, cerró los ojos y me atrajo del cinturón hacia ella con fuerza. Fue en ese momento cuando supe que el lugar donde Lucy perdía su voluntad eran sus pechos. Sin dejar de acariciarla, avancé con ella, haciéndola retroceder hacia la oscuridad del pasillo que conducía a mi dormitorio. Si seducirla era lo que se necesitaba para que se quedara esa noche conmigo, sería eso lo que haría.

Pegué la espalda de Lucy contra la pared.

–Vete… –dije antes de lamer los contornos de sus senos en la penumbra–. Si quieres irte, vete.

Ella no respondió, solo soltó un excitado quejido mientras sus manos se peleaban con mi cinturón. Alentado por su reacción continué acariciándola y la guie por el final del pasillo hasta tumbarla en la cama.

–¿Te quedarás a pasar la noche, Lucy? –susurré mientras deslizaba uno de mis dedos dentro de su humedad. Moriría ahí mismo si decía que no.

Ella arqueó las caderas, sujetándose de las sábanas.

–Sí –respondió con voz torturada–, me quedaré… ahora ven a mí.

Su urgente respuesta no podía haberme excitado más. Me puse el condón a toda prisa, sin siquiera quitarme los pantalones y entré en ella de una sola vez. Empujé tomándola de las caderas hasta que sus gritos elevándose y sus manos apretando con fuerza mi espalda me indicaron su culminación. Solo entonces me permití liberarme en sus brazos. Me derramé en ella, muriéndome por confesarle que la amaba. Me contuve para no asustarla.

Sí, esa pequeña mujer me tenía ganado. Tendría que aceptar el hecho de ser yo el que la buscaba, el que hacía avanzar la relación. Debía ser paciente y tener fe en que, algún día, Lucy correspondería a mis sentimientos. No siempre se me hacía fácil porque por tres pasos que yo daba, ella retrocedía dos. Aun así, avanzábamos y con eso me conformaba por el momento.

CAPÍTULO 24

Unos cuantos revolcones

MAX

Resultó un cambio agradable estar con Lucy en mi apartamento durante toda la semana siguiente. Siempre nos quedábamos en el suyo, porque estaba a pasos del gimnasio y era más cómodo y grande que el mío. Sin embargo, ese sábado yo tenía ganas de estar en mi espacio, así que nos fuimos para allá.

Después de almorzar y hacer el amor, nos pusimos de cabeza a revisar la presentación que debíamos entregar dentro de dos días, comprobando una y otra vez que cada detalle estuviera correcto. Al anochecer estábamos exhaustos. Lucy no paraba de bostezar sentada a mi lado en el sofá con su computadora portátil en los muslos.

–¿Por qué no te vas a dormir? Los ojos se te cierran solos.

–Estoy bien. –Bostezó–. Además "dormir es para los débiles".

Lucy solía decir esa frase que había tomado de su primer jefe. Aunque la soltaba en broma, mi pequeña tirana parecía creerla un poco, porque no finalizaba una tarea hasta que aprobara todos y cada uno de sus exigentes estándares, sin importar si debía desvelarse.

Dejé de lado mi computadora y le besé el hombro.

–La presentación está perfecta. Mañana podemos revisarla otra vez, pero ahora lo que necesitamos es comida y descanso. ¿Qué tal comida india, una cerveza y una película?

Lucy se masajeó la nuca suspirando.

–Mmm… acabas de describir el paraíso. ¿Vemos algo de ciencia ficción?

–O alguna de *Rápido y furioso*.

–Puaj, no me llama para nada la atención pasar dos horas viendo cómo chocan muchos vehículos.

Mientras nos poníamos de acuerdo, sonó el teléfono de Lucy con una llamada de su madre. Concentrado en buscar un filme en Netflix, no presté interés a la conversación hasta que escuché la palabra "cumpleaños".

–Solo estoy en la casa de Max, mamá –dijo Lucy en tono tenso.

Me mantuve mirando la pantalla, pero toda mi atención se volcó en ella. "¿Solo estoy en la casa de Max?". ¿Qué significaba ese "solo"?

–¡No! –siguió–, nada que ver, no es así entre nosotros… ¿Qué? No, Max no podrá ir… Sí, le avisé, pero no puede… Mira, ahora estoy ocupada. Te llamo mañana, ¿ok?

Sabía que Lucy no les había contado a sus padres que

estábamos juntos, pero enterarme de que ni siquiera pensaba invitarme a su celebración fue como una patada en los huevos. Había dejado pasar muchas cosas, pero eso era el colmo.

—¿No estoy invitado a tu cumpleaños? —pregunté molesto apenas colgó—. ¿En serio?

Lucy me sostuvo la mirada con serenidad.

—No es mi cumpleaños realmente —respondió—. La verdadera fecha es el 28, pero mis padres siempre me celebran antes desde que vivo en Santiago. No tiene importancia, por eso no te pedí que vinieras.

—Sí, claro. Por eso tampoco me saludas con un beso en el gimnasio —solté. Al demonio, no tenía por qué seguir fingiendo que no me importaba.

Lucy parpadeó. Creo que no se esperaba que al fin fuéramos a hablar del tema.

—El gimnasio es tu lugar de trabajo, Max. No es el lugar para andarse besuqueando.

—¿Es eso o acaso no quieres que la gente sepa de nosotros?

—Lo que hagamos tú y yo no es asunto de nadie más excepto de nosotros. No tenemos por qué andar ventilándolo delante de la gente.

Los celos que me asaltaron fueron como si me echaran ácido en el estómago.

—¿La gente o el imbécil de Gabriel?

—¡Por supuesto que no! No tiene nada que ver con él; te juro que ya no me interesa. Tú mismo has visto que ya prácticamente no le hablo. —Era cierto por lo que me calmé un poco–. Es solo que no me gusta andar en el boca en boca. No hay ninguna razón para que todo el mundo se entere de que dormimos juntos.

Sentí cómo la rabia y la desilusión se apoderaban de mí. "Dormimos juntos".

Lucy dijo "dormimos juntos", no "estamos juntos" o siquiera "estamos saliendo". Cualquiera que la escuchara, pensaría que lo único que había entre nosotros eran unos cuantos revolcones. ¿Acaso era solo eso lo que nuestra relación significaba para ella?

Lastimado en lo más hondo, cerré la pantalla de mi ordenador con más fuerza de la necesaria.

–Me alegro de saber al fin en qué terreno estamos –mascullé.

Me miró ceñuda, alertada por mi tono.

–¿Qué se supone que significa eso?

–Que ahora entiendo por qué haces como si nada pasara frente a los demás. Al parecer, para ti solo soy el tipo con quien te das revolcones.

Sus ojos brillaron furiosos.

–Qué feo que te refieras a lo que tenemos de forma tan vulgar.

Solté una carcajada seca.

–¿Es que tenemos algo, Lucy? Porque recién dijiste que solo "dormimos juntos".

–Bueno es así, ¿no? ¿Por qué te molesta tanto que haya dicho eso?

–No me enoja, me da igual.

No era cierto. Dolía como el infierno. Estaba cansado de ser siempre yo el que la necesitara, el que se esforzara por llevar la relación al siguiente nivel. Por una sola vez, me habría gustado que ella demostrara que yo le importaba más que para la cama.

Lucy se cruzó de brazos.

–Pues no parece que te dé igual. ¿Qué hay de malo en que yo quiera estar segura de cómo funcionamos antes de ventilarlo? No es justo que me pidas más.

Estupendo. Mientras yo me proyectaba con un futuro a su lado, Lucy aún me tenía en un periodo de prueba, como esperando que la cagara en cualquier momento. No confiaba nada en mí ni en nuestra relación.

–Nadie te está pidiendo ninguna cosa –respondí de forma fría, con el orgullo y el corazón heridos–. Por mí, puedes hacer lo que quieras o irte donde te dé la gana.

Lucy se paró altiva del sofá.

–Bien –contestó en el mismo tono frío–, porque lo que quiero hacer ahora es largarme.

–¡Bien!

–¡Genial!

Esta vez no pensaba detenerla, estaba cansado de andar detrás de ella. Lucy tardó apenas un minuto en recoger sus cosas y marcharse.

Me quedé sentado en el sofá, herido. Me dolía que ocultara que estábamos juntos. La única explicación era que en realidad no me quería, que yo no le importaba, que solo estaba conmigo por la química sexual.

Mierda, la historia de amor era solo mía.

La amaba con locura, por lo que no existía para mí la posibilidad de terminar con ella. Sin embargo, de ahora en adelante, tendría que mantener los ojos abiertos para no hacerme falsas ilusiones. Por más que me hubiera esforzado en demostrarle que lo nuestro era verdadero, ella aún me mantenía aparte.

A los treinta minutos sonó el timbre. Al abrir, me encontré con Lucy. No me habría imaginado que volvería ni en un millón de años. Me enseñó una bolsa que contenía comida india al parecer por el olor que emanaba. Me fijé que en la otra mano traía un pack de cervezas de mi marca preferida.

—Una ofrenda de paz. —Me miró apenada.

¿Cómo permanecer enfadado frente a su dulzura? Imposible. Mi corazón no tenía ninguna oportunidad de salir indemne de esta relación.

Le quité las bolsas antes de atraerla hacia mí.

—Ofrenda de paz aceptada.

Ella me dedicó una sonrisa triste.

—Lo siento, Max.

—Yo también lo siento, pequeña.

Lucy me echó los brazos al cuello y pegó su sien a mi torso.

—Me importas —murmuró apenas audible. Era la primera vez que lo decía desde que éramos pareja. El corazón se me desbocó—. Con el tiempo, le contaré a todo el mundo que estamos juntos, pero por ahora necesito ir con calma, ¿está bien?

–Está bien –dije estrechándola más hacia mi pecho, esperanzado por su confesión.

Cuando Lucy se alzó de puntillas y me besó, fue como si todo volviera a estar bien en el mundo. ¡Cómo la amaba! Si en vez de pedirme calma ella me hubiera solicitado que caminara sobre fuego, mi respuesta también hubiera sido sí. Deposité mi fe en sus palabras y puse mi corazón en bandeja otra vez esperando que no acabara con él.

CAPÍTULO 25

La serpiente
del paraíso

LUCY

Me levanté de la cama cuidando no despertar a Max. Como era domingo, quería dejarlo dormir; se lo merecía el pobre después de todo lo que me había ayudado los últimos días. Luego de entregar su presentación al torneo, me tuve que enfrentar a una montaña de trabajo más alta que el Everest. Max, maravilloso como era, había insistido en ayudarme, con el resultado de que los dos llevábamos semanas revisando planes de negocios, balances y flujos de caja hasta que los ojos nos sangraron.

Luego de desayunar, me llevé un segundo café al sofá. Con mi computadora en las piernas, me puse a revisar informes. Solo me di cuenta de que habían pasado dos horas cuando sentí la voz de Max.

–Como siempre trabajando, mi hormiguita –me sonrió somnoliento.

Recién se despertaba; traía el pelo alborotado y estaba

vestido solo con un bóxer blanco que resaltaba sobre su cuerpo firme y moreno. Increíble, era una tentación andante incluso medio dormido.

Llevábamos ya un mes juntos. A veces todavía me costaba creer que Max se hubiera fijado en mí. Mientras paseábamos de la mano por la calle, me daba cuenta de cómo lo miraban las mujeres. Imaginaba que debían preguntarse qué diablos hacía un hombre tan atractivo con alguien tan corriente como yo.

Yo misma me hacía esa pregunta. Max era demasiado bueno para ser verdad. Una parte de mí temía que en cualquier momento me cambiara por otra más a su altura. Nunca se lo había dicho, pero esa era la razón por la cual no había querido hacer pública nuestra relación.

Ser la cornuda de la facultad de Ingeniería fue, lejos, lo más doloroso que había vivido. Sabía que el responsable de todo había sido mi ex, pero una parte de mí también se culpaba por no haber detectado las señales a tiempo. Mensajes no respondidos, llamadas ignoradas, el empeño de Alan en quedarse a solas con Carolina… Tendría que haberme dado cuenta antes y pagué mi ceguera (o estupidez) con creces. El primer mes después de la ruptura, cuando veía a Alan besándose con Carolina, tenía que partir a llorar al baño. Aunque después aprendí a retener las lágrimas, caminaba por el campus encogida y triste, asustada en todo momento de encontrarme a la parejita. Como si eso fuera poco, tuve que enfrentarme a las murmuraciones, las comparaciones odiosas y las miradas de lástima de nuestros compañeros.

Fue un calvario, un auténtico calvario. Estoy segura de que nunca nadie ha estado más feliz de egresar de la universidad que yo.

Como no estaba dispuesta a pasar por una ruptura pública, dolorosa y humillante otra vez, nadie salvo Olivia sabía de lo mío con Max. Sin embargo, desde hacía un tiempo me preguntaba si tanta precaución no sería excesiva. Después de todo, él era tan dulce que a veces incluso me daba la sensación de que me quería. ¿Podría ser cierto? Aunque él nunca me lo había dicho, por la forma en que me miraba me era imposible no ilusionarme.

Max abrió el refrigerador, se sirvió un enorme vaso de jugo de naranja y se sentó junto a mí. Luego de besarme, revisó su e-mail para ver si tenía noticias de la postulación al torneo. Llevaba dos semanas esperando la respuesta con ansiedad.

–¿Aún nada? –pregunté.

Él soltó una exhalación triste.

–Nada. Quizá debiéramos hacernos a la idea de que no clasifiqué.

–Imposible. Tu proyecto es genial y la presentación estaba perfecta. Seguro que lo hiciste.

–Falta una semana para la fase final –dijo desganado–. ¿No te parece que, si estuviera entre los finalistas, ya lo sabría?

–A veces se demoran más de la cuenta en revisar las postulaciones. –Dejé mi computadora de lado y le acaricié la mejilla. Había trabajado sin descanso. Nadie se merecía clasificar tanto como él. Ojalá pudiera hacer algo para animarlo; lo único que deseaba era verlo feliz–. Tranquilo, Max. Estoy segura de que todo saldrá bien. No me cabe duda de que triunfarás con tu negocio, con o sin la ayuda de este torneo.

Él giró el rostro y me besó la palma.

–Gracias por tu apoyo, pequeña. Tengo suerte de estar contigo.

Ahhh, ¡qué hombre tan tierno!

Me derretí, en serio. Me derretí ahí mismo. Cuando me decía cosas tan dulces como esa, ¿cómo evitar pensar que tal vez me quisiera? Yo tenía miedo y no quería analizar demasiado sus sentimientos ni los míos, pero necesitaba demostrarle de alguna forma lo importante que él era para mí.

–¿Hace cuánto tiempo que no te tomas vacaciones, Max? –pregunté con una idea en mente.

–No me acuerdo, ¿un año y medio tal vez? La falta que me hace –suspiró–. ¡Lo que daría por estar ahora en el Caribe tomando sol y que mi única preocupación fuera elegir la cerveza!

–¿Te… te gustaría que nos fuéramos juntos? –Me puse un poco nerviosa al preguntar porque las primeras vacaciones como pareja eran un paso importante.

Él sonrió.

–Nada me gustaría más, pequeña, pero como aún no he recuperado lo que invertí en las zapatillas, no tengo dinero.

–Podría pagarlo yo –propuse–. No sería un problema, lo sabes.

Max me acarició la mejilla.

–Gracias, pero preferiría ir a medias. Además, tampoco es el momento para tomarme vacaciones. Si gano el torneo, me gustaría comenzar de inmediato a trabajar en lo de los *snacks*. ¿Entiendes, cierto?

–Entiendo, pero de todos modos pienso que te vendría bien descansar y olvidarte de todo por un rato. ¿Qué te parece si nos vamos a Viña el próximo fin de semana? No es el Caribe, pero también hay sol y cerveza.

Él se tensó.

–¿No ibas a celebrar tu cumpleaños adelantado con tu familia? Dijiste que preferías ir sin mí.

–Bueno ahora te estoy invitando. Te hará bien cambiar de aire.

Los ojos de Max recorrieron mi rostro, evaluándome con seriedad.

–Si voy, no estoy dispuesto a fingir que no hay nada entre nosotros.

Sabía lo que estaba preguntándome, si estaba lista para hacer pública nuestra relación. La verdad no lo estaba. Me sentía aterrada, pero iba a arriesgarme. Realmente, quería hacerlo funcionar.

–Supongo entonces que mi familia se dará cuenta –sonreí–. Pero te advierto que tendrás que soportar los intentos de casamentera de mi madre. Si ese mismo día te regala un esmoquin de novio, no digas que no te lo advertí.

Él me devolvió una ancha sonrisa.

–En ese caso, me encantará ir contigo –dijo con un matiz emocionado en la voz.

Max se pidió el viernes libre para irnos a Viña del Mar el jueves después del trabajo. Con lo cansada que estaba, el lunes y el martes de esa semana se me hicieron interminables. Sobreviví a base de café. Parecía un zombi colocado corriendo de un lado a otro. Mientras tanto, Max seguía sin tener noticias del torneo; recién el miércoles tuvo novedades.

–¡Estamos en la final! –Llegó corriendo a la sala de mi apartamento, me levantó por los aires y giró conmigo como si no pesara nada–. ¡Estoy dentro de los diez finalistas!

Lo besé una y otra vez, orgullosa.

–¡Lo sabía, Max! ¡Sabía que lo lograrías!

–Querrás decir que lo lograríamos. ¡Estoy tan contento! Leonor me acaba de llamar para contármelo. Me pidió que fuera a verla mañana.

Por supuesto que Leonor quiere que vayas a verla. No existe paraíso sin serpiente.

–¿Qué necesidad tiene ella de verte? –Forcé una voz que no mostrara mis celos asesinos–. Cualquier cosa que tenga que decirte puede hacerlo por teléfono, ¿no?

–No lo sé. Supongo que quiere aconsejarme para la presentación final.

O a lo mejor quiere comerte con patatas fritas.

–A mí más bien me da la impresión de que ella está buscando una excusa para juntarse contigo –dije.

Max me miró intrigado.

–¿Te molesta que me junte con ella, pequeña?

Duh, ¡obvio que sí!

–Claro que no –mentí a lo reina de hielo. Era demasiado humillante reconocer la verdad–. Es solo que me incomoda tener que cambiar los planes por su culpa. ¿No habíamos quedado en que nos íbamos mañana en la tarde a Viña?

–No habrá necesidad de cambiar nada. Iré a ver a Leonor antes a su oficina, tipo cinco.

–¿No tenías un alumno a esa hora?

–Lo cambiaré. Prefiero reunirme con ella por si me dice algo que me pueda ayudar.

¡Ah, pues qué bueno! ¿Y acaso yo estoy de adorno? ¡Incluso dejarás de lado tu trabajo para verla!

–¿Por qué no me acompañas a ver a Leonor? –sugirió Max de pronto–. Después podemos irnos directamente a la playa.

–Se te olvida que ella no pidió reunirse conmigo –refunfuñé.

–No, pero tú eres mi mentora en el torneo. Sería muy natural si me acompañas.

Maldición. No quería actuar como la típica novia psicópata que no deja al hombre ni a sol ni a sombra, pero la idea de que Max pasara un minuto a solas con esa mujer me enfermaba. Al final le dije que iba.

Sí, lo sé, psicópata.

Al día siguiente pasadas las cinco, ambos entramos a la oficina de Leonor. ¡Qué guapa era la desgraciada!. A su lado yo parecía una muerta viviente. ¿Por qué justo esa semana había tenido que ser tan pesada en lo laboral? Había acabado con mi energía y con cualquier pizca de belleza.

Leonor pareció sorprendida de verme, pero me saludó afable. En cambio, le dedicó a Max una sonrisa radiante y femenina que iluminó el verde de sus ojos. Él le gustaba, claro que sí. Era guapísimo, sexy, inteligente, maravilloso... ¿cómo no iba a gustarle?

–¡Felicidades al finalista! –Ella lo abrazó.

¡Retrocede, engendro del demonio!, pensé furiosa mientras me imaginaba chasqueando un látigo frente a sus narices.

Max se soltó, pero Leonor siguió descansando la mano en su hombro. Cuando él se acomodó el pelo, ella se apartó al fin.

–Tus consejos fueron de gran ayuda –dijo él a Leonor–. Gracias.

–De nada. Por eso mismo te llamé. Pensé que querrías tomarte un café para darte unas sugerencias finales –respondió ella–. Creí que a esta hora ya estaría libre, pero surgió algo de último minuto. Si quieres, me esperas mientras me desocupo y luego conversamos.

Max ladeó la cabeza.

–Te lo agradezco, Leonor. Me gustaría ir por ese café, pero Lucy y yo ya teníamos planes. Íbamos a... –me miró unos instantes como si no supiera qué decir–... revisar unos informes.

¡¿Revisar unos informes?!

Estábamos a punto de tener un fin de semana romántico (bueno, a casa de mis padres, pero romántico aun así), ¿y él le decía a otra mujer que iba a revisar unos informes conmigo?

La mirada de Leonor se dirigió hacia mí.

–Estoy segura de que esos documentos pueden esperar, ¿cierto, Lucy? Después de todo, quieres que Max haga una buena presentación.

–Pues sí, pueden esperar –dije fríamente para que no se me notara el enojo.

Ella sonrió.

–Está arreglado entonces. No te preocupes, Lucy, no es necesario que tú también me esperes. Puedes ir a relajarte. Mira que te ves bastante cansada, ¿no te parece, Max?

Maldita arpía. No sé cómo se las arreglaba para echarme haciendo que pareciera un favor. Miré a Max, con el alma en un hilo. Era la ocasión de que él probara que no era como Alan, que no sucumbiría a los encantos de una mujer más bonita que yo. Todo estaría bien en cuanto él dijera que no se quedaría sin mí.

–Sí que pareces cansada –dijo Max, rompiéndome el corazón. Se me cerró la garganta y no sé cómo me las arreglé para no llorar–. Mejor ve a tu apartamento, después te alcanzo para hacer lo que tenemos pendiente. No creo que tardemos demasiado.

–Dos horas como mucho –intervino Leonor.

¿Qué podía decir frente a esa clara despedida? Leonor quería estar a solas con Max y él deseaba lo mismo, o no me hubiera dicho que me fuera. La que sobraba era yo.

Hice un esfuerzo sobrehumano por no demostrar lo herida que estaba y me fui a mi apartamento. No podía creer la actitud de Max; él sabía que Leonor andaba detrás de él. Si hubiera tenido un mínimo de consideración por mí, jamás me hubiera pedido que me fuera. A no ser que…

A no ser que él también se sintiera atraído por ella.

Los ojos se me llenaron de lágrimas. ¿A quién quería engañar? Max jamás me habría mirado dos veces si no lo hubiera ayudado con su emprendimiento. Tenía lógica que le gustara otra mujer que también lo ayudaba, que también sabía de negocios y que, además, era mil veces más bonita que yo. ¿Para qué negar la evidencia? Desde el inicio de nuestra relación, había temido que me cambiara por otra; lo de hoy había sido el primer paso.

Lucía, córtala con la telenovela melodramática. Quizás estás malinterpretando todo.

Respiré profundo, tratando de calmarme. Habían transcurrido dos horas desde que me había separado de Max. En cualquier momento volvería y podría hablar con él, preguntarle por qué me había dicho que me retirara.

Sí, eso es. Espera a que llegue Max para aclarar las cosas. Muy bien, Lucía, buena decisión.

Mi firmeza se fue debilitando a medida que avanzaba el tiempo. Quince minutos de retraso, treinta, una hora, una hora y media… Ninguna señal de él, ni una llamada para disculparse por la demora, ni un mensaje, nada.

A las dos horas de tardanza no me contuve y lo llamé. Max había apagado el teléfono. Era el colmo. Mientras yo lo esperaba sufriendo como imbécil, él estaba feliz con otra. Había tenido suficiente. Ningún otro hombre iba a reírse de mí. Junté las cosas que él había dejado en mi apartamento y las puse dentro de una caja que dejé en la entrada junto a su bolso.

Max llegó pasadas las nueve. Su rostro se ensombreció al fijarse en la pila de sus pertenencias.

–¿Por qué mis cosas están aquí?

–Porque no quiero que vayas conmigo a Viña ni a ninguna parte –dije altiva–. Es más, quiero que te largues de mi apartamento.

El rostro de Max se desfiguró de la impresión.

–¿Estás reaccionando así porque llegué tarde? Lo siento, Lucy. Tuve que esperar a Leonor más rato del que pensaba y…

–¿No pudiste avisar acaso? –lo interrumpí–. No, por supuesto que no. Seguro que te pareció mejor apagar tu celular mientras yo te esperaba como tonta.

–No apagué el celular, se me descargó que es muy distinto.

–Vaya, qué conveniente.

–Es verdad, Lucy. No puedo creer que estés dispuesta a mandar todo a la mierda solo porque me atrasé un par de horas. –Ahora era él quien estaba enfadado. Mejor, que le doliera.

–¿Te parece poco haberle dicho a Leonor que teníamos que hacer unos informes? ¡Pero si nos íbamos a la playa juntos! ¿Por qué me negaste?

Max puso una expresión de no creer lo que escuchaba.

–Maldita sea, Lucy. ¡Yo nunca he querido eso! Desde el comienzo, quise gritar a los cuatro vientos que estábamos juntos, pero fuiste tú la que no quiso. Fue por eso que mencioné lo de los informes, porque no sabía si te iba a incomodar que dijera la verdad.

—¡Te invité a lo de mis padres, Max! ¿Acaso no era obvio que ya no quería ocultarlo?

—Pues no. No lo era, porque tú nunca hablas de lo que sientes y yo no soy un maldito telépata. Además, en el gimnasio seguiste actuando como siempre. ¿Qué esperabas?, ¿que adivinara por arte de magia que habías cambiado de opinión?

—Aun así, no debiste haberme dicho que me fuera.

—Solo lo hice porque parecías cansada. Te juro Lucy que no fue con mala intención. —Me miró—. Si la hubiera tenido, jamás te habría pedido que me acompañaras en primer lugar. No tenía idea de que te enfadarías; podrías haberte quedado si tanto te molestaba irte.

—¿Cómo diablos me iba a quedar si Leonor poco menos me echó? Además, tú sabes que ella anda detrás de ti.

—¡Pero si apenas nos hemos visto dos veces! Incluso si fuera cierto, eso no significa que a mí me interese.

Me crucé de brazos.

—Me da igual si te interesa o no. Si quieres salir con ella, adelante, pero al menos sé honesto conmigo y reconoce que te gusta. No creo que le des esperanzas solo para que te ayude a ganar el torneo.

Mis palabras lo hirieron, lo supe por la expresión devastada de su rostro. Me arrepentí al instante, pero fui incapaz de pedirle disculpas.

–¿Quieres honestidad, Lucy? –preguntó Max entre dientes mientras se acercaba a mí–. Muy bien. Estoy harto de la maldita distancia que pones entre nosotros, de que ocultes que estamos juntos como si te avergonzara. Estoy cansado de ser yo quien se esfuerce por hacer que esto resulte, estoy agotado de amar solo… –Era la primera vez que decía que me amaba y me dolió que lo soltara como si no deseara quererme–. Sí, te amo, te he amado desde hace meses. Traté de demostrártelo de mil formas, esperando que tú sintieras lo mismo también, que creyeras en mí, pero hoy me doy cuenta de que eso es imposible.

–¿Qué significa eso? –pregunté temblando por dentro.

–Que no has dejado de ponerme a prueba desde el primer día. No confías en mí, Lucy, ni como emprendedor ni como pareja. Aparentemente para ti soy tan poca cosa que tengo que aprovecharme de los sentimientos de una chica para tener éxito.

La amargura con la que habló me llenó de culpabilidad.

–No fue eso lo que quise decir –musité.

Max exhaló agotado.

–Da igual, Lucy. Al fin y al cabo, nunca trataste de que lo nuestro funcionara. Siempre estuviste esperando que hiciera algo mal que te confirmara que no podías confiar en mí. Bueno, tenías razón, te felicito. Cometí un error hoy en la tarde. No debí haberme quedado con Leonor, pero soy humano y me equivoco. Pero si no hubiera sido esto, hubieras encontrado otra cosa para terminar conmigo. Eres incapaz de confiar en ningún hombre.

—Eso no es cierto. Confié ciegamente en Alan y mira lo que pasó. No estoy dispuesta a sufrir lo mismo de nuevo.

Max sacudió la cabeza con pesar.

—Yo no soy tu ex, Lucy. Si después del tiempo que me conoces aún no te has dado cuenta de eso, la verdad no sé qué estoy haciendo aquí.

Tomó sus cosas y abrió la puerta para marcharse. Me desgarró comprender que estaba a punto de desaparecer de mi vida.

—Tarde o temprano se iba a terminar, Max —dije en voz alta más para mí que para él, luchando por contener el llanto—. Si no te fueras hoy, de todos modos te habrías ido cualquier otro día. Al final igual me hubieras dejado.

El rostro de Max era de pura desolación cuando respondió:

—No te equivoques, Lucy. Soy yo el que se va, pero eres tú quien me deja.

Sin más, se marchó. Apenas cerró la puerta, solo quedó soledad y miles de lágrimas cayéndome por las mejillas.

CAPÍTULO 26

Una firme promesa

LUCY

No fui capaz de irme a Viña ni esa noche ni la siguiente. No tenía ganas de ver a nadie, solo deseaba dormir hasta olvidarme de todo. La ruptura con Max me dolía de forma física; la pena me oprimía el pecho y me dificultaba respirar. Lo extrañaba tanto, tanto. Echaba de menos su risa, sus caricias, sentirlo dormido a mi lado después de hacer el amor… Dolía su ausencia como si me hubieran arrancado una parte de mí.

Para empeorar las cosas, no dejaban de atormentarme sus palabras. Nunca me había dado cuenta de que yo lo había puesto a prueba. Había estado tan preocupada de que Max se alejara de mí que no supe ver que era yo en realidad quien lo alejaba a él. ¡Por Dios, qué tonta había sido! Él había tenido razón en terminar lo nuestro, había dado todo por estar conmigo. Yo, en cambio, había sido una cobarde.

En las horas de llanto que siguieron a su partida, cada

vez que sonaba mi móvil el corazón me daba un brinco con la esperanza de que fuera él, pero no. Las llamadas eran siempre de mis padres que querían saber si ya había terminado el trabajo pendiente. Esa fue la excusa que usé para retrasar mi viaje. El sábado ya no pude seguir dilatando el asunto y partí a Viña.

Mi mamá se quedó de una pieza al verme.

–¡Hija! ¿Qué te pasó, por Dios? Luces como si te hubiera pasado un tren por encima. –Siempre tan diplomática mi querida madre.

Sentándome a la mesa en la que mi familia almorzaba, le eché la culpa de mi mala cara al trabajo, al estrés y al gobierno, por si me faltaban razones. Justifiqué la ausencia de Max diciendo que estaba ocupado preparándose para un torneo de emprendimiento (lo cual no era falso después de todo).

–Qué lástima –dijo mi hermano–. Quería mostrarle mis nuevos acuarios.

–Es una pena que no haya podido venir –concordó mamá–. Es un joven muy amable, ¿no te parece, Sergio?

Mi padre asintió.

–Sí, muy educado. Puedes invitarlo cuando quieras, Lucy.

–¿Qué tal el próximo fin de semana? –propuso mi madre.

–Haré lo posible –mentí–. Él y yo tenemos mucho trabajo, nos cuesta coincidir... ¿Han tenido noticias de la tía Victoria?

La tía Victoria, hermana de mi padre, era una señora famosa por pelearse con medio mundo; mencionarla era la forma perfecta de cambiar de tema. La estrategia funcionó:

mis padres dejaron de lado a Max para contarme su última pelea. Por desgracia, el respiro duró poco. Después de comer, mientras mi madre y yo secábamos los platos en la cocina, ella trajo de vuelta el asunto.

—Avísame pronto si Max viene la próxima semana —dijo—. Como a él le gusta comer sano, me programo para ir a la feria y tenerle frutas y verduras.

Traté de disimular la tristeza que me inundó lo mejor que pude.

—No creo que venga, está muy ocupado.

—¿Con trabajo o con alguna chica? —preguntó ella examinando el plato que secaba—. Me sorprende que Max esté soltero, con lo simpático y atractivo que es. ¿Tú nunca has pensado salir con él, Lucy?

No respondí. Al cabo de unos instantes, mi madre levantó la vista hacia mí. Su expresión se tornó inquieta al darse cuenta de que algo me ocurría.

—¿Estás bien? —preguntó.

Las lágrimas se agolparon en mis ojos sin que pudiera hacer nada por evitarlo. Maldita sea, odiaba que mi familia me viera llorar.

—Sí, bien… es solo que… —traté de hablar, pero me callé porque mi voz estaba a punto de quebrarse.

Mi mamá se acercó a mí y me acarició el brazo.

—Hija, ¿qué ocurre?

Su tono cariñoso me desarmó y rompí en llanto. Me quitó el paño de cocina de la mano y me abrazó. Luego me hizo sentarme a la mesa mientras se acomodaba junto a mí.

Llorando y sin entrar en detalles, le conté que con Max habíamos tenido una relación, pero que se había terminado por mi culpa. Mi madre me escuchaba en silencio, asintiendo de vez en cuando y haciéndome caricias.

—Todas las parejas se pelean alguna vez, Lucy —dijo al fin—. Estoy segura de que pueden arreglar las cosas.

—No creo, mamá. —Me sequé las lágrimas con una servilleta—. Me porté como una tonta, le dije cosas horribles.

—Entonces no lo vuelvas a hacer, pídele disculpas y ya está. A eso se le llama reconciliarse.

Sacudí la cabeza.

—No lo entiendes. Piensas que es así de sencillo porque jamás te has peleado con papá tan fuerte.

—Eso crees tú. Por supuesto que tu padre y yo discutimos de vez en cuando, pero no lo hacemos frente a ustedes. Gracias al tiempo que hemos estado juntos, ahora somos capaces de hablar con calma las diferencias para resolverlas, no para tratar de ganarle al otro, pero no siempre fue así. El primer año de casados tuvimos peleas que duraron días, semanas incluso. Alguna vez, nos dijimos cosas hirientes.

La miré atónita por la revelación.

—No puedo imaginarme a los dos en ese plan. Siempre los he visto tratarse con tanto respeto.

—No se viven treinta y dos años de matrimonio sin aprender a convivir —sonrió—. Tu padre y yo nos dimos cuenta de que nuestra relación era más valiosa que un enfado momentáneo. Desde entonces nos tratamos bien sin herirnos ni con palabras ni con acciones.

–Lo haces parecer tan simple –suspiré.

–Lo es, Lucy. Todos los consejos para una buena relación de pareja se resumen en amarse y cuidarse mutuamente. No hay más secreto… Dime, hija, ¿Max te cuidaba?

–Muchísimo –respondí extrañándolo más que nunca–. Dijo que me amaba.

–¿Y tú lo amas a él?

No tenía que pensar la respuesta. Claro que lo amaba. Estaba loca por él. Nunca había querido admitirlo porque la idea de que él no sintiera lo mismo me daba pánico, pero ya no podía seguir mintiéndome a mí misma. Max era el hombre más maravilloso que había conocido; siempre estaba ahí cuando lo necesitaba, me apoyaba, me hacía reír… Lo más increíble de todo es que me quería tal cual era. Por supuesto que lo amaba; con desesperación, con pasión, con cada fibra de mi ser.

–Lo amo –admití–, pero tenía tanto miedo a sufrir que al final hice todo mal.

Mi madre esbozó una sonrisa comprensiva.

–El amor no viene con garantías, Lucy, pero vivirlo es una de las experiencias más bonitas de la vida. Uno simplemente hace su mejor esfuerzo esperando que las cosas resulten. Por lo que me has dicho, Max hizo su parte; ahora solo falta que tú hagas la tuya.

La conversación con mi madre me dejó reflexionando y el domingo en la noche, cuando estaba a punto de dormirme, tuve una revelación: el pánico que sentía porque Max me dejara no era porque no confiara en él, sino porque yo no creía en mí. Había pasado tantos años acomplejada por mi apariencia, que había llegado a considerar el ser baja y tener kilos de más como impedimentos para ser amada. En ese instante, me di cuenta de que el problema no era mi cuerpo, el verdadero problema era la dureza con que me juzgaba a mí misma.

Qué irónico que yo, que era mentora y trabajaba a diario con la confianza, hubiera caído en el error de los emprendedores de perder la fe en sí mismos cuando no resultaban las cosas. Lo mismo me había ocurrido a mí por años con mi físico. Me había fijado tanto tiempo en lo que no me gustaba de mí, que había estado ciega para todo lo demás. No veía mis cualidades. Era hora de acabar con la ceguera.

Salí de la cama y me paré frente al espejo, examinándome como si me viera por primera vez. De acuerdo, yo no era una modelo esquelética de piernas largas ¿y qué? Tenía una piel suave, un cuerpo con curvas y un rostro que me gustaba. Me encantaban mis ojos grandes y mi nuevo corte de cabello.

Mientras iba descubriendo las características que me gustaban de mí, ocurrió algo maravilloso: empecé a sentirme hermosa. Me inundó una oleada de gratitud por mi cuerpo sano que me permitía moverme, bailar y hacer el amor. ¿Qué más daba que tuviera algunos kilos de más? Es decir, ¿realmente era tan importante un número en la balanza como para hacer que el amor por mí misma dependiera de eso? ¿Que mi vida amorosa dependiera de eso? ¡Diablos, no!

Olivia era delgada y no estaba conforme. La profesora

de pesas, una rubia bellísima, se encontraba demasiado musculosa y tampoco estaba conforme. La secretaria de mi oficina se quejaba de ser demasiado alta y tampoco se gustaba. Era una estupidez si se detenía una a analizarlo, como si las mujeres nunca creyéramos ser suficientes. Perdíamos el tiempo comparándonos unas con otras, en vez de aceptarnos tal y como éramos. Max no tenía la culpa de que me hubiera puesto celosa de Leonor. Era mi responsabilidad haber creído que ella era mejor que yo y no haber sabido valorarme. Esa maldita fijación nos había hecho daño a mí y a Max.

Ya había sido suficiente.

De pie frente al espejo, me hice la firme promesa de no volver a caer jamás en el error de creer que valía según mi aspecto. Seguiría comprándome ropa bonita, alimentándome de forma sana y haciendo deporte, pero no como una forma de responder a un ideal de belleza que jamás sería para mí, sino como una manera de cuidarme, mimarme y quererme a mí misma. Y ese amor iba a ser incondicional, sin importar unos kilos de más o de menos.

¡Así se hace, Lucía!

Sí, la nueva Lucy se quería y no estaba dispuesta a que un estúpido complejo del pasado se interpusiera en su felicidad. Deseaba enmendar sus errores, amar y ser feliz junto a Max. ¿Querría él aceptar sus disculpas?

CAPÍTULO 27

Un plan inmediato

MAX

D omingo, tercer día tras mi ruptura con Lucy. Estado emocional: hecho mierda.

"El amor nunca tiene razones y la falta de amor tampoco. Todo son milagros". No sé de quién era esa cita ni dónde la había escuchado, pero describía a la perfección nuestra ruptura. Yo la amaba, ella a mí no; el asunto era sencillo en realidad. Por eso ella no me tenía confianza pese a que nunca le había dado motivos. Si me hubiera querido, hubiese buscado la forma de superar los problemas, pero no. La primera vez que las cosas se habían puesto difíciles, me había dado la patada.

Aunque era inútil darle vueltas a la discusión, pensando qué habría podido decir o hacer diferente, no podía evitarlo. No había minuto en que no me acordara de ella, en que no la extrañara, en que no me desesperara por recuperarla.

Lloré por Lucy. Con la cabeza entre mis manos, lloré por

ella en la soledad de mi apartamento. Jamás había llorado desconsolado por ninguna mujer.

En medio del infierno de esos días, de vez en cuando me decía que no podía echarme a morir, aún había un torneo que ganar. Más que nunca, necesitaba el dinero del premio; quizás hacer despegar mi negocio sería lo único que podría mantenerme a flote durante el largo proceso de olvidarme de ella, si es que tal cosa era posible, claro.

El día lunes me vestí para triunfar: pantalón negro formal y mi mejor camisa. La ausencia de Lucy había atormentado mis escasas horas de sueño de la noche anterior, pero esa mañana estaba decidido a ignorar que tenía el corazón hecho pedazos. Para ganar la competencia, necesitaba toda mi concentración. Estaba tan cerca de lograr lo que siempre había querido que no podía fallar ahora.

Poco antes de las diez, llegué al salón del hotel en donde se iba a realizar el evento. Había ya casi cien personas. A varios los conocía de los seminarios de emprendimiento a los cuales solía ir con ella.

¡Oh, Lucy! Cómo deseaba que estuvieras conmigo.

Maldición. Debía dejar de pensar en ella si quería ganar.

–Vi que habías sido seleccionado también, Max. –Me extrajo de mis pensamientos la voz amigable de Esteban, otro de los finalistas.

Esteban era un abogado apasionado del ciclismo. Postulaba al torneo con un dispositivo luminoso para bicicletas que prevenía accidentes. Su invento estaba patentado y ya se vendía. Era un tremendo contrincante, pero también era un buen tipo y deseaba que estuviera entre los ganadores. Los montos de dinero eran tan buenos que tanto él como yo podríamos hacer bastante, incluso obteniendo el tercer lugar.

Mientras conversaba con él, Leonor anunció por el micrófono que el torneo estaba a punto de comenzar. Reunió a los finalistas y nos indicó los asientos reservados. Me acomodé en medio de Esteban y otra chica que tenía una línea de cosmética natural. Los tres estábamos nerviosos y se notaba.

Trataba de prestar atención a mis compañeros, pero no podía evitar mirar hacia la entrada a cada rato con la esperanza de ver a Lucy. Sabía que era iluso de mi parte, ¿por qué iba a venir si había roto conmigo? Menos aún dada la forma en que había terminado todo. No tenía sentido esperarla, pero aun así mi estómago se contraía cada vez que se asomaba una cabellera castaña.

De pronto la vi. Lucy recorría con la vista el salón, buscándome sin duda. Aunque no estuviéramos juntos, había ido allí para apoyarme. Se veía tan hermosa que dolía. Supe en ese instante que, aunque ganara el torneo, nada iba a hacerme olvidar lo mucho que la amaba. Sin dudar, cambiaría cualquier premio por volver a estar con ella. Métodos de obtener financiamiento había miles, ella en cambio era única.

–Con permiso –dije, abriéndome paso entre sillas y miradas atónitas de los otros finalistas. Me importaba una mierda que el torneo estuviera a punto de empezar. Necesitaba ir al encuentro de Lucy–. Viniste –fue lo único que atiné a decir cuando llegué a su lado.

–Por supuesto –dijo como si no hubiera otro lugar donde imaginara estar, provocando que se me cerrara la garganta–. Quiero estar presente cuando ganes.

–No sabemos si ganaré.

–Por supuesto que lo harás. –Me dedicó una sonrisa triste.

Nos miramos en silencio; solo podía pensar en besarla. La voz de Leonor dando la bienvenida al público me recordó dónde estábamos.

–Debo irme –me disculpé.

–Claro –asintió con nerviosismo–. Lo harás genial; tu idea de negocios es magnífica y tú eres… –le tembló la voz, inspiró hondo y me miró directo a los ojos– eres increíble, Max. Estoy orgullosa de ti.

El cuerpo me dolió de querer abrazarla y no poder. ¿Por qué tenía que amarla tanto?

–Debo irme –repetí como estúpido.

Volví a mi asiento con el corazón a mil. Tenía que calmarme para no estropear mi presentación. Por suerte me dio tiempo la charla de un reconocido empresario que contaba su camino hacia el éxito. A eso de la mitad de su exposición, yo ya estaba enfocado otra vez.

Para infundirme confianza, recordé los hechos que me habían llevado hasta ese momento. Más de trescientas ideas de negocios habían postulado y solo habían sido seleccionadas diez. Eso contaba para algo, ¿no? Indicaba que mi proyecto era bueno, tanto si ganaba como si no. El mero hecho de estar allí ya era un logro. No tenía nada que perder al hacer mi *pitch* y sí todo que ganar.

Sin dejar de darme ánimos, fui capaz de escuchar las presentaciones de mis competidores con tranquilidad suficiente, la que se esfumó en cuanto me llamaron al escenario. Las piernas me temblaron al subir. Rogué para que nadie se diera cuenta de lo nervioso que estaba.

—¿Estás listo, Maximiliano? —me preguntó el animador, atento a mi respuesta para echar a andar los tres minutos del cronómetro.

Se me secó la boca y no pude responder. Desde arriba del escenario era mucho peor. Doscientas personas con los ojos fijos en mí esperaban a que yo dijera algo. El silencio era insoportable. Un sudor frío me recorrió la espalda.

Entonces vi a Lucy.

Ella tenía esa expresión cariñosa con la que solía darme ánimos. Parecía decirme que estuviera tranquilo, que todo iba a estar bien, que creía en mí... Su mirada dulce me calmó. Desde el inicio, Lucy confiaba en que yo tendría éxito. Me juré hacer una presentación digna de esa confianza.

—¿Listo, Maximiliano? —repitió el animador.

—Listo —anuncié con voz firme, decidido a triunfar.

La comida sana era la base de la salud, pero poca gente le daba la importancia que merecía. La mayoría de las personas comía porquerías, luego engordaba y enfermaba. En ese escenario, yo podía hacer algo al respecto. Podía ofrecer una alternativa de alimentación saludable, sabrosa y accesible y, al mismo tiempo, tenía la oportunidad de crear conciencia. Darme cuenta de eso me llevó a hablar con la convicción plena de que mi idea contribuía a una vida mejor.

Cerré la presentación con una lluvia de aplausos. Los jueces asintieron con rostros aprobatorios. Lucy me sonrió como si no le cupiera el orgullo en el cuerpo. Solté una exhalación de alivio. Lo había hecho bien después de todo. Había dejado el pellejo en la cancha y ahora solo tocaba esperar el fallo.

Los jueces se retiraron del salón a deliberar, iniciando los veinte minutos más impacientes de mi vida. Mientras tanto, hubo una charla de otro empresario que apenas oí. Cuando el jurado volvió, uno de ellos tomó el micrófono para agradecer la presencia a todos: a las empresas, a los emprendedores y bla, bla, bla... ¡Qué manera absurda de alargar el cuento! Finalmente, el juez abrió un sobre.

–El tercer lugar es... –Se me apretó el estómago–... ¡Viviana Cruz y su emprendimiento "Joyas de la Tierra"!

Maldita sea. Mientras la feliz ganadora recogía su galardón, yo trataba de calmar mi ansiedad. Tranquilo, debía estar tranquilo, porque todavía quedaban dos premios.

–El segundo lugar... –anunció el juez, provocando que mi deseo de calma se quedara solo en buenas intenciones–... ¡Juan García y "Tu Gym"!

¿Qué? ¡Imposible! Debía ser una maldita broma. Su idea de una plataforma online para entrenadores era buena, pero su presentación había dado asco.

Ya solo restaba un premio, imposible permanecer tranquilo.

–El ganador del torneo... –empezó el juez.

Un expectante silencio se apoderó del salón. Me incliné

hacia adelante con la sensación de quien está a punto de saltar al vacío. Era mi última oportunidad.

–Es poco frecuente que haya unanimidad en el primer lugar –dijo el representante–, pero en este caso todo el jurado estuvo de acuerdo en que este emprendimiento es una excelente contribución a la sociedad. El ganador es…

No dijo mi nombre. Dijo el de Esteban, el tipo del dispositivo de bicicletas.

La desilusión me aplastó. Había trabajado tanto con Lucy y había aprendido tanto desde el primer torneo que, de verdad, creí que podía ganar.

Mierda. Otro revés, otra puerta cerrada. Por un instante, por un solo maldito instante, la suerte podría estar de mi lado para variar, ¿no?

Tragándome la decepción, me acerqué a Esteban para felicitarlo. Tuve que esperar a que se despegara de su esposa que lo besaba feliz. Me deprimí todavía más. Mientras él se iba a casa con dinero y una mujer que lo amaba, yo volvía con las manos vacías: sin premio y sin Lucy. No debía ser mi momento. Ni mi año.

Lucy llegó justo después de haberle dado mis felicitaciones a Esteban. Su mirada triste me transmitió lo mucho que sentía mi derrota. Antes de que yo pudiera decir nada, se lanzó a mis brazos.

–Lo hiciste genial, Max –murmuró con su mejilla apoyada en mi pecho–. Para otra vez será.

Mi corazón pegó un salto. Nunca antes me había abrazado en público, menos delante de tanta gente que conocía y se movía en sus círculos. No me importó si solo lo hacía para reconfortarme, simplemente disfruté poder tocarla otra vez y la estreché más. ¡La había echado tanto de menos!

Durante varios instantes, permanecimos abrazados en silencio. Luego, ella levantó la cabeza y me miró.

–Después de que termines de hacer *networking*, me gustaría hablar contigo.

No tenía ganas de sociabilizar ni hacer contactos. Solo deseaba estar con ella.

–Hablemos ahora –respondí.

Lucy me guio a través del salón hacia una puerta que se comunicaba con un pasillo solitario. Imposible no acordarse que meses atrás yo había hecho lo mismo.

–La oficina de don Hernán –dijo. Aunque trató de bromear, se notaba afligida–. Lamento que no hayas ganado; te lo merecías de verdad. ¿Cómo te sientes?

Roto. Destrozado. No por el torneo, sino por ella.

–Sobreviviré –respondí en cambio–. Hubiera podido empezar mi negocio con el dinero del premio, pero, bueno, tendré que encontrar otra forma. No me voy a rendir.

Lo decía en serio. Tener una empresa era mi sueño y nunca más iba a pensar en echarme para atrás. Esa resolución se la debía en parte a Lucy. Gracias a ella, contaba con más experiencia, más conocimiento y mayor confianza en mí mismo como emprendedor. Tenía claro que a veces no me iban a resultar las cosas, como hoy, pero que eso era parte del proceso. No iba a ser un camino fácil, pero estaba dispuesto a transitarlo.

Lucy me contemplaba apenada. Acercó la mano a mi mejilla como para tocarme, pero, a último momento, la detuvo. Luego la bajó y se alisó la falda del vestido. Tuve la impresión de que no sabía cómo actuar ahora que no estábamos juntos. Ninguno de los dos hablaba.

–Agradezco que hayas venido –comenté yo al fin, porque alguno tenía que decir algo–. No sabía si lo harías porque…, bueno, ya sabes.

–Por supuesto que iba a venir. Quería apoyarte y pedirte disculpas por la forma en que actué el otro día. –Bajó la vista hacia el suelo–. No tengo excusa, excepto que estaba celosa.

Suspiré, desolado.

–¿Por qué los celos, Lucy? Nunca te di motivos. ¿Por qué no confiaste en mí? –Más que una pregunta, era un lamento.

Los ojos de Lucy estaban arrasados de lágrimas cuando levantó la vista.

–No era en ti en quien no confiaba, sino en mí misma. Siempre me sentí insegura a causa de mi físico –admitió avergonzada–, pero, sobre todo, me aterraba enamorarme después de lo que sufrí por Alan.

–Yo no soy Alan –dije, cansado de que me comparara con ese imbécil.

–Lo sé, por supuesto que lo sé –se apresuró a decir–, tú nunca podrías ser él. Eres maravilloso, Max. A diferencia de mi ex, tú siempre me apoyaste, me consolaste y estuviste ahí para mí. Me enseñaste a cuidarme y a descubrir lo mejor de mí misma. –Me miró con ternura–. Como todo empezó como una amistad, no me di cuenta hasta ya tarde de que lo que sentía por ti era muchísimo más de lo que sentiría por un simple amigo.

–¿Entonces por qué nunca quisiste que la gente supiera que estábamos juntos?

–Porque estaba aterrada de que lo que teníamos no fuera más que un bonito sueño. Me daba pánico que se supieran mis sentimientos por ti y, luego, todo se acabara.

Lo que ella insinuaba me dio un vuelco al corazón.

–¿Qué estás diciendo, Lucy?

–Que te amo, Max. –Su confesión me sacudió por completo–. Admiro tu inteligencia, tu valentía, tu perseverancia… Amo que seas mi mejor amigo, que me cuides y que me hagas reír. Amo que hagamos el amor, pero por sobre todas las cosas, te amo a ti. –Le tembló la voz–. Sé que me equivoqué, pero quiero compensártelo. Deseo hacerte tan feliz como tú a mí. Por eso te pido que me perdones, Max. –Las lágrimas le recorrieron las mejillas–. Necesito otra oportunidad, porque te amo desesperadamente.

Mi corazón estuvo a punto de explotar. Nada en mis treinta años me había llegado tan hondo como Lucy diciéndome que me amaba. ¡Me amaba! La brillante y pequeña mujer que yo adoraba estaba frente a mí pidiéndome otra oportunidad, sin saber que le daría mi vida entera.

Avancé hacia ella y la tuve en mis brazos en un segundo. Mis dedos se enredaron en su cabello cuando la atraje de la nuca y la besé con toda la fuerza de mi amor, del dolor de extrañarla, de la felicidad de volver a estar a su lado.

–¿Me amas, Lucy? –le pregunté entre besos, sin poder apartarme de ella–. ¿De verdad? Dímelo, necesito escucharlo otra vez.

–Te amo, Max, te amo –musitó entre lágrimas–. ¡Si supieras cómo te eché de menos! Siento lo que pasó, lo siento tanto. Fui una tonta.

Acuné su rostro y me incliné hacia ella, hasta que nuestros ojos estuvieron a la misma altura. Le sequé las lágrimas acariciándole las mejillas con mis pulgares.

–No llores, pequeña. Ya pasó.

–Me torturaba la idea de que había arruinado lo nuestro. ¡Pero es que tenía tanto miedo de que me cambiaras por otra más delgada y más bonita!

La miré sin dar crédito a sus palabras.

–¿Qué estás diciendo? ¿Por qué iba a cambiarte si te amo más que a mi vida? Eres hermosa, Lucy, de pies a cabeza. Me encantan tus ojos, tus curvas, tu suavidad; me fascina todo lo tuyo. ¿Acaso tú me amas menos porque hoy no gané el torneo?

–No, claro que no –se apresuró a decir–. Estoy orgullosa de ti.

–Yo siento lo mismo por ti. Eres tan brillante, tan sexy… Apenas me creo la suerte que tengo de estar contigo. Por Dios, Lucy, ¿cómo pudiste pensar que te amaría menos por unos kilos o centímetros que solo a ti te importan? –La tomé de los hombros y fijé mis ojos en los suyos–. Para mí, eres la mujer más hermosa que existe y no quiero que vuelvas a dudarlo jamás. Prométemelo, Lucy.

–Te lo prometo –dijo de inmediato.

–Si alguna vez hago algo que te molesta, dímelo, pero no vuelvas a terminar conmigo. No sabes el infierno que viví estos días.

–Lo sé, yo también lo viví. No quiero estar sin ti, Max. Jamás volveré a ocultar que estamos juntos, que somos novios. –Lucy me acarició la mejilla.

Era la primera vez que nos llamaba así. Me gustó el compromiso que expresaba esa palabra, pero, al mismo tiempo, se quedaba corta en expresar todo lo que había entre Lucy y yo. Nosotros éramos mejores amigos, incansables amantes, compañeros de ruta… Ella y yo estábamos destinados a una vida juntos.

La besé más profundo esta vez acariciando sus pechos por arriba de la ropa. Me moría por estar solo con ella y recuperar las horas perdidas.

–Vámonos de aquí, Lucy –susurré enterrando mi rostro en la calidez de su cuello.

–Vámonos –musitó con voz anhelante. Dios, me encantaba que se excitara apenas la tocaba.

Me tomó de la mano y me llevó de vuelta al salón del evento. No alcanzamos a caminar hacia la salida porque, apenas aparecimos, varias personas comenzaron a acercarse a nosotros. Seguro querían hablar con Lucy; no en vano mi novia era toda una *rock star* del emprendimiento.

–No puedo esperar a tenerte desnuda –le susurré al oído antes de que llegara la masa de gente–. Trata de no dedicarles mucho rato.

–Eh… Max, no creo que vengan a hablar conmigo –dijo Lucy, mirándome con una suave sonrisa de orgullo.

Casi de inmediato, me vi rodeado de, al menos, diez personas que me hablaban todas a la vez.

–Fantástica presentación. ¿Dónde puedo adquirir tus *snacks*? –dijo uno.

–¿Te interesa hacer convenios con empresas? –me preguntó otro.

–Hay una feria ecológica el próximo mes –me habló una chica–. ¿Te gustaría asistir?

No sé cómo me las arreglé para agradecer las felicitaciones, responder las preguntas e intercambiar tarjetas de presentación todo al mismo tiempo. No podía creer el interés que habían despertado mis productos. Apenas había hablado tres minutos de ellos y todo el mundo quería adquirirlos. De hecho, recibí una oferta de un gerente que necesitaba con urgencia cientos de unidades para un evento de su empresa ese fin de semana.

–Estoy dispuesto a pagarte un poco más por la urgencia. –El hombre mencionó una cantidad generosa. No era un dineral, pero lo sentí como si lo fuera porque era la primera demostración de que mi negocio tenía futuro, de que había alguien dispuesto a pagar por lo que yo ofrecía–. ¿Aceptas, Max? Podemos reunirnos hoy más tarde para afinar detalles.

La adrenalina me recorrió el cuerpo. Me sentí lleno de energía, listo para el desafío: ese era el momento para el cual me había preparado durante meses.

–Acepto –dije, sellando el trato con un apretón de manos.

Señoras y señores, mi negocio acababa de volverse realidad. El gerente me entregó su tarjeta para que lo fuera a visitar en un par de horas. Cuando nos quedamos solos Lucy y yo, me volví hacia ella y la levanté por los aires.

–¡Mi primer cliente! –exclamé eufórico.

–Sabía que lo lograrías, Max, siempre lo supe. ¡Estoy tan orgullosa! –exclamó riendo.

La deposité en el suelo mientras programaba mis siguientes pasos: comprar ingredientes, envases, encargar el diseño de un logo… No, mejor eso lo dejaría para cuando hubiera más tiempo. Estaba hiperactivo y me moría de ganas de empezar.

–Y yo que pensaba descansar hoy –bromeé–. En fin, ¡qué diablos! "Dormir es para los débiles".

–Entonces seremos dos los que no descansaremos. Habrá mucho que hacer: constituir la empresa, iniciar los permisos sanitarios, hacer facturas… Pero no te preocupes que yo me manejo bien.

–¿Me vas a ayudar con todo eso? –pregunté agradecido.

Lucy me miró como si la pregunta sobrara.

–Por supuesto, Max. Eres mi novio y te amo. –Entrelazó sus dedos con los míos–. De ahora en adelante, somos un equipo.

Miré emocionado su mano pequeña que se aferraba a la mía. Qué mujer tan increíble. Qué afortunado era yo por estar a su lado. Lucy era mi apoyo, mi amor, mi mejor amiga, mi compañera… Sí, ella y yo éramos un equipo, uno que duraría todos los años que me quedaran de vida.

–¿Por qué sonríes? –me preguntó mi pequeña.

–Estoy pensando en los planes que tengo para nosotros.

–Mmm… –Me rozó los labios con los suyos–. Suena excitante.

Solté la risa. Yo estaba pensando más bien en construir una vida juntos, pero su insinuación era mi plan más inmediato.

–Vámonos a casa –le dije esperando que comprendiera que, de ahora en adelante, mi único lugar era con ella.

Lucy me sonrió.

–A casa –repitió. Fue mi mejor premio.

EPÍLOGO

Un discurso emotivo

LUCY

—¡Atención! ¡Atención! —dije a los presentes—. Por favor levanten sus copas para brindar.

Habíamos invitado a familiares y amigos a celebrar el primer aniversario del exitoso negocio de comida saludable a domicilio de Max. Desde el torneo, en el cual hizo la primera venta de *snacks* hacía dos años, su empresa no había dejado de crecer. El primer año, compatibilizó la comercialización de las colaciones sanas con su trabajo en el gimnasio, pero, el segundo, renunció para dedicarse de lleno a su sueño. Se hizo asesorar por nutricionistas, contrató ayudantes y cocineros, y convirtió su negocio en un delivery de comida saludable que llevaba exquisitos menús a amantes de la vida sana que no tenían tiempo ni ganas de cocinar. El boca a boca había ayudado mucho a la difusión y los clientes continuaban llegando.

Yo también había tenido éxito esos años, sobre todo

desde que mi empresa Mentoring había ganado, al fin, el premio nacional de emprendimiento. Los primeros meses después de la premiación no dimos abasto con las asesorías, pero después contratamos más personal y nos organizamos. Con más tiempo disponible, pude ayudar a Max a levantar el delivery y seguí dictando talleres de negocios que era lo que más me gustaba.

En medio de tantos proyectos, Max y yo nos casamos. Fue una ceremonia preciosa hasta el último detalle. Obviamente no la organicé yo, sino Olivia (el buen gusto seguía sin salirme de forma natural). Por suerte, tuve la ayuda de mi amiga en todo el proceso, que incluyó la elección de mi vestido de bodas. Era MA-RA-VI-LLO-SO. Max se quedó con la boca abierta al verme. Jamás me había contemplado con tanta admiración como esa tarde de primavera en que me acerqué al altar casi flotando, con la gracia de una elfa. Es que, en serio, lucía espectacular. Después de tanto tiempo de ejercicio y alimentación sana, me veía y me sentía mejor que nunca, lo que sin duda se notó el día de mi boda.

–¿Ibas a decir algo, Lucy? Porque nos tienes a todos con las copas en el aire –me apresuró Nana, la abuela de Max, apartándome de mis recuerdos. Me encantaba esa señora, deslenguada y todo.

Asentí y miré a los presentes.

–Quería agradecerles por acompañarnos en el aniversario del delivery. Todos sabemos el esfuerzo, el sacrificio y la perseverancia que puso Max para lograr este resultado.

Busqué los ojos de mi esposo para seguir mi discurso

como si solo le hablara a él. ¿Qué podía decirle? Nada alcanzaría a expresar la inmensidad de mi amor y gratitud, y lo afortunada que me sentía de ser su esposa. Él era mi complemento, mi roca. A su lado, aprendí a cuidarme, a tratarme bien y a confiar en mí misma. Lo amaba tanto.

Lucía, córtala con la emoción para que no se te salgan las lágrimas. Puaj, cómo odiaba llorar en público. Iba a tratar de contenerme; aún tenía una sorpresa que darle a Max.

–Amor –me dirigí a él en medio de las miradas de los presentes–, no hay palabras para decirte lo orgullosa que estoy de ti. Siempre supe que cumplirías tus sueños. Te admiro. –Vi su rostro conmoverse y mi garganta se cerró. Solo iba a poder agregar algo breve si no quería quebrarme–. Te amo. Gracias por ser mi mejor amigo, mi esposo... Por compartir tu vida conmigo –finalicé con voz temblorosa.

Alcé mi copa para brindar y serenarme. Max se acercó a mí y pasó un brazo alrededor de mis hombros, sosteniéndome. Qué bien me conocía, por Dios.

–Yo también quiero agradecer su presencia –les habló él a los invitados–. Sobre todo, quiero agradecer a Lucy. No estaría aquí si no fuera por la confianza que ella siempre me tuvo.

¿A que no es una ternura mi Max?

Él me besó el pelo e hizo el brindis. Bebí mi champán y dejé que las burbujas me aclararan la garganta mientras los aplausos se extendían. Cuando la atención general se disolvió y las personas se volcaron otra vez a la fiesta, Max se volvió hacia mí.

—Tu discurso fue hermoso, pequeña –susurró emocionado.

Sonreí medio avergonzada.

—Quería hacerlo más largo, pero es que me emocioné… Quería demostrarte lo mucho que te amo.

—Ya lo has hecho miles de veces, Lucy. ¿Crees que otra mujer me habría ayudado tanto a levantar mi negocio como tú o habría comprendido mis horarios?

¡Pues sí que me había tocado ser comprensiva! El primer año, trabajó más de catorce horas diarias, a veces incluso domingos. Hubo noches en que ambos nos desvelamos para resolver algún asunto urgente de su negocio. Aunque Max andaba muy cansado durante esa etapa, era feliz porque estaba construyendo su sueño.

En la actualidad, su empresa marchaba bien. El personal que había contratado era eficiente y le aliviaba bastante la carga.

—Creo que cualquier mujer que te amara tanto como yo te habría apoyado igual. –Le acaricié la mejilla–. Eres increíble, amor. Quería decir eso también en mi discurso y entregarte una sorpresa frente a todos, un regalo que tenía preparado para ti… En fin, aquí está, sin ceremonias. –Le tendí la reserva de un resort en el Caribe. Sabía que él deseaba esas vacaciones hacía tiempo, pero que no podía costearlas porque sus utilidades las reinvertía en el delivery–. Espero que te guste.

Max agrandó los ojos.

—¡Lucy! Aquí dice que la estadía es por dos semanas en un hotel cinco estrellas. ¡Debió salirte carísimo!

No, qué va. Solo tuve que vender un riñón. Pero, qué importa, si tenía dos.

Hice una mueca, restándole importancia.

–¿De qué sirve ganar mucho dinero si no puedo consentir a mi esposo? Sé que sueñas con esas vacaciones.

Max se merecía mimos y yo quería dárselos. Nada me interesaba más que su felicidad.

–Es una sorpresa increíble, Lucy –murmuró conmovido–. No sé qué decir.

–Di "iré al resort y lo pasaré genial". –Moví mi mano frente a sus ojos, como si estuviera haciendo una manipulación mental tipo *jedi*.

–Espera, ¿estás tratando de usar la Fuerza conmigo?

–Tal vez… ¿Funciona?

Max echó hacia atrás la cabeza y rio con ganas.

–Estás loca, pequeña.

–Y aun así, te casaste conmigo. ¿Entonces qué dices?

Él me contempló con ojos brillantes de alegría y amor.

–Que sí, Lucy. Sí a todo contigo.

–Excelente respuesta.

Me puse en puntillas, le eché los brazos al cuello y besé al maravilloso hombre que me había elegido como esposa. Yo me iba a encargar de que se alegrara de esa decisión cada día de su vida.

Agradecimientos

En esta aventura mágica de escribir, he contado con el cariño de mis seres queridos y con el apoyo de personas maravillosas con quienes comparto el amor por las letras. De corazón, agradezco a todos quienes me han brindado su amabilidad. En especial, deseo dar las gracias a: Felipe Palacios, Sebastián García y Pedro Contador, por su simpatía y honestidad. Fue un placer entrevistarlos.

Mi familia, por apoyarme en mis emprendimientos, especialmente a mi mamá por su generosidad.

Mis amigas, por estar ahí cuando las necesito. Una mención especial para Daniela Maldonado, por su optimismo y apoyo todoterreno.

Mis brujas, Sylvia Morán y Ruth Voglio. Mi vida es mil veces mejor gracias a ustedes.

Mis lectores beta o, mejor dicho, mi círculo de confianza.

¡Qué afortunada me siento de que gente tan talentosa y amante de la literatura lea mis primeros escritos!

Federico Duerr, Pilar González y Marina Torres, por sus correcciones y acertados comentarios del primer capítulo.

Gaby Rodríguez Crucitta, gracias por tu simpatía, cariño y dulzura. Tu valiosa opinión me ayudó a embellecer esta historia.

Laura Madruga Malaquín, de Uruguay, gracias por la dedicación con que corregiste la novela. Gracias por tu humor, entusiasmo y por haberme ayudado a limpiar los detalles del manuscrito.

Antonia Castillo, del blog *Promesas de amor*, gracias por difundir y apoyar mis historias. Gracias por el entusiasmo de tu pluma; conservo tus gentiles palabras como un tesoro.

Montserrat Simón Martín, mil gracias por tomarte el tiempo de corregir y disfrutar mis historias. Gracias por tu generosidad y alentarme a seguir escribiendo.

Daniela Sanhueza Caba, agradezco infinitamente tu ojo de águila que detectó formas de mejorar la historia. Gracias por tus acertadísimas correcciones, por tu talento y por tu experticia.

Noemí Expósito, gracias por tu honestidad y por ayudarme a encontrar mejores formas de expresión. Gracias por el entusiasmo con que acoges mis novelas.

Claudia González, agradezco infinitamente tu sabiduría y el apoyo incondicional que me has dado desde mi primera novela. Gracias también por ayudarme a mejorar a mis protagonistas con tus certeros comentarios.

Cecilia Pérez de "Divinas lectoras", gracias por el entusiasmo, por ayudarme a mejorar y por fomentar la lectura.

Nicolás, mi amor, gracias por ser mi lector más amado, quien me sostiene y me hace reír. Eres mi Lucy, mi Max… mi todo.

A Dios y al universo, gracias por entregarme esta historia. Gracias por tantas bendiciones. ¡Gracias!

Playlist

1. "You make my dreams", Daryl Hall & John Oates

2. "What am I to you", Norah Jones

3. "Hoy", Nicole

4. "Just the way you are", Bruno Mars

5. "It might be you", Stephen Bishop

6. "You've got a way", Shania Twain

7. "Because you loved me", Celine Dion

8. "Angel of the morning", The Pretenders

9. "Roto por dentro", M-Clan

10. "Oh, pretty woman", Roy Orbison

Elegí esta historia pensando en **ti**
y en todo lo que las mujeres románticas
guardamos en lo más profundo
de **nuestro corazón** y solo en contadas
ocasiones nos atrevemos a compartir.
Y hablando de compartir, me gustaría
saber qué te pareció el libro...

Escríbeme a
vera@vreditoras.com
con el título de esta novela
en el asunto.

Vera

yo también
creo en el amor

vera.romantica